Vivement la guerre qu'on se tue

ISBN 978-2-88944-201-0

Vincent Courcelle-Labrousse

Vivement la guerre qu'on se tue

Slatkine & Cie

Introduction

Le 18 février 1976, Roger Gicquel faisait peur à la France. Le thème métallique du journal s'achève, la caméra prend le journaliste d'abord de biais. Gicquel est recueilli. La musique s'arrête : il est maintenant cadré de face. « Bonsoir. » Léger mouvement d'épaules en arrière. Derrière lui, des cercles de couleurs irréguliers, du bleu, du violet : le centre est orange. Le tout est en forme de grosses lunettes qui surveillent le téléspectateur, pour attiser son anxiété.

Roger Gicquel est en complet veston. Un peu médecin généraliste. Le tissu de la veste est épais et pourrait venir de chez Armand Thiery et Sigrand. Le revers est large, les épaulettes sont rembourrées et lui font une carrure. La cravate est à damier marronnasse. En observant, on s'aperçoit que ses cheveux poivre et sel sont au diapason du costume. La note générale est terne. Comme si le décor avait été pensé pour être dans les tons de ce visage marqué d'avant la chirurgie esthétique. On ne sait pas s'il fume, mais on le verrait bien enchaîner hors antenne des gauloises, peut-être des Boyards maïs, paquet vert, fabriquées aussi par ce service public où il est chargé de parler aux Français qui ont la télé couleur.

Ces Français habillés en acrylique peuvent choisir maintenant entre la Une, Antenne 2 et même France 3 Régions. Le pays est bien quadrillé. Certains préfèrent la deuxième chaîne, encore très jeune, ou bien le Journal de 13 heures sur TF1, avec Yves Mourousi, qui passe pour être déluré.

Mais à cet instant, c'est sérieux.

Il est vingt heures, les Français sont rentrés chez eux après le travail ; ils sont à table et mangent dans des assiettes en pyrex des raviolis de conserve, des soufflés au fromage, des endives braisées, des plats trouvés dans le *Ginette Mathiot*, un livre de recettes d'avant-guerre où figure encore en bonne place celle du sauté de cochon d'Inde. Ce soir, les Français ont sorti du four, avec un gant en amiante, un gratin dauphinois à la muscade et boivent du vin en bouteille consignée ; peut-être de la Valstar, s'ils aiment la bière.

Depuis l'enlèvement du petit Philippe Bertrand, les journalistes feuilletonnent le drame. On est en hiver. Les premiers jours après le rapt du 30 janvier 1976, il reste encore de la neige à Pont-Sainte-Marie, banlieue de Troyes. La maison des parents est rue du Docteur-Roux : un pavillon assez massif, avec un enduit gris et des volets en fer peints en blanc. Les envoyés spéciaux des chaînes se sont installés devant le domicile et commentent l'avancée de l'enquête. Des gendarmes mobiles en treillis ont été déployés dans la ville. On montre un des militaires caressant la tête de son berger allemand et les gros camions Berliet des forces de l'ordre.

On voit les mêmes au début du *Cercle rouge*.

« Je vous en supplie, rendez-le-moi, ne nous laissez pas souffrir encore. »

Le 3 février 1976, à la télévision, la mère de l'enfant s'est adressée aux ravisseurs. Roger Gicquel aussi.

Sa cravate est bleu pétrole, avec des reflets métalliques. Toujours cette veste, mais verte cette fois : le revers est si large qu'il rejoint la couture de la manche à l'épaulette. Gicquel invite les malfaiteurs à réfléchir et leur rappelle que jusqu'au cinquième jour ils encourent dix à vingt ans de réclusion criminelle s'ils libèrent l'enfant. Le sixième jour, c'est la réclusion à perpétuité. Ils ont jusqu'à demain midi pour se décider.

Tous les soirs, les téléspectateurs ont rendez-vous avec Troyes, Pont-Sainte-Marie et Bréviandes, les lieux de la tragédie nationale.

Le curé de Pont-Sainte-Marie a reçu un gant de l'enfant et une lettre indiquant où doit être laissée la rançon. Par la faute d'une estafette de gendarmerie, qui se rendait sur place à pleine sirène, les enquêteurs ont raté les kidnappeurs. Ils appelaient les parents d'une cabine téléphonique : images du combiné qui balance au bout du câble, comme si les criminels venaient de s'enfuir. Les Bertrand sont filmés chez eux, assis l'un contre l'autre sur le divan du salon ; ils implorent et leurs yeux sont hagards de douleur. Les caméras prennent le père de l'enfant sortant de chez lui dans la nuit, montant dans sa voiture. Il va rechercher l'argent qui n'a pas été récupéré et invective les journalistes postés devant sa maison. Les médias se défendent d'avoir été imprudents.

Le 18 février 1976, Roger Gicquel fait peur à la France, mais on l'a bien préparée.

Elle a perdu son totem il y a sept ans et vient d'assister à l'enterrement de ses Trente Glorieuses. Valéry et Raymond gouvernent. Valéry a l'humanité d'un jeton de présence de conseil d'administration. Raymond est le meilleur économiste de France. Un million de chômeurs. L'inflation. Le cancer. Et cette nouvelle promesse politique, restaurer la sécurité.

On a donné trop de libertés, et voilà ce qu'on a obtenu en retour. Les chiffres de la criminalité se sont envolés de 1 777 %, écrit *Minute*. On est à la merci de n'importe quel marginal, de désaxés qui s'en prennent aux enfants, aux vieux, qui tuent pour cinq francs, pour rien. Ça ne s'arrête jamais, et ils font ça de plus en plus jeunes.

Alors, les gens en ont assez. Marie-Dolorès Rambla, huit ans, tuée le 3 juin 1974. Cathy Petit, huit ans, étranglée par Jérôme Carrein le 27 octobre 1975. Le petit Christophe Mérieux, enlevé contre rançon, libéré le 9 décembre 1975. Et maintenant, Philippe Bertrand, sept ans.

Preuve que les gens n'en peuvent plus : Bruno T. condamné à mort le 3 octobre 1975 par la cour d'assises des mineurs de l'Oise pour des faits qu'il avait commis à douze ans. Ça n'était pas arrivé depuis 1939. Voilà ce qu'en a dit Alain Delon, invité du « Journal inattendu » : « C'est de la vermine, et la vermine il faut l'écraser. »

Le 4 février 1976, lors de l'émission « C'est-à-dire » sur la deuxième chaîne, Jean Lecanuet, ministre de la Justice, ministre d'État, a prévenu que pour les crimes odieux, comme les rapts d'enfants, il irait jusqu'à recommander la peine de mort.

Justement, on y est.

Au Journal de 13 heures sur TF1, Yves Mourousi a fait un premier passage. Depuis la veille, 17 février 1976, on sait que le meurtrier de l'enfant, retrouvé mort enroulé dans un tapis, sous un lit, dans une chambre de l'hôtel Les Charmilles, s'appelle Patrick Henry.

La France qui a peur, mais qui a écouté Europe 1 quelques jours plus tôt, a pu entendre ce jeune homme, ami de la famille qui, suspect, a été placé en garde à vue, puis relâché faute de preuves, déclarer que les types qui avaient fait ça étaient des salauds et que pour les enlèvements d'enfant il était comme le garde des Sceaux, pour la peine de mort. À l'ouverture du 13 heures, la photo de Patrick Henry a remplacé celle de Philippe Bertrand. On rediffuse aux téléspectateurs un extrait de son interview sur Europe 1. Avec sa voix grasseyante, Mourousi commente : « "Salaud", le mot a été employé. Et vous venez d'en voir un sur votre écran. » Mais maintenant, il est bien vingt heures et Gicquel fait peur à la France, et la France écoute son réquisitoire.

« La France a peur. »

Combien de fois le répète-t-il ? « Oui, la France a peur. » C'est son refrain et sa transition.

Un monstre. Un ami de la famille. Un cynique qui n'a pas hésité à donner une interview télévisée. On le montre à l'écran avec son pull gris, le cheveu mi-long, filasse et gras, un jeune homme encore acnéique, les lunettes monture pilote, posé, s'exprimant dans un français sûr, qui sent la bonne école élémentaire.

Il esquisse un sourire par instants. Les criminels sont des gens comme tout le monde : ils veulent passer à la télé, même si ce n'est qu'à « Aujourd'hui madame ».

Les dieux de la France ont encore soif.

La France de 1976 qui est encore née en 1890.

La France aigre-douce qui va voir des films de Claude Sautet.

La France où les prolétaires ne seront bientôt plus des ouvriers, mais des beaufs.

La France qui suffoque sous la variété, qui dans trois jours pourra entendre Charles Aznavour à « Numéro un », l'émission de Maritie et Gilbert Carpentier, et dans une semaine, Enrico Macias. La France dont le Président est accordéoniste et où François Mitterrand entonne *L'Internationale*.

La France qui a presque oublié qu'elle a collaboré. La France où Maurice Papon est député-maire et bientôt ministre du Budget.

La France dont la police noyait il y a quelques années les Algériens dans la Seine.

La France qui a voulu jouir sans entraves et avoir tort avec Sartre.

La France bête et méchante qui achète *Hara Kiri*, regarde des chattes dans *Lui* et aime le cul. France de moustachus.

Le sang. L'appel au sang est télévisuel. Après Gicquel et sa peur, le sang est exigé par les princes de l'État.

Michel Poniatowski, ministre de l'Intérieur.

Des rondeurs de prélat d'Ancien Régime : il a l'air de faire des confidences d'antichambre, alors qu'en bon père de famille il donne des consignes de vote. « Ce sera une justice faite de jurés populaires et je vous dirais que si j'étais juré je me prononcerais pour la peine de mort. »

On vote dans un jury populaire. Comme dans « Samedi est à vous ». Michel Poniatowski est l'homme d'une France moderne où l'État requiert la peine de mort à la télé.

Le garde des Sceaux, Jean Lecanuet, reçoit dans son bureau. Reliures feuilletées d'or en arrière-plan, tout est nasillard dans ce visage anguleux. On est chez le notaire à Saint-Chamond pour l'ouverture du testament de la tante Odette. Rappel des dispositions de la loi.

Pour Patrick Henry, Jean Lecanuet voudrait un procès d'ici trois ou quatre mois. Il va de soi que les règles de procédure seront respectées. L'obéissante chambre criminelle de la Cour de cassation sera là pour dire qu'elles l'ont été. «Mon devoir est de faire respecter la loi et j'estime que c'est un crime odieux qui mérite un châtiment exemplaire.»

Si ce n'était pas assez, Robert Galley, ministre de l'Équipement et maire de Troyes, se charge de rappeler que ses administrés seront en droit d'obtenir satisfaction. «La population sera unanime avec moi pour réclamer un châtiment exemplaire.»

La construction de l'échafaud voit accourir dans les colonnes du *Parisien* un aréopage éclectique de volontaires.

Anquetil et Massu. La petite reine et la gégène.

Paul Guth, Jean Cau, Alain Griotteray, publicistes d'un moment à jamais inutiles.

Druon, Droit, d'Ormesson – lui dans *le Figaro*, propriété de l'ancien garde patriotique Hersant – ayant déjà, ou bientôt, le privilège d'être immortel.

Druon, Droit, d'Ormesson. Défense de débander.

Jean d'O. tortille une homélie sautillante en latin de cuisine: «Le christianisme ne peut pas réclamer l'oubli, mais il réclame le pardon. Je me demande si, aujourd'hui, le courage, le respect de l'assassin lui-même, la vraie générosité n'exigent pas, à la fois, le pardon et la mort.»

Barjavel, *Je suis partout* ne paraissant plus, dénonce dans *Le Journal du dimanche*: «Assez de pitié pour les monstres».

Michel Sardou est pour, lui aussi: on est en France et tout finit en chansons.

Et puis, comme ce n'est jamais assez, on va trouver le père de l'assassin devant chez lui. On ne voit pas le journaliste qui l'interroge. La voix est douce, et les questions ignobles.

Pauvre visage, pauvre souffrance à laquelle on vient extorquer l'exhibition de sa détresse et qu'on convie à voter pour le sacrifice de son fils. L'occasion est trop belle : montrer que le monstre a un père et que son créateur acquiesce à la mise à mort de son engeance.

Patrick Henry n'a-t-il pas dit lui-même sur Europe 1 quelques jours avant d'être démasqué, que le véritable criminel méritait la peine de mort ? Petite salope. Crime de lèse-guillotine. Sainte guillotine.

Pendant la guerre d'Algérie, celle d'Alger ne suffisant plus, on avait envoyé à Constantine la machine qu'on gardait en réserve à la Santé. Et comme même avec ce renfort on n'y arrivait toujours pas, on en avait commandé une autre, conçue par le bourreau André Obrecht qui, aide de son oncle Anatole Deibler, avait vu basculer Landru, puis était devenu exécuteur en chef des arrêts criminels en 1951, recevant des gages mensuels du ministère de la Justice. Obrecht avait fait là une bonne affaire, car pour le prix des plans de l'instrument destiné au FLN, il avait reçu cinquante mille francs du directeur des affaires criminelles et des grâces.

Depuis le régicide, la soi-disant Veuve a épousé le système de répression pénale français. Tous les régimes ont ensuite couché avec elle.

Article 12 du Code pénal : « Tout condamné à mort aura la tête tranchée. »

Article 17 : « Si une femme condamnée à mort se déclare et s'il est vérifié qu'elle est enceinte, elle ne subira la peine qu'après la délivrance. »

Janvier 1941, Élisabeth Lamouly, veuve Ducourneau, empoisonneuse.

La Monneron, février 1942 à la Petite-Roquette, qui avait tué sa fille avec l'aide de son mari.

Chalon-sur-Saône, juin 1943, une Polonaise. Des officiers allemands viennent en curieux. Eux préfèrent travailler à la hache.

La dernière femme est exécutée le 21 avril 1949, Germaine Leloy. Vincent Auriol refuse sa grâce.

Pendant la guerre, elle sert pour les communistes.

Jean Catelas, croix de guerre, médaille militaire, ancien de la brigade «La Marseillaise» en Espagne, ancien député de la Somme, est condamné à mort le 21 septembre 1941 par le Tribunal d'État. Il a la tête tranchée le 24 septembre à la Santé.

Il se trouve toujours un avocat général français pour la requérir.

Des juges français, avec ou sans jurés, pour la prononcer.

Une Cour de cassation pour dire que la procédure a été régulière et qu'il a été fait une exacte application de la loi.

La loi prévoit la peine de mort, mais ce sont des magistrats français qui depuis près de deux siècles entretiennent les bois de justice.

Le 18 février 1976, dans sa cellule de la prison des Baumettes, Christian Ranucci doit avoir peur. Il sera jugé dans quelques semaines par un de ces jurys populaires à qui Michel Poniatowski vient d'indiquer quel était le bon choix. Il est accusé d'avoir tué une petite fille. Il a avoué. Il s'est rétracté. Comme Patrick Henry, il entre dans la catégorie des tueurs d'enfants pour qui on se passerait bien d'un procès.

Qu'est-ce que Ranucci dans cette France de 1976 où les octogénaires sont survivants de la Grande Guerre?

Où ce type de soixante ans, encore au travail, a peut-être été PPF, beurre-œufs-fromages, marché noir, trafiquant véreux, profiteur de guerre?

Où l'on chuchote que ce garagiste de quarante-neuf ans qui vient boire son café le matin au Chiquito, a été un résistant de la dernière heure, tondeur de femmes, exécuteur de ses voisins qui avaient une sale gueule.

Ce représentant de commerce de quarante-trois ans, croisé dans la queue d'un restauroute Jacques Borel, lui, a fait deux séjours en Indochine. Ce qu'il a vu, il n'en parle pas.

Ce coiffeur, trente-quatre ans, appelé en 1960, a servi sur la frontière tunisienne, mais il a fait aussi du nettoyage dans les Aurès. Il a revu pendant quelques années des copains de régiment. Il y a des expressions qu'il n'aime pas entendre de ceux qui n'y étaient pas. Comme «corvée de bois».

Il y a quatorze ans, un million de pieds-noirs ont débarqué avec leurs valises, laissant derrière eux sept ans de cercueils d'une guerre qu'ils ont pour la plupart soutenue.

Les socialistes ont dû changer le nom de leur parti à force de laisser torturer en Algérie.

Qui dans cette France de 1976 n'est pas un peu prescrit, plus ou moins amnistié, et bon pour être juré populaire ?

Le 9 mars 1976, pour couvrir l'ouverture du procès Ranucci aux assises d'Aix-en-Provence, le présentateur du journal télévisé sur Antenne 2 est filmé avec en arrière-plan une photographie du petit Philippe Bertrand. Ranucci est accusé d'un meurtre, mais il sera condamné pour un double homicide.

C'est Obrecht qui le décapitera. Dans son arrêt du 17 juin 1976, la chambre criminelle de la Cour de cassation a rejeté le pourvoi. « Et attendu que la procédure est régulière et que la peine a été légalement appliquée aux faits déclarés constants par la cour et le jury. » La peine a été légalement appliquée. VGE lui refuse sa grâce. L'accordéoniste appuie sur les touches de son piano à bretelles avec les doigts de Pilate.

Obrecht tient un petit carnet où il consigne la conduite des suppliciés, ainsi que des remarques techniques.

Pour Courtin, exécuté à Amiens en 1952 : « *Exécution à se rappeler : réaction des yeux assez vive, puis extinction du regard assez lente. Survie certaine de quelques secondes nettement vue.* » Dijon, 15 octobre 1959 : « Abdala Hasnaoui ben Hocine né le 2 mars 1929, responsable FLN de la région de Belfort. Réveil au milieu de prisonniers. Hurlements. Bagarre. Même le muphti était presque nu. Affaire pénible. » Stanislas Juhant, Paris, 17 mars 1964 : « Très décontracté. Souriait presque. A entendu la messe. A écrit une courte lettre. Murmurait quelques mots en yougoslave au moment d'être attaché. Aucune peur visible. Mais révolte sur la machine. C'est tout. »

Révolte sur la machine.

1

La greffière de la cour d'assises venait d'appeler Journiac. La cour et les jurés entreraient dans quelques minutes rendre leur verdict.

— Il garde sa tête, lui dit-elle.

La loi aurait voulu que personne ne puisse connaître la décision avant qu'elle soit délivrée en audience publique, mais Pierre Journiac, substitut du procureur à Troyes, avait reçu des instructions. Il fallait informer le préfet. On craignait des troubles à l'ordre public ; quel que soit le résultat des assises.

Journiac quitterait Troyes pour Abbeville dans quelques jours. Tout ce qu'il devait emporter était déjà dans les quatre cartons qu'il avait placés entre l'armoire de son bureau et la porte qui donnait sur le couloir. Des livres de droit, des codes, quelques dossiers administratifs personnels, et tout un vrac d'objets que les gens s'obligent à vous donner quand vous êtes procureur : des fanions d'escadrons de gendarmerie, des écussons en souvenir de tout et n'importe quoi, une lampe montée sur lance à incendie, cadeau des pompiers. Beaucoup de ses collègues faisaient parfois, sous vitrine, étalage de ces témoignages de reconnaissance. Comme chaque fois qu'il avait été muté, Journiac jetterait ces vestiges qui n'avaient pas même pour lui valeur de souvenirs.

Il se porta à la fenêtre pour examiner la cour du palais de justice. Il faisait nuit. La rue était mal éclairée, mais il pouvait voir qu'une foule se tenait contre les grilles qu'on avait fermées.

Peut-être étaient-ce les mêmes qui étaient déjà là en 1972 lorsqu'on avait condamné à mort Buffet et Bontemps ? Lui aussi se trouvait alors à cette fenêtre, qu'il avait alors ouverte, comme il allait le faire maintenant.

Le fourgon cellulaire qui emmenait les condamnés était sorti de l'enceinte en bas, à sa gauche, pour prendre la rue du Général-de-Gaulle. Il y avait du monde comme pour une arrivée du Tour de France. Ce n'était pas « Vas-y Poupou ! » que les spectateurs gueulaient, mais « À mort ! ». À l'époque, Journiac s'était dit que la populace n'aurait pas détourné la tête si on avait promené Buffet et Bontemps sur une carriole et que l'exécution avait eu lieu en public.

Même dans les affaires pénales mineures, les salles d'audience ont toujours leur quota de charognards que la simple vue d'un homme enchaîné excite. Mais ce jour-là, de cette fenêtre, en voyant s'éloigner ce fourgon qui était désormais le corbillard de deux hommes promis à l'exécution, Journiac avait senti monter à lui, depuis la rue, la haine en réunion et le désir de vengeance, exultant dans la jouissance de faire nombre.

Le procureur de Troyes et le préfet de l'Aude ne voulaient pas cette fois, ce qu'on dénomme dans la langue de l'État, des débordements.

Avec l'appareil qu'on lui avait laissé pour être en contact avec le détachement de CRS qui contrôlait les alentours du palais, Journiac ordonna qu'on renforce le dispositif. Le premier jour du procès, on avait arrêté des militants qui tractaient contre la peine capitale. Maintenant, c'était l'indignation des partisans du couperet qu'il fallait prévenir.

Il appela ensuite le directeur de cabinet du préfet, puis le procureur général qui aviserait le cabinet du garde des Sceaux.

Dans le hall, des journalistes attendaient en discutant. Maître Joannès Ambre, le ténor lyonnais, avocat de la famille Bertrand, que Journiac avait eu plusieurs fois comme adversaire dans des affaires de banditisme, le salua. Il discutait avec une femme dont Journiac se demanda si elle n'était pas cet écrivain qui couvrait le procès pour *France-Soir*, Geneviève Dormanc ou Dormal, quelque chose comme ça.

Le procès avait été si public qu'il fallait être chroniqueur judiciaire pour entrer dans la salle d'audience. Il connaissait les visages de ceux qu'il voyait à la télévision : Paul Lefèvre, Jean-Pierre Berthet. Pour la presse écrite, il avait lu chaque jour la revue de presse que communiquaient les renseignements généraux.

La veille du procès, *Libération* avait titré : « Troyes juge un condamné à mort », et c'était le procès de la peine de mort que la défense de Patrick Henry avait fait.

Journiac n'avait pas assisté aux débats. Tout à l'heure, par obligation de hiérarchie, il était passé à l'audience écouter les réquisitions de l'avocat général Fraisse ; le même qui avait eu les têtes de Buffet et Bontemps, et qui voulait maintenant celle d'Henry.

Fraisse en était à sa péroraison. La salle d'audience était petite. Patrick Henry et ses avocats se tenaient sur la droite et écoutaient l'avocat général.

Aux assises, réquisitoires ou plaidoiries, la parole peut tout submerger ou crever de ses boursouflures. Mais les mots peuvent aussi imprimer des idées moyennes, à hauteur de juré.

Le substitut général était maintenant à l'âge où chez les magistrats du parquet, l'embonpoint, la couperose, le cheveu gris, la précision acquise par l'habitude de requérir, donnent à un verbe même médiocre une puissance venimeuse que vient légitimer une robe rouge, plantée de médailles et bordée de la fourrure d'un animal.

Debout, se tenant plus haut que tous ceux qui dans cette cérémonie appartiennent au clergé de la justice, ce grand prêtre encore barbare peut abuser par la volonté de la loi du pouvoir de métamorphoser en lieu de sacrifice ce qui devrait être le temple de la raison.

Journiac, qui écoutait Fraisse en professionnel, n'entendit rien de lui qui l'aurait surpris. Les raisons que Fraisse donnait, Journiac les connaissait : c'étaient celles des partisans de la peine de mort.

Fraisse fit d'abord une petite habileté pour convaincre les jurés qu'il était comme eux: «Je n'ai jamais requis une peine que, comme juré, je n'aurais pu demander en mon âme et conscience. En raison des faits qui sont reprochés, je vous demande de voter la mort.»

Voilà, c'était dit. Il en allait de l'âme et de la conscience; et sur ce plan, le jury n'aurait rien à redouter. Lui, l'avocat général, se voulait l'apparition physique de la décision juste qu'ils devaient prendre et qui leur ordonnait d'oublier le *Tu ne tueras point* qu'ils avaient dû apprendre.

Ne pouvant prouver par aucun fait matériel la nécessité de ce qu'il demandait, Fraisse exhorta la cour d'assises à adhérer à son credo. Il l'appela à partager sa foi: «Je crois à la dissuasion par la peine de mort, quand il s'agit d'un crime crapuleux. Je crois surtout au devoir impérieux pour la société de protéger ses membres en prononçant une peine irrévocable.»

Journiac s'éclipsa pour aller chercher de l'air dans le hall et n'entendit pas la fin. Était-ce la chaleur de cette salle bondée? En écoutant Fraisse, l'oxygène s'était comme évanoui de ses poumons.

Dans la cour, les policiers de faction le saluèrent. Un gradé s'approcha de lui.

— On a renforcé M. le procureur. Ils sont calmes pour le moment, mais il y a des excités. Le groupe là-bas. Le moustachu et la rombière avec l'imper jaune.

— Gardez-les à l'œil et interpellez si nécessaire.

Les premiers à sortir furent les journalistes courant informer leurs rédactions. La nouvelle des circonstances atténuantes se répandit de proche en proche. Et comme des spectateurs à qui l'on annonce que pour une circonstance imprévue la représentation est annulée, la foule émit d'abord un grognement, suivi de protestations, qui se muèrent en invectives.

Les caméras de télévision s'étaient approchées et le visage de cette plèbe outrée se révélait dans le disque des lumières artificielles.

Trois gamins au seuil de l'adolescence, grimpés aux grilles, l'un avec la tête de l'idiot à lunettes de la classe, profitant du dérèglement des adultes et de la licence qu'ils leur laissaient, gueulaient, hilares « À mort Patrick Henry ! ».

Plus bas, une tourbe de citoyens manifestait son dégoût aux journalistes. De part et d'autre, on aboyait « À mort Patrick Henry ! ».

Journiac fit signe à un des policiers.

« Allez voir la greffière et dites-lui de demander à maître Badinter et à maître Bocquillon de ne pas sortir pour le moment. Il y a trop d'excitation. Faites passer la consigne aux jurés. J'irai leur expliquer dans un instant. »

Il estima que d'ici vingt minutes les moins vindicatifs, voyant qu'il ne se passait rien, rentreraient chez eux. Ensuite, il ferait déguerpir les autres.

2

Jusqu'en 1977, Pierre Journiac avait eu une carrière de magistrat anonyme et sans relief. De petits tribunaux en petites cours d'appel, il avait gravi ses échelons dans la hiérarchie sans jamais sauter une case. C'était un de ces serviteurs de la justice travailleurs que les procureurs recherchent et aiment avoir à leur côté pour leur sérieux.

Journiac n'avait jamais été qu'au parquet. Sans être éloquent, il était exact. Cette qualité l'avait fait apprécier aussi bien des juges que des avocats des juridictions où il avait servi. Sous cet angle, il n'y avait rien dont on aurait pu lui faire grief dans cette carrière un peu terne qu'il poursuivait sans rien faire pour qu'on le remarque. De basse caste, comparé à la plupart de ses collègues, Journiac n'avait jamais cherché à nouer des camaraderies utiles. Son indifférence à une ambition, même honnête, qui aurait été le concernant légitime, en était presque suspecte, car elle tenait d'une forme de désaveu. S'étant exclu des manœuvres et des combinaisons pour obtenir de l'avancement, Journiac ne demandait rien. Il était donc difficile de le compromettre. Les évaluations de Journiac, dans son dossier de carrière à la chancellerie, témoignaient d'un certain embarras. On y trouvait des commentaires comme « Sérieux et efficace, mais ne se laisse pas percer », « Personnalité complexe, difficile à cerner. Très bon magistrat au demeurant ».

Dans ce corps où la politique aidait aux promotions, où l'indépendance se devait d'être décorative et devenait inquiétante lorsqu'elle s'affirmait, le fait que l'on ne puisse situer Journiac le desservait.

Une frontière invisible le séparait de la génération qui était arrivée en proclamant sa nouvelle foi dans le Syndicat de la magistrature. En 1968, Journiac était déjà un vieillard de trente et un ans. Il était né sept ans trop tôt et n'était pas passé par le nouveau petit séminaire laïc de l'école nationale de la magistrature, où les enfants appliqués d'une bourgeoisie de plus en plus moyenne réapprenaient le bien et le mal. Entre la pureté des gardes-juges et la vieille garde qui dissimulait ses arrêts rendus sous Vichy au nom de l'État français, Journiac était perdu quelque part dans le marais des équitables, des idiots, des vertueux, des fainéants, des raisonnables et des carriéristes.

Il faut dire que son air de veuf, qui le faisait paraître toujours songeur, ne l'aidait pas. Les voix du petit personnel de la justice baissaient naturellement à son approche. Ses collègues se raidissaient à son contact. Toute familiarité s'excluait d'elle-même en sa présence. Il n'avait de supporters que dans les gens de la police. Non qu'il fût différent avec eux : c'était bien le même Journiac, aride et monochrome. Mais on lui reconnaissait la qualité d'avoir de l'œil en enquête.

Même dans ce petit monde consanguin qu'est un palais de justice de province, il aurait été compliqué d'assembler des bouts d'indiscrétions, quelque chose qui eût approché d'un renseignement fiable sur sa vie privée. On disait qu'il était du Sud-Ouest. Avec un tel nom, c'était une évidence. On disait qu'il ne sortait pas, qu'on ne le voyait pas en ville, sauf à la piscine, qu'il arrivait très tôt et partait tard. On ne lui connaissait ni femme ni progéniture. On savait seulement qu'il avait aménagé une ferme à distance d'Abbeville. Et encore, on l'avait appris par les gendarmes qui avaient dû aller le chercher, avant qu'il se fasse installer le téléphone, un soir qu'un camion s'était renversé sur la route.

Il était brun. Un mètre soixante-dix-huit. Les yeux sombres. Une cicatrice d'adolescence à la lèvre inférieure.

Dans les petits tribunaux, il est attendu des magistrats qu'ils soient prudents sur leurs fréquentations. On peut facilement se retrouver demain à poursuivre tel avec qui on a dîné il y a six mois ou joué au tennis la veille. Donc, en théorie, on ne devrait vivre qu'entre soi.

Journiac semblait appliquer ce principe de vigilance comme une règle qui ne souffrirait aucune transaction. Il ne voyait et ne recevait quiconque aurait son domicile dans l'un des trois départements de la compétence de la cour d'appel d'Amiens. Il avait trouvé un ensemble à louer près de Saint-Valery-sur-Somme. C'était à une trentaine de kilomètres du tribunal, mais cet éloignement lui permettait de ne pas croiser d'autres magistrats lorsqu'il allait acheter du pain et lui servait de prétexte pour refuser les invitations.

Cependant, lorsqu'il franchissait les limites de la Somme, et qu'ainsi il se trouvait hors de sa juridiction, le substitut du procureur cédait la place à un Pierre Journiac plus civil. Son expression perdait en fixité, et bien que loin de devenir engageant, Journiac se muait en être à peu près sociable.

Journiac chassait. Tout l'autre Journiac, celui qui n'appartenait pas au ministère public, était consacré à la chasse. D'août à février, chaque vendredi où il n'était pas de permanence, quel que soit le temps, il quittait la Picardie pour rejoindre l'Orléanais avec ses chiens à l'arrière de sa CX break.

C'est chez Roland Cartier-Brochard que Journiac allait le plus souvent, en Sologne, pas très loin de Souesmes.

Cartier-Brochard avait été officier de carrière dans l'armée de terre, infanterie. Des séjours trop longs en Indochine et en Algérie avaient fini de lui forger un mépris de tout. Comme pendant les *événements*, il n'avait su être suffisamment Algérie française pour passer dans la clandestinité, ni assez légaliste pour rester dans l'armée, il avait démissionné. Il avait eu la clairvoyance de comprendre que son époque s'était terminée le 19 mars 1962. Cartier-Brochard était ensuite resté gaulliste avec regret. Il avait été, ensuite, pompidolien par surprise, et giscardien par défaut.

Il vivait à l'aise des bénéfices que dégageait la porcelainerie fondée par l'arrière-grand-père Cartier et que dirigeait son frère, de l'exploitation de ses terres et de ses bois sur lesquels il louait maintenant des chasses à la journée.

Pour le reste, il se faisait globalement chier. Il ne supportait plus l'imprécision dans le langage. Certains mots pouvaient le mettre hors de lui.

3

Tout l'après-midi, les chiens de Journiac avaient suivi la voie d'un sanglier blessé à la première traque. C'était fréquent lors de ces chasses que Cartier-Brochard vendait à la journée. On y trouvait toutes sortes de Parisiens qui tiraient mal. Le prix de leurs carabines express de chez Gastinne Renette n'y faisait rien.

Bien qu'il fût tout à l'ivresse de suivre dans les taillis ses chiens qui aboyaient après la bête, le visage de ce petit bonhomme brun, qui l'avait salué le matin lorsque Cartier-Brochard rappelait les consignes de sécurité et attribuait les postes, ne parvenait pas à s'extirper de son esprit. Le type l'avait comme inspecté, en souriant avec des yeux noirs d'une intelligence dangereuse. Il semblait le connaître, et Journiac, aussi, avait déjà eu affaire à ce regard, mais il ne retrouvait pas où.

À chaque répit que lui laissaient ses chiens, il faisait tourner ce visage dans les fichiers de sa mémoire d'où cependant aucun nom ne sortait.

Au dîner de chasse, dans une dépendance que Cartier-Brochard avait fait aménager avec quelques chambres, tous ces messieurs rivalisèrent d'anecdotes et de trophées. On parla Sénégal, Irlande, grouse et safari, Centrafrique… Le Président y chassait ; on faisait pareil.

Journiac n'aimait pas beaucoup ces conversations où les souvenirs devenaient de plus en plus bruyants à mesure que les verres se vidaient. Il sentit que par moments le type l'observait.

Cartier-Brochard offrit cafés et digestifs dans une pièce attenante, où il y avait une cheminée, un billard et des fauteuils clubs, pour faire anglais. C'est là que l'inquisiteur s'approcha de Journiac.

« Monsieur le substitut, je n'ai pas eu le loisir de me présenter, André Béresse. »

L'entrée en matière était perfide, car Journiac ne pouvait ignorer qui était André Béresse, ce visage qui toute la journée avait refusé de porter un nom. Confus, Journiac ne trouva qu'à répondre : « Bonsoir, monsieur l'avocat général. »

Béresse était un magistrat puissant qui, de Pétain à Giscard, en plus de trente ans, avait servi tous les pouvoirs. Très jeune, il avait prêté serment à l'État français et fait de la résistance juste à temps pour ne pas être épuré. De centre gauche sous la IVe République, il avait été plus souvent à la chancellerie que dans les tribunaux, jusqu'à ce qu'on l'envoie en Algérie s'occuper de l'aspect judiciaire de la guerre : la guillotine pour les terroristes du FLN.

Comment avait-il pu ne pas reconnaître Béresse ?

Les Algériens avaient essayé de le liquider plusieurs fois. Il se disait qu'à certaines audiences il portait un 11.43 sous sa robe. À l'indépendance, Béresse était rentré à Paris où il avait dirigé une section du parquet chargée de la lutte contre l'OAS à la Cour de sûreté de l'État. Il avait gardé son 11.43 sous sa robe, pour se défendre cette fois, non plus de ceux à qui appartenait l'Algérie, mais de ceux qui s'y étaient perdus.

Béresse avait ensuite reçu les bénéfices d'une carrière d'exécuteur des basses œuvres de tous les pouvoirs. Il portait toutes les décorations qu'un magistrat ne devrait pas avoir. Il avait été procureur d'un beau tribunal, puis détaché dans une grande compagnie publique et pétrolière où il avait amélioré son ordinaire, épaissi un peu plus encore son carnet d'adresses, allongé la liste de ceux qui lui étaient redevables et de ceux sur lesquels il savait quelque chose.

— Vous êtes au parquet d'Abbeville n'est-ce pas ? lui avait dit Béresse.

— Tout à fait, monsieur l'avocat général.

— Alors nous nous reverrons peut-être bientôt.

La conversation s'était achevée là-dessus.

Après la fermeture de la chasse, Journiac n'avait plus, sauf quelques week-ends chez Cartier-Brochard, quitté son parquet. Adjoint d'un procureur qui visait une promotion, et qui n'avait accepté Abbeville qu'avec l'illusion de s'en faire un marchepied, Journiac faisait tout : son chef lui avait confié de faire tourner la boutique.

C'est à peine s'il eut le temps de s'intéresser aux conversations, aux pronostics qu'on faisait sur le remplaçant du procureur général près la cour d'appel d'Amiens qui partait à la retraite, et dont on attendait la publication du nom au *Journal officiel* avant l'été. Il s'agaçait d'entendre ses collègues du siège, ou du parquet, comparer l'habileté de leurs combinaisons qui feraient qu'untel plutôt qu'untel monterait là-haut ou atterrirait là-bas. Le nom de Béresse revenait dans les conversations. Il entendit la théorie que jamais la chancellerie ne viendrait placer là un haut magistrat dont la personnalité et les accointances étaient aussi éloignées de celle du premier président de la cour d'appel, René Monchalin. Sans compter, avait ajouté un autre stratège, que Béresse comme Monchalin prétendaient sans doute finir à la Cour de cassation et qu'il était malsain de faire cohabiter dans une même juridiction deux compétiteurs de cette envergure.

En juillet, Béresse était nommé à la cour d'appel d'Amiens. Journiac descendit à Lesparre-Médoc pour l'enterrement de son tuteur, le docteur Robillard. C'était le même week-end que le rassemblement du Larzac cet été-là. Béresse prenait ses fonctions avec retard le 10 septembre 1977. Le même jour, Hamida Djandoubi était exécuté à Marseille. Le 30 septembre, il convoquait Journiac ; date à laquelle l'avocat de la Fraction Armée rouge, Klaus Croissant, était arrêté à Paris.

Il n'était pas habituel qu'un magistrat du rang de Journiac fût appelé aussi vite à rencontrer en particulier le procureur général. D'autant que son patron, Morel, non promu, n'avait pas été lui-même encore reçu par le nouveau chef de tous les parquetiers de la cour d'appel.

— Allez-y, qu'est-ce que vous voulez que je vous dise ! Mais admettez que c'est un peu fort de café, s'indigna Morel.

— J'en suis désolé, monsieur le procureur.

— Quelle entorse à tous les usages... Il faut vraiment qu'il veuille de vous quelque chose ou qu'il m'en veuille. Vous le connaissez peut-être ?

L'accusation était portée. Le « connaître », en inférer que Journiac pouvait le « connaître », c'était déjà alléguer dans le vocabulaire de Morel que Journiac lui avait été déloyal, en lui taisant ce fait qui venait maintenant perturber l'ordonnancement naturel de la hiérarchie.

— Nous nous sommes déjà rencontrés, mais il ne serait pas exact de dire que nous nous connaissons.

— Vous n'avez jamais pourtant été dans son ressort.

— Si, monsieur le procureur. En Algérie. Mais je n'étais pas encore magistrat à l'époque.

4

La cour d'appel d'Amiens était un gros bâtiment de justice avec colonnes et fronton, construit à une époque où la République se voulait un peu romaine. Son architecte, failli, s'était jeté de l'une des fenêtres de la juridiction. Ça commençait bien.

Depuis plus d'un siècle, une suite ininterrompue de destins y avaient connu des sorts divers, et parfois une fin capitale. Et comme la loi qui régit l'évolution des espèces a peu d'effets sur le milieu judiciaire, les juges, les procureurs et les avocats y ressemblaient comme des parents proches, voire des cadets, à leurs prédécesseurs.

Journiac faisait maintenant antichambre depuis presque deux heures. Il était assis sur une banquette au revêtement de skaï vert ; la justice ne pouvant plus s'offrir du cuir.

Pour qui aurait voulu conserver l'anonymat à une convocation chez le procureur général, l'endroit manquait de discrétion. Le personnel du parquet, qui allait et venait, observait Journiac avec des airs de « qu'est-ce qu'il a fait celui-là ? ». La secrétaire de Béresse, une petite bonne femme à la permanente sans défaut, au filet de voix méditerranéen, l'avait accueilli dans la matinée avec la compassion d'une secrétaire de proviseur, connaissant déjà le sort promis à un mauvais élève.

Du bureau de Béresse, isolé du couloir par une double porte capitonnée, passaient par moments les grondements de voix masculines qui se répondaient. Il fallait que celui qui osait hausser le ton face au procureur général fût une personne de poids.

C'est Leclerc, l'avocat général qui tenait les assises, qui sortit enfin de chez Béresse. Il était suivi de Fleurote, procureur de Laon, aussi livide que Leclerc était rouge.

Fleurote tendit une main humide à Journiac.

« Il faut qu'on se parle. Je t'appelle. »

C'était bien du Fleurote, cette manière de prétendre immédiatement être dans votre intimité. « Je t'appelle. » Comme s'ils s'étaient parlé l'avant-veille. Lui et Journiac ne se croisaient jamais que dans un cadre officiel.

Fleurote avait toujours été une crasse très prétentieuse. Il avait épousé une fille de conseiller à la Cour de cassation, un petit pot à tabac, sans jambes et qui riait fort, mais fille de conseiller à la Cour de cassation. Fleurote était déjà le procureur de Laon, très souvent cité dans la presse régionale, presque la coqueluche du *Républicain picard*. Fleurote savait y faire. Il était imprécis, désinvolte, très léger dans le suivi de ses dossiers ; tout ce que Journiac n'était pas. Mais il sentait d'où venait le vent ; ce dont un Journiac était incapable. Loin d'être un magistrat rouge, Fleurote avait compris qu'il fallait flatter la société là où elle se relâchait. Il s'était fait un habit de procureur ouvert sur le monde, prêt à expérimenter. Il donnait des conférences. Il participait à des colloques. Il publiait. Bref, Fleurote était à la mode.

Journiac attendit encore un long moment. Le service se vidait de ses fonctionnaires qui partaient déjeuner.

— Vous n'avez jamais pris les assises, Journiac ?

— Effectivement, monsieur le procureur général.

— C'est important dans une carrière.

— C'est M. Leclerc qui siège habituellement.

— Et qu'est-ce que vous pensez de cette habitude ?

— Il est expérimenté, je crois.

De temps en temps, Béresse s'interrompait pour fixer Journiac. Puis il retournait au document qu'il annotait en marge et dont il barrait des mots. Journiac était dos aux fenêtres qui donnaient sur la grande cour du palais. Béresse avait fait changer la disposition des meubles qu'il avait trouvée chez son prédécesseur. Le bureau du procureur général était, remarqua Journiac, dans un angle mort.

— Leclerc est expérimenté, c'est vrai. Mais ça ne tombe pas avec lui. Vous n'êtes pas abolitionniste, je crois ?

— Je n'ai jamais été judiciairement confronté à cette question, monsieur le procureur général, évita Journiac.

Béresse leva le nez de sa correction.

— La peine de mort, on est pour ou on est contre. Il n'y a pas d'entre-deux. Là où elle doit s'appliquer, il faut qu'elle s'applique. Si on n'est pas particulièrement contre, c'est déjà qu'on est un peu atteint.

Journiac ne se sentait pas atteint. Du moins, par ça.

— Atteint par cette espèce de gangrène permissive qui vérole la société. La fin de la peine de mort dans l'État serait un point de non-retour. Ce serait une victoire du désordre, et le désordre a besoin d'être ultimement menacé. La société doit affirmer qu'elle peut éliminer ses monstres et ses ennemis. Nous avons connu cela en Algérie, n'est-ce pas ?

— J'y ai été militaire, oui.

Journiac voyait vers quoi s'avançait Béresse.

— Vous avez servi combien de temps en Algérie ?

— Vingt mois.

— Avec ce Cartier-Brochard chez qui je suis allé chasser, n'est-ce pas ?

— Oui, c'était mon capitaine.

— Si l'on ne m'a pas trompé, vous commandiez à des harkis.

— Comme aspirant, puis sous-lieutenant.

— Pendant tout votre temps là-bas ?

Il savait bien.

— Presque.

— Ici comme là-bas, nous servons notre pays. Cette cour d'appel a besoin de gens comme vous. Vous allez prendre les dossiers signalés des sessions d'assises qui commencent dans deux mois.

Une telle désignation allait contre toutes les règles, et tous ceux que par cette décision Journiac doublait dans la file d'attente de la carrière verseraient automatiquement dans la liste de ses ennemis.

— Ce n'est pas un cadeau que je vous fais, Journiac. Mais je sais que vous n'avez pas peur du sang. Je vous ai vu à la chasse. Je sais avec qui vous avez travaillé en Algérie.

— J'ai bien compris, monsieur le procureur général.

Béresse s'était levé.

— Les assises, c'est très imprévisible. Vous allez passer trois semaines à Paris avec mon ami Volcker. C'est le seul artiste des assises que nous ayons au parquet. Il vous montrera quelques tours. J'informerai votre patron de tout ça.

5

Journiac suivit donc Volcker aux assises à Paris pendant trois semaines.

Il se sentit comme un cousin de province à qui une faveur aurait permis de passer quelques jours à la Cour. Le palais était un théâtre de mépris, avec ses petits et grands personnages, où la puissance des intérêts s'appuyait sur d'immenses talents, comme sur l'imposture. C'était un temple du mot, une fête permanente de la justice où l'on cherchait le prochain procès en oubliant la gueule de bois laissée par le précédent.

Volcker se mouvait au milieu de cela avec une souplesse de serpent. Il zézayait, mais ce défaut de prononciation, loin de le rendre ridicule, lui donnait un côté enfantin et inquiétant. Il saluait tout le monde et tout le monde le saluait. Il était difficile de rejoindre avec lui son bureau, sans qu'on fût deux ou trois fois abordé par quelqu'un qui avait quelque chose à lui dire, une confidence à lui faire ou un avis à solliciter : toutes causes confondues, avocats, journalistes, collègues…

— Je n'ai rien de bien capital à vous offrir, l'avait prévenu Volcker. Des vols à main armée, un homicide volontaire par un soûlot. On ne va pas beaucoup s'amuser. Mais enfin, j'espère pouvoir vous montrer quelques ficelles.

Journiac n'avait jamais vu la salle de la grande cour d'assises de Paris autrement qu'en photos. Le box des accusés, auquel le parquet juché très haut faisait face, était assez vaste pour accueillir deux fourgons d'émeutiers, escorte comprise. C'était comme si ceux qui en avaient conçu le plan avaient envisagé que parce qu'il s'agissait des assises de Paris il faudrait de la place pour y juger non seulement le droit commun des criminels, mais aussi les anarchistes, les séditieux, les putschistes, toutes les variétés de comploteurs et d'attentateurs à la sûreté de l'État. Tous ceux qui auraient ébranlé les fondements de l'ordre devaient pouvoir être regroupés ici. Force doit rester à la Loi.

« Ici c'est un promontoire extraordinaire, lui expliqua Volcker, en désignant son fauteuil. On est à quelques centimètres des jurés. On les sent. L'accusé et la défense sont en face, mais en bas. On les domine. »

Le président de la cour d'assises, Maurin, était un vieux routier du circuit criminel. Longtemps juge d'instruction, il savait comment se construit un dossier. Il avait vu passer tant d'inculpés dans son cabinet qu'il savait quoi faire d'un mensonge ou d'une demi-vérité. Quelques années à présider les assises avaient fini de perfectionner chez lui une aptitude déjà innée à parvenir à ses fins et à transformer un innocent en coupable. Servi par les pouvoirs exorbitants qu'accorde le Code de procédure pénale au président de la cour d'assises qui, comme un metteur en scène, dirige les débats, choisi l'ordre d'apparition des témoins, les interroge en premier, donne et retire la parole, tout en orientant dans le secret le vote du jury, le président Maurin était un technicien redouté qui se flattait en privé de n'avoir jamais « subi » d'acquittement.

Le vendredi, son train pour Caen partait à dix-neuf heures, et jamais aucune délibération qui se serait inutilement prolongée ne le lui avait fait manquer.

Il y avait dans les dépendances de la cour d'assises une pissotière qui porterait un jour son nom.

— Votre pire ennemi, ce n'est pas la défense, contrairement à ce qu'on pourrait croire. C'est le président quand il ne tient pas son jury. Avec Maurin, je pourrais requérir en morse, je ferais toujours le plein de mes réquisitions. Pour l'homicide volontaire de cette semaine, je pense demander quinze à vingt ans. Il faut avoir une vision juste de l'affaire. L'accusé était un soûlographe violent, mais sa femme le cocufiait à tort et à travers. Maurin nous dira ce qu'il veut de toute façon.

Volcker présenta Journiac au président Maurin avant l'audience. Il fallait traverser la salle des délibérés, longer l'immense table autour de laquelle la cour et le jury votent, pour rejoindre le bureau où Maurin mettait la dernière main au procès qui allait s'ouvrir.

— Soyez le bienvenu dans notre cour d'assises, lui dit Maurin. Vous verrez, les assises, c'est cru et cruel.

Puis s'adressant à Volcker :

— Vous avez une idée de vos réquisitions, monsieur l'avocat général ?

— Vingt ans me semble un peu hors d'atteinte, compte tenu de la personnalité de l'auteur des faits. Mais quinze ans me paraît un peu faible.

— Avec dix-sept nous serons au plus juste. Vous savez combien j'apprécie toujours vos réquisitoires. À tout à l'heure, messieurs.

L'examen du crime passionnel prit deux jours.

L'accusé, employé d'Électricité de France à Laon, avait épousé sur le tard une petite coiffeuse à la cuisse légère qu'il avait mise enceinte. Le mariage n'avait pas diminué l'appétence de la dame pour les messieurs. Le cocu s'était mis à boire parce qu'il le savait : ce qui lui donnait du courage pour la battre. Elle le quittait régulièrement, puis revenait lorsque son amant du moment la laissait tomber.

Pourquoi était-il venu la tuer à Paris cette fois-ci plutôt que toutes les autres ? Un matin, il était allé acheter une massette dans une quincaillerie et il avait pris le train. Il l'avait attendue toute la journée dans un café situé en face de l'immeuble de la rue de Douai, dans le Xe, où elle s'était installée. Le soir, il s'était caché dans l'escalier pour pouvoir entrer lorsqu'elle ouvrirait la porte.

Le couple de vieux qui logeait en dessous avait entendu la dispute ; on était en juillet ; les fenêtres étaient ouvertes. Un moment, ils avaient pensé appeler la police : la femme hurlait des ordures ; l'homme la suppliait de revenir avec lui.

« On a encore entendu qu'elle le traitait d'impuissant et ensuite comme un objet qui tombait sur le sol. Mais là, ça gueulait plus. On a pu enfin regarder l'émission à la télé. »

Un seul coup de massette avait suffi à l'accusé pour fendre la boîte crânienne de sa coiffeuse. Il avait repris le train pour sa province. La police judiciaire l'avait cueilli quelques jours plus tard à son bureau. Il avait avoué au premier interrogatoire.

« Vous voyez, lui dit Volcker, j'emploie une technique souvent assez efficace pour affaiblir la défense. J'évite la dramatisation et surtout je plaide moi-même les circonstances atténuantes. L'enfance malheureuse, l'homme bafoué, la misère sociale, toutes ces choses, vous voyez. Que peut trouver à dire l'avocat de la défense ensuite ? J'ai déjà galvaudé ses arguments pour montrer que néanmoins ils ne sont rien face au crime. »

6

Ils attendirent le verdict à la buvette du palais, attablés avec les deux journalistes qui couvraient l'affaire.

« Faites-vous apprécier d'eux, lui avait conseillé Volcker. Ils vous font ou vous détruisent une carrière. »

L'affaire n'avait pas attiré les grands journaux. Seuls, *Crimes*, un mensuel populaire pour amateurs de faits divers sanguinolents et *Le Républicain picard*, quotidien régional, avaient envoyé un journaliste.

Giraud, le plumitif de *Crimes*, avait les cheveux longs et de larges favoris qui lui descendaient sur la mâchoire. Il avait débuté à *L'Écho d'Alger*, camaradé avec l'OAS, sans la rejoindre, car il n'aimait pas changer d'appartement ni, comme journaliste, la clandestinité. Il avait une carte de presse, mais celle de commerçant ambulant lui aurait aussi bien convenu. La quarantaine passée, il pigeait un peu partout. Il commettait de temps à autre de mauvais livres d'enquêtes chez des éditeurs peu regardants, dont la documentation provenait de sources dont il servait les vengeances. Gueulard, il en rajoutait dans la vulgarité, comme pour bien montrer qu'il collait au lectorat de *Crimes*.

Cela n'empêchait pas Volcker d'être avec lui comme avec un vieux copain d'armée. Ils se tutoyaient. Volcker lui révélait les aspects les plus sordides des prochaines affaires qui viendraient à l'audience. En bon représentant-placier, il mettait en valeur les meilleurs échantillons de la collection qu'il lui proposait à la vente. L'avocat général préférait être cité dans *Crimes*, que pas du tout.

De Claire Devois, la journaliste du *Républicain picard*, Journiac nota tout de suite quelque chose que depuis longtemps il ne remarquait plus chez une femme. Son parfum.

En Algérie, il avait aimé Jacqueline Perez, la fille d'un commerçant pied-noir. Les Perez étaient venus d'Espagne à la fin du XIXe siècle. Depuis le grand-père Luis, cordonnier qui réparait les godasses des légionnaires, les Perez avaient atteint l'aisance. Ils possédaient quatre magasins de chaussures à Alger, Oran, Constantine et Sidi Bel-Abbès. Jacqueline et sa sœur hériteraient. Journiac se serait-il vu dans la chaussure pour dames ? Il aimait Jacqueline. Il l'avait rencontrée à une surprise-partie où l'avait emmené Cartier-Brochard. Ils avaient dansé ensemble.

Le Journiac qui tient Jacqueline Perez par les hanches en chaloupant sur *Come prima* est un autre Pierre Journiac. Un Journiac antérieur.

Ils sont en permission à Alger et Cartier-Brochard a invité son jeune aspirant à une bringue dans cette villa d'El Biar appartenant à un gros négociant en huile. Son fils est un ami de Cartier-Brochard et pour son anniversaire, ils sont une trentaine à avoir débarqué par surprise, leurs voitures remplies d'alcool et de disques. Chaque soir on s'invite chez l'un ou l'autre. Le FLN n'empêche pas de danser. Et Journiac est heureux.

Il vient de finir ses études de droit. Il a réussi son examen d'entrée dans la magistrature. Il aurait pu intégrer à la rentrée, éviter ainsi de partir en Algérie. Mais après ces années à la fac de droit de Bordeaux, ce conservatoire de la bourgeoisie où seuls le nom et l'argent comptent, lui, le fils d'ouvrier agricole, l'enfant placé, le boursier, lui qui n'a pas même le secours d'une idéologie pour déguiser sa soif de revanche, a besoin d'air, étouffe dans ce Sud-Ouest lymphatique et tiède. Il y a dans sa tête un fourbi de choses, de souvenirs, d'idées. Les livres d'aventures coloniales de son tuteur. Les cours d'histoire des institutions françaises à l'université où on l'a convaincu du caractère unique, supérieur, messianique de cette France qui défend ses départements. Il croit au drapeau. Il ne veut pas ressembler à ces hobereaux qui font de la politique dans les cafés, ces fils à papa de la bonne droite bordelaise qui pourfendent le péril rouge, mais se font réformer et ne connaissent du danger que celui des vagues sur les plages du Ferret. Il fait donc les EOR. À Cherchell, ses instructeurs le repèrent.

« Vous êtes doué pour la guerre », lui dit son capitaine.

Sur le terrain, le fils d'ouvrier agricole est à son avantage. Il sait marcher sans bruit. Il tire juste. Il est rustique, silencieux et récupère vite. Il sort dans les premiers. Il pourrait choisir une unité où il passerait deux années tranquilles. Il veut crapahuter dans le djebel.

Journiac rejoint son régiment en février 1959. La caserne est presque déserte pendant quinze jours. La plupart des compagnies sont dans la montagne, occupées à une grande opération de ratissage.

L'aspirant Chasseloup, appelé comme lui, planqué au secrétariat du chef de corps, lui explique cette guerre qu'il ne fait pas lui-même. C'est un bavard tenace, auquel le désœuvrement après trois heures de l'après-midi laisse le temps d'avoir un avis sur tout. Comme le courrier de l'état-major passe par lui, il en sait plus qu'il ne devrait avoir le droit de lire et ne peut garder pour lui ce qui devrait rester secret. Il parle par allusions des opérations passées, comme si Journiac qui vient d'arriver était déjà dans la confidence. Deux choses obsèdent Chasseloup : le plan Challe et le capitaine Cartier-Brochard.

— Moi, je n'ai plus que deux mois à tirer, vois-tu. La place est chaude si tu veux. Tu vas être magistrat, n'est-ce pas ? Moi, j'ai fait l'école normale. On sera un peu collègue quoi, lui dit Chasseloup un soir au mess.

— Je préférais être sur le terrain.

— Alors là mon vieux, avec le plan Challe, tu vas en bouffer de la poussière.

Journiac sait bien qui est le général Challe, le commandant en chef des forces en Algérie, mais il laisse Chasseloup continuer.

— Bon, je vais t'expliquer, lui dit le didactique Chasseloup. Ça n'a rien de bien secret d'ailleurs. Challe veut occuper le terrain. Avant, il y avait les zones qu'on contrôlait ou qu'on avait pacifiées. Mais dans les zones où les fellaghas sont chez eux, on y allait la journée, mais la nuit… Avec le plan Challe, terminé. On va occuper le terrain sans interruption pour briser l'ALN. Donc, si tu veux de la riflette, tu vas en avoir et pas qu'un peu. D'autant que tu risques de te retrouver sous les ordres de Cartier-Brochard. En ce moment, on respire. Il est à l'école de contre-guérilla à Philippeville. Mais quand il est là, il fait chier tout le monde. Surtout les appelés. Tu ne sais pas ce qu'il m'a sorti ? On ne gagne pas une guerre révolutionnaire avec de futurs syndicalistes. Moi qui me destine à l'enseignement, tu penses que je me suis senti visé.

Ces quelques jours où il attend d'être fixé sur son sort, Journiac est affecté provisoirement au secrétariat du colonel. Il trouve une chambre en ville dans un immeuble qui appartient à un garagiste. Il a une terrasse-balcon où il s'installe le soir pour lire et regarder la lumière d'Afrique. Il sent qu'il est encore dans un entre-deux, que bientôt ses années d'études, le Médoc, Bordeaux vont s'évanouir sur cette terre nouvelle où il vient de poser les pieds.

À la caserne, il se cogne l'aspirant Chasseloup, le ronronnement saccadé de son bavardage ; l'instituteur décrit tout ce qu'il fait d'un commentaire et n'épargne rien à Journiac de l'histoire de sa famille, du syndicalisme enseignant ou de l'état de ses entrailles, pour excuser ses flatulences.

Enfin, le régiment rentre au quartier. Des soldats crasseux après quinze jours de djebel sautent des camions. On le salue à peine. On lui dit « mon lieutenant » du bout des lèvres.

Le soir, il est dans le bureau du colonel Forbin, au garde-à-vous. Le type est rondouillard, très grand. Les hommes l'appellent « Nounours ». Il ne fait pas très militaire, mais Chasseloup a prévenu Journiac qu'il ne fallait pas s'y tromper. Nounours a fait la campagne d'Italie avec Juin et plusieurs séjours en Indochine.

— Asseyez-vous, Journiac. Vous êtes arrivé il y a deux semaines, n'est-ce pas ?

— Oui mon colonel.

— Vous vous êtes installé ?

— Oui mon colonel.

— Vous êtes bien sorti des EOR à ce que j'ai pu voir ?

— Oui mon colonel.

— Vous vous destinez à être magistrat, c'est ça ?

— Oui mon colonel.

— Pourquoi n'avez-vous pas demandé une affectation à Alger ? On a besoin de gens comme vous là-bas. Ce ne sont pas les assassins à juger qui manquent.

— Je souhaitais être en unité de combat mon colonel.

— Les cimetières sont pleins d'aspirants qui voulaient se battre, Journiac. L'inverse est aussi vrai. Vous savez ça, je pense ? Donc, je suppose que vous seriez déçu si vous étiez affecté à mon secrétariat.

— Je suis à vos ordres mon colonel.

— Demain vous irez à Philippeville chercher le capitaine Cartier-Brochard. Il va monter un groupe de commandos de chasse. Il trouvera à vous employer.

— Merci mon colonel.

— Vous allez faire une guerre différente avec Cartier-Brochard. Vous vous destinez à être magistrat. Je compte sur vous pour ne pas tomber dans l'excès.

7

Sans rendre son salut à Journiac, Cartier-Brochard s'assied à l'avant de la jeep, à côté du chauffeur, un Mat 49 posé sur les genoux. De Philippeville au régiment, Journiac ne peut regarder autre chose que le cou de cet officier, une souche d'arbre.

Cartier-Brochard discute avec le conducteur, un sergent nord-africain.

Lui non plus ne lui a plus adressé la parole depuis que ce matin, à la sortie du mess, le sous-officier, qui visiblement l'attendait, l'a abordé et lui a dit: «On va chercher le capitaine maintenant, mon lieutenant.»

Ce n'était pas un ordre que lui donnait ce petit homme aux yeux verts et aux cheveux tirant sur le roux, il informait Journiac d'une sorte d'évidence, comme s'il était écrit depuis toujours que Journiac et lui grimperaient ensemble, ce matin-là, dans une jeep pour aller chercher leur chef.

Cartier-Brochard questionne le sergent sur des Arabes. Pour Journiac ce sont des Arabes. On ne lui a pas expliqué que certains de ces Arabes sont en réalité des Kabyles.

— Et Mohamed, le fils de Karim, il nous rejoint?

— Oui mon capitaine.

— Et les frères Bouzediane?

— C'est presque là mon capitaine.

À la tombée de la nuit, Journiac s'assied sur sa terrasse. Parfois, il dîne avec les autres officiers.

Cartier-Brochard a disparu avec le sergent. Il ne les a plus revus depuis leur retour de Philippeville.

« Passez à l'armurerie », c'est tout ce que lui a dit Cartier-Brochard.

Journiac essaie de lire, mais se perd dans les paragraphes. Il lui faut sans cesse reprendre. *Dans un mois, dans un an*, le titre de ce livre de Sagan qu'il a acheté chez Mollat à Bordeaux avant de partir lui pose une question dont il se contrefout ici. D'habitude, il lit des biographies, des ouvrages historiques. Mais sur le moment il a acheté ce livre pour voir ce qu'écrivait cette jeune femme à peine plus âgée que lui. Maintenant il se sent si éloigné de cette incertitude : dans un mois, dans un an ?

La nuit, un cognement à la fenêtre de la terrasse le réveille. Un instant, il a peur, mais il reconnaît le sergent nord-africain.

« Il faut s'habiller mon lieutenant. Le capitaine, il attend. »

Il suit dans les rues désertes le sous-officier. Ils passent devant la mairie et prennent l'avenue de la République qui va vers le sud, la montagne. Il n'entend que ses propres pas. Le sous-officier marche devant lui. Non, en fait, il ne marche pas, il glisse ; il lui semble qu'il glisse.

Ils passent les dernières habitations. Son guide lui fait prendre un chemin de terre. Après trois cents mètres, derrière une haie d'épineux, ils trouvent deux camions GMC et une jeep. Cartier-Brochard, entouré de trois hommes en burnous, éclaire une carte. Il reste à l'écart. Au bout d'un moment, Cartier-Brochard lui fait signe de s'approcher. Il lui tend quelque chose qu'il prend d'abord pour une couverture.

« Mettez ça et suivez-moi », ordonne Cartier-Brochard.

Ce n'est pas une couverture, mais un burnous dont l'odeur de beurre rance lui saute aux narines. Il rejoint le capitaine qui est grimpé à l'arrière d'un des GMC. Ils sont une vingtaine d'hommes assis avec leurs armes. Ils portent le même vêtement, mais ce sont des Nord-Africains.

Le camion roule longtemps. Journiac sent la température qui baisse et ses tympans lui signalent un changement d'altitude. Ils sont dans la montagne.

— Vous savez écrire, je suppose, puisque vous allez être procureur, lui dit Cartier Brochard.

— Oui mon capitaine.

— Un procureur, c'est un peu comme un commissaire politique. Vous aiderez Belkacem. C'est mon commissaire politique. Il interroge les prisonniers. Vous noterez ce qu'il vous traduira.

— Je n'ai pas pris de quoi écrire mon capitaine.

— Vous noterez dans votre tête cette fois-ci.

8

« Il paraît que c'est vous qui allez prendre l'affaire Mezziane ? », lui demanda la journaliste du *Républicain picard.*

Volcker et le type de *Crimes* en étaient maintenant à dérouler la chronologie des affaires où ils s'étaient retrouvés ensemble dans la même salle de cour d'assises. Le journaliste aimait bien s'en prendre aux faibles, aux avocats débutants, emphatiques, ridicules, aux accusés empêtrés dans leurs explications, à qui chaque nouvelle incohérence valait une année de plus. Au passage, il lança :

— Mezziane... c'est une affaire de peine de mort, ça ?

Volcker regarda Journiac.

— Jusqu'ici, je n'ai jamais requis la peine de mort, observa l'avocat général.

— Ça manque à votre palmarès cher ami, commenta le journaliste à rouflaquettes.

— Peut-être... mais il faut assister à l'exécution et je ne suis pas du tout matinal.

— Mais elle peut être prononcée même si vous ne l'avez pas requise.

— Tout à fait. Ce serait bien le pire qui pourrait m'arriver. Il n'y a rien que je déteste plus que d'être dépassé dans mes réquisitions.

— Surtout si le type va se faire raccourcir, s'esclaffa le journaliste de *Crimes.*

Puis il se tourna vers Journiac.

— Comment va l'ami André ? Béresse, c'est bien votre patron ?

Le journaliste n'attendit pas la réponse.

— Vous le saluerez de ma part. Et saluez aussi ce bon René.

— René ?

— Monchalin, le premier président. C'est un ami aussi.

À son retour à Abbeville, Journiac trouva sur son bureau la décision de Béresse qui le nommait pour prendre des assises dans les trois départements du ressort de la cour d'appel. Et tout changea d'un coup. L'obscur Journiac était devenu un personnage.

Dans cette magistrature où l'on ne vivait que pour l'avancement, où beaucoup aspiraient à atteindre les titres de la haute noblesse judiciaire – tout hobereau rêvant d'être fait duc –, où l'on crevait d'avoir un jour à sa robe au moins un Mérite national bien astiqué et de finir avec la Légion d'honneur, voilà que l'improbable Journiac les prenait tous par surprise et emportait une timbale qu'on n'aurait jamais songé lui voir prendre.

On évitait déjà Journiac pour ce qu'il avait d'inquiétant, mais maintenant que sa nomination mettait en évidence qu'il avait un soutien puissant, on découvrait qu'il pouvait être dangereux.

Morel, son procureur, fit semblant d'être ravi de cette distinction qui honorait son parquet. Il fit même organiser un pot pour qu'on célèbre cela. Journiac eut droit à une petite allocution sur ses qualités que son chef avait toujours sues immenses et qui étaient là justement récompensées. C'était la manière habituelle du procureur Morel, qui se voulait toujours jovial lorsqu'il était en public, et qui en espérait en retour l'affection des autres.

Journiac leva sa coupe et répondit : « Merci monsieur le procureur. »

Mais en lui-même, il pensa *pauvre con* et se força à sourire.

Après ce moment de sincérité administrative, Tréviec, juge d'instruction, vint trouver Journiac dans son bureau.

Son arrivée récente à Abbeville ne lui avait pas laissé le temps de se faire une opinion sur Marc Tréviec, mais plusieurs fois, il s'était retrouvé face à lui pour requérir sur le sort d'inculpés promis à la détention provisoire.

Tréviec avait cloué sur tous les murs de son cabinet des gravures de marine et des photographies de bateaux; décor qui contribuait à éloigner la sensation d'entrer dans un bureau de gare où il se décidait toujours que l'aiguillage s'embrancherait sur la voie de l'incarcération.

Cette singularité dans l'ornement ne semblait pas relever de la seule coquetterie d'un jeune magistrat qui se pensait encore original. Journiac l'avait vu à l'œuvre dans ces courts moments où l'inculpé, son avocat et le procureur sont réunis devant un juge qui décide si quelqu'un ira ou non en prison avant d'être jugé. Tréviec était courtois et ne faisait pas semblant d'écouter. Il expliquait ce qu'il décidait. Cette attitude ne paraissait pas le manifeste d'un idéalisme qui jaunirait vite et finirait par s'effacer. Il plaçait souvent les suspects sous contrôle judiciaire au lieu de les mettre en détention provisoire; ce qui commençait à faire jaser dans ce petit univers où l'incarcération restait la norme.

— Alors, te voilà l'honneur du tribunal d'Abbeville?

Journiac lui répondit par un sourire. Tréviec s'était assis.

— Tu récupères le dossier Mezziane, je crois. J'étais à l'instruction à Laon lorsque les faits ont eu lieu. C'est Ricard qui a eu le dossier. Une horreur cette bonne femme.

— J'en ai entendu parler.

— Ce que je peux te dire, c'est de faire très attention. Je ne cours pas après les rumeurs, mais les gendarmes qui ont fait l'enquête, je les ai fait travailler une fois, pas deux. Les flics de l'Aisne les maintiennent à distance. Ils ont mauvaise réputation.

— C'est-à-dire?

— Brutalités. Je pense que Fleurote les a couverts pas mal de fois pour de sérieux dérapages.

Journiac connaissait assez l'institution judiciaire pour savoir qu'il aurait à subir les représailles de ceux que son nouveau statut avait agacés ou qui se sentaient dépossédés d'une place qu'ils estimaient devoir leur revenir. Ces vengeances seraient d'autant plus sournoises que son ascension était soudaine. De mémoire de magistrat, on n'avait jamais vu que le substitut d'un tribunal modeste, pas même au parquet général de la cour d'appel, fût mis aux assises sur les plus belles affaires, pour trois départements. C'était de la goinfrerie.

Il fut donc convoqué chez l'avocat général Leclerc. Mais avec lui, Journiac savait qu'il n'y aurait pas de non-dits : Leclerc était connu pour ne dissimuler ni ses opinions ni ses désaccords. À moins d'un an de la retraite, on l'envoyait à Paris faire des tableaux de statistiques dans un placard de la chancellerie.

« Vous voudrez bien venir prendre les dossiers dont vous avez désormais la charge », lui avait-il enjoint au téléphone.

Et Leclerc avait raccroché.

9

Le lendemain, Journiac prit sa CX pour rejoindre la cour d'appel. Deux employés du greffe chargèrent plusieurs tomes de dossiers dans le coffre de la voiture. Alors qu'ils allaient finir, une petite bonne femme blonde, avec un épais duvet sur le visage et une tête à sentir le vieil oreiller sale, vint le prévenir que M. Leclerc s'agaçait de l'attendre.

Le bureau de Leclerc au parquet général était moins présidentiel que celui de Béresse, mais tout à fait honorable et mieux exposé. Il empestait le tabac. Deux paquets de Fontenoy étaient posés sur un exemplaire de *L'Unité*.

Journiac avait toujours été frappé de ce paradoxe chez ses collègues juges ou procureurs. Ils faisaient toujours assaut de neutralité, mais lorsqu'ils étaient mutés contre leur gré, c'était souvent aux opinions qu'ils étaient supposés ne pas avoir qu'ils l'attribuaient. Quand bien même celles-ci n'auraient au fond intéressé personne.

Mais Leclerc, encore une fois, faisait exception. Il avait été au cabinet de Daniel Mayer, ministre du Travail SFIO au début de la IVe République, qui refusa de voter les pouvoirs spéciaux en Algérie. Personne n'avait jamais pu faire enlever à Leclerc le buste de Jaurès qu'il avait dans son bureau. Ce vieux laïcard était considéré comme un des grands anciens du Syndicat de la magistrature.

— Journiac, vous savez que nous avons un condamné à mort dans notre ressort, lui dit-il.

Leclerc portait un sous-pull vert pomme dont on aurait peiné à croire qu'il l'avait choisi lui-même, tant il jurait avec l'air de rigueur républicaine que lui donnait son collier de barbe blanc.

— Je l'ignorais monsieur l'avocat général.

— Perrot. Il a été transféré à Douai, mais c'est la cour d'assises de l'Oise qui l'a condamné à mort. La seule fois où je n'ai pas siégé. Si son pourvoi est rejeté et qu'il n'y a pas de grâce, à tout seigneur, tout honneur, vous avez les assises, vous aurez aussi le couperet. Vous avez déjà vu une tête tomber dans la bassine ?

— Non monsieur l'avocat général.

— Moi non plus. J'ai tenu les assises pendant dix ans et je peux me flatter de n'avoir jamais envoyé un homme à l'échafaud. Ce n'est un secret pour personne d'ailleurs, je suis contre et c'est pour cela que vous me succédez.

— Je n'ai pas sollicité votre fonction, monsieur l'avocat général.

— Oui, mais vous l'avez acceptée, c'est tout aussi regrettable. Je ne dis pas cela parce que vous me remplacez. Je le dis parce que votre patron est venu avec un programme que vous allez devoir appliquer.

— Je reste libre de ce que je requerrai.

— Libre ? Avec Béresse ?

Le visage de Leclerc s'était empourpré et il semblait ne plus maîtriser sa diction.

— Béresse ! Un de ceux qui ont prêté serment à Pétain ! Qui ont fait le sale boulot en Algérie ! rugit Leclerc qui s'était levé.

Journiac resta interdit face à la colère de cet homme qui le fixait avec violence.

— En 1944, Journiac, j'ai passé six mois à la prison de Douai. J'ai attendu la mort. Béresse venait à peine de quitter Vichy pour s'acheter une conduite dans la Résistance.

Leclerc se rassit et tira une Fontenoy d'un de ses paquets éventrés.

— Vous ne serez pas libre Journiac. Pas avec Béresse. C'est pour ça qu'il me fait déplacer. Ce n'est pas un homme qui agit au hasard et il a des soutiens. Il déblaie la gauche judiciaire, c'est ça son boulot.

— Puis-je me retirer monsieur l'avocat général ?

— Mon pauvre Journiac. Je n'ai rien contre vous. Je n'aurais pas dû m'énerver. Vous n'y êtes pour rien. Mais vous allez avoir l'affaire Mezziane. Vous risquez d'avoir Badinter. Depuis l'affaire Patrick Henry... Je suppose que vous avez lu son article dans *Le Monde*. Vous allez tous les avoir contre vous et Béresse va vous utiliser. Je ne pense pas que le bâtonnier Varengo ira jusqu'au bout avec le dossier. C'est bien trop gros pour lui. Réfléchissez quand même. Je suis convaincu que la peine de mort vit ses dernières heures. Vous voulez vraiment être un des derniers bourreaux ?

Il détacha une feuille d'un bloc qui était sur son bureau et écrivit.

— Je vous laisse mon téléphone à Paris. Appelez-moi si vous avez besoin. Si je puis vous donner un conseil, méfiez-vous et ne croyez dans les bonnes intentions de personne.

Jusque-là, Journiac s'était efforcé de tenir à distance les conséquences profondes qui s'attachaient à la fonction qu'on lui avait confiée, mais à laquelle Béresse avait stipulé une condition non écrite, obtenir des têtes. Il avait pour le moment évité de réfléchir s'il devait adhérer à sa mission. Alors qu'il rejoignait sa ferme où ses animaux l'attendaient, il se sentait nauséeux, comme si son corps l'avertissait discrètement d'une éventuelle intolérance au sang qu'on voulait lui faire verser.

Il roulait vers Abbeville. À la radio, on venait de passer le nouveau tube de Michel Sardou, *La Java de Broadway*. Le journaliste d'Europe 1 annonçait les titres du journal de dix-huit heures. Le président de la République était aujourd'hui en République fédérale d'Allemagne où il était reçu par le chancelier Helmut Schmidt. Ce déplacement présidentiel était-il lié à l'affaire de l'avocat Klaus Croissant ?

Journiac nourrit ses chiens et fuma une cigarette en regardant ses deux ânes courir avec les chèvres dans le pré, en contrebas de sa ferme. Les animaux se livraient parfois à cette sorte de joute à l'approche de la nuit lorsque la journée avait été chaude. Peut-être n'était-ce que l'effet mécanique de la température qui, s'abaissant, agissait sur eux comme un euphorique ? Ou l'humidité qui, s'installant sur les plantes, provoquait des réactions libérant d'un coup des odeurs dont s'enivraient les bêtes ?

Le temps était trop chaud pour une fin d'octobre.

Après l'Algérie, il avait vu du sang d'hommes et de femmes, surtout du sang d'accident de la route, du sang de suicidé, parfois du sang d'assassiné. Mais c'était de la matière passive : elle signifiait seulement qu'un événement avait eu lieu. Il venait constater que le sang avait coulé. Il n'en était ni l'auxiliaire ni l'auteur.

10

Journiac reste tard dehors et boit. Il se regarde, narquois. Depuis son retour à la vie civile, c'est le Journiac de la loi, le Journiac de la règle qui a gouverné ; le Journiac qu'il avait cru qu'il serait ; le Journiac qu'il aurait dû être.

Avait-il voulu rester fidèle au Journiac d'avant l'Algérie ?

Il avait été amoureux du droit. Il l'avait vénéré. Ses quatre ans à l'université avaient été une suite de révélations toujours renouvelées.

Il l'avait expliqué à une étudiante en lettres qui lui plaisait. Il ne connaissait pas beaucoup de filles. On n'invitait pas dans les soirées bordelaises un boursier venant d'un trou du Médoc. Mais elle lui souriait lorsqu'il la croisait à la bibliothèque. Une fois ils avaient bu un café ensemble. Il avait fini par l'inviter à prendre un verre. Il aurait bien aimé coucher avec elle. Les types qui étaient avec lui en cours ne parlaient que de ça, coucher. Il ne les aimait pas avec leurs Aronde Océane offertes par papa et leurs gourdes qui ricanaient à l'arrière.

La fille lui ressemblait un peu, pensait-il, parce qu'il considérait comme essentiel l'authenticité. Il aurait eu du mal à lui expliquer, mais c'était son critère. Françoise avait un physique de blonde discrète. Sans atteindre la beauté, elle n'était pas vilaine non plus.

Il avait avalé deux bières pour se donner de l'allant. Elle commanda un verre de vin. Il l'accompagna. Comme elle était aimable et bien élevée, elle lui posa des questions.

Journiac est intarissable et ne parle que de sa religion, le droit. Le putsch des généraux à Alger a ressuscité de Gaulle ; on va avoir une nouvelle Constitution. Journiac pérore comme un étudiant de quatrième année qui a passé trop de temps dans ses manuels et la jurisprudence.

Il commence à être tard lorsqu'il s'aperçoit qu'il n'y a que lui qui a parlé.

« Pourriez-vous me raccompagner ? lui demande-t-elle. J'habite près de la gare et à cette heure ce n'est pas très sûr. »

Il marche à côté d'elle et se tait. Il s'est trouvé brillant, mais se dit que pour coucher avec elle il aurait fallu qu'il soit différent.

Au pied de l'immeuble, elle lui fait face. Son visage n'est pas celui qu'elle avait au café, ni quand ils se croisent à l'université.

— Vous voyez, Pierre, je me suis beaucoup ennuyée ce soir. Vous n'avez fait attention qu'à vous-même. Vous êtes plein d'idées que vous avez reçues et que peut-être vous n'expérimenterez jamais. Vous mettez déjà tout dans des cases.

— Je m'excuse.

— Je vais peut-être vous surprendre, mais ce ne sont pas du tout vos idées qui m'intéressent. Je les trouve même un peu déplaisantes. Vous m'attirez voilà tout. Alors venez avec moi dans ma chambre. Les usages voudraient qu'on ne couche pas avant le mariage ou qu'on fasse longtemps attendre un homme... Mais moi Pierre, les règles je ne les respecte pas.

Ce que lui avait offert cette nuit-là Françoise aurait pu fissurer la vitre de protection derrière laquelle Journiac avait appris à se réfugier. Mais il n'y eut qu'un soir. Il ne la revit pas. Il apprit d'une étudiante qu'elle avait tout plaqué avant les examens pour monter à Paris. Il y eut les révisions puis les épreuves de juin et il y fut si remarquable qu'il crut qu'il était l'un de ceux que la loi attend à chaque époque pour faire les grands magistrats. S'il ne devenait pas La Boétie, il serait Montaigne.

Mais avant, il partit pour Algérie.

11

Il ne trouva pas le sommeil. Comme il s'agaçait de voir son esprit rejouer les rencontres qu'il avait eues avec Béresse, Volcker, les autres magistrats, il se releva et commença à lire le dossier Mezziane.

Le 10 février 1977, vers trois heures trente du matin, un appel téléphonique était reçu par le gendarme Brun à la brigade départementale d'Hirson, chef-lieu de canton. La personne qui appelait s'identifia comme étant le dénommé Marcel Philippeaux, agriculteur à Étanville, bourg situé dans le ressort territorial de la brigade. Ledit Marcel Philippeaux voulait signaler que « ça avait tiré quatre coups de fusil dans le domaine en face de chez lui ».

« Il s'avéra dans les suites de l'enquête », précisait l'ordonnance du juge d'instruction, « qu'au cours de leur échange le gendarme Brun et Philippeaux avaient eu des conclusions différentes sur ces tirs nocturnes ».

Le gendarme Brun n'avait eu aucune envie de réveiller un de ses collègues qui dormait au-dessus, dans un des logements de la brigade, avec femme et marmaille, pour une histoire de coups de feu de nuit : n'importe qui savait que c'était fréquent dans la région où les gens avaient le braconnage dans le sang.

Le temps qu'ils sortent le fourgon, qu'ils arrivent à Étanville, ils ne trouveraient là-bas que le verglas et le froid qui depuis trois semaines rendaient les patrouilles si pénibles. Brun avait déjà eu affaire à ce Philippeaux et c'était un emmerdeur.

Auditionné, le Philippeaux assura ensuite qu'il avait bien dit au gendarme que quatre coups de fusil si rapides la nuit « c'était pas normal », qu'on tirait pas quatre coups de fusil la nuit après une bête : « Mais le gendarme il était bien au chaud, il a pas voulu bouger son cul de feignasse. »

À sept heures trente, le même jour, la brigade reçut un second appel : cette fois-ci un ouvrier agricole. Ce fut à nouveau Brun qui répondit. Le type gueulait avec un accent tel que même Brun, qui était dans le coin depuis huit ans, eut peine à comprendre qu'on avait tué M. et Mme Chardeau, les propriétaires d'une exploitation agricole.

Brun monta à l'étage et frappa à la porte du logement de l'adjudant Gerdon. Mme l'adjudant, une jolie Niçoise, lui ouvrit la porte en peignoir et le fit passer dans la cuisine. Gerdon finissait de se raser. En attendant, elle servit à Brun un Ricoré. Elle avait une odeur de nichon chaud et de vulve matinale. Brun la trouvait un peu fière ; c'était quand même qu'une femme d'adjudant. Ils écoutèrent le journal sur RTL. Brun se demandait si Gerdon allait l'engueuler de ne pas l'avoir réveillé après qu'il avait reçu l'appel dans la nuit. Ça l'emmerdait surtout à cause de la mutation qu'il avait demandée en Lorraine, la région où il était né, et où se trouvait toute sa famille. Mais bon, avec Gerdon, on ne pouvait jamais savoir.

L'adjudant Gerdon lui laissa conduire l'estafette Renault et ne lui fit pas de remarque. Il rédigea le rapport de synthèse relatant les premières constatations.

« Arrivés sur place, nous nous sommes garés dans la cour du domaine qui est composée d'un bâtiment d'habitation et de trois bâtiments à vocation agricole. Avons trouvé sur les lieux le dénommé Francis Vreulant, ouvrier agricole, auteur de l'appel ayant informé la brigade des faits, le maire de la commune et son 1er adjoint, ainsi que le dénommé Marcel Philippeaux, auteur de l'appel à la brigade à 3 h 00 du matin. Signalons que les quatre avaient déjà pénétré dans les lieux, sans prendre les précautions d'usage.

Entrés à l'intérieur du bâtiment d'habitation, nous nous sommes dirigés vers le salon où nous avons pu constater la présence des corps sans vie de Louis Chardeau et de son épouse Jeanne Chardeau, née Lelong.

La victime Louis Chardeau est allongée sur le dos, le visage en sa partie gauche supérieure très abîmé vraisemblablement par l'effet d'un tir. La chemise de la victime porte également un trou béant au niveau du ventre, vraisemblablement un second tir.

La victime Jeanne Chardeau, née Lelong, est trouvée plus loin, allongée en direction de la cuisine, face au sol. Constatons que sa chemise est trouée sous l'épaule gauche. Un ou deux trous.

Relevons que les victimes ont abondamment saigné.

Nous enjoignons aux quatre civils présents sur place de ne pas quitter les lieux jusqu'à l'arrivée du commandant Devilaire. »

Journiac connaissait Devilaire. C'était un de ces cyrards passés par le scoutisme et les chers frères. Devilaire avait peut-être eu des aptitudes pour l'artillerie quand il servait dans les Aurès, mais pas pour la police judiciaire. Il avait expliqué à Journiac qu'il était entré dans l'armée par tradition et parce qu'il avait des certitudes.

12

Le matin, il passa au tribunal pour demander à Morel l'autorisation de rester chez lui pendant qu'il préparait ses dossiers d'assises. Il avait dix affaires à examiner. Il agissait plus par politesse que par obligation, car il ne relevait désormais que de Béresse.

Morel lui donna du «Mon cher Journiac» et le fit asseoir. Après d'inutiles banalités, Morel évoqua l'affaire Mezziane.

— Vous avez lu *Libération* hier? le questionna Morel.

— Je lis assez peu la presse.

— On m'a signalé un article.

«On», c'était les renseignements généraux dont le représentant régional fréquentait souvent le bureau du procureur.

L'article titrait «Le parti de la mort» en double page et revenait sur les affaires de ces dernières années où la peine de mort avait été prononcée.

— Je ne lis pas tous les jours ce journal, mais on y trouve parfois des choses intéressantes, commenta Morel, qui se serait abonné à *Rouge* si cela avait pu servir son avancement.

Journiac essayait de lire l'article, mais Morel soliloquait.

— Je ne dis pas qu'il faille attacher trop d'importance à cela. On sait ce qu'il faut penser parfois des journalistes. Mais tout de même... Il y a des coïncidences troublantes, comme on dit. L'arrivée du procureur général, votre nomination... et maintenant ces allégations... c'est une charge directe et intentionnelle.

Morel se tut, puis répéta :

— Directe et intentionnelle, c'est certain.

L'article évoquait le sort des condamnés à mort : « La France est aujourd'hui l'un des derniers pays où l'on exécute en Europe, comme on le faisait hier encore dans l'Espagne de Franco ou le Portugal de Salazar. Comment peut-on justifier – nous sommes en 1977, les Américains ont été chassés du Vietnam, Bowie vient de sortir *Heroes* – qu'un homme ait la tête tranchée parce que dans des conditions secrètes un jury encadré par une magistrature d'un autre âge a décidé de sa mort, parce que le monarque-président Giscard n'est opposé à la peine de mort que quand sa suppression ne comporte pas de risque électoral ? C'est la France du Journal de 20 heures qui a peur. À qui on fait peur ! C'est la France qui gueulait "À mort !" derrière le fourgon qui emmenait Buffet et Bontemps du palais de justice de Troyes. C'est la France qui n'a jamais digéré que l'échafaud soit épargné à Patrick Henry. Une France qui attend sa revanche... »

L'article continuait ainsi sur le même ton imprécateur. Comme souvent, ce n'était pas l'article principal qui présentait de l'intérêt. On aurait d'ailleurs presque dit qu'il faisait diversion. Il y avait en bas de la page de droite un encadré qui titrait « Mezziane sera-t-il le prochain condamné à mort ? ».

« L'affaire du double assassinat d'Hirson dont a été accusé un ouvrier agricole algérien, Mohamed Mezziane, viendra en janvier aux assises de Laon. Il y a fort à parier que le nouveau procureur général d'Amiens, Béresse, qui a fait ses premières armes sous Vichy et que l'on a revu ensuite en Algérie requérir à tour de bras des exécutions de moudjahidin, fera demander la mort pour Mezziane. La justice française sait toujours trouver des serviteurs zélés pour accomplir ses basses œuvres. »

— Vous avez noté le « serviteurs zélés », observa Morel. Vous êtes visé aussi. Et croyez-moi, ce n'est que le début. Je vous l'avais dit...

Morel ne lui avait rien annoncé. Mais Journiac savait que le vent capricieux du pouvoir dans la magistrature tourne souvent et que les changements de météorologie s'annoncent toujours par des signaux laissés en des endroits improbables.

— À propos, j'ai croisé Pierson à la première présidence de la cour d'appel. Il m'a dit qu'il désespérait de vous avoir au téléphone. Vous devriez le rappeler.

Il y a quelques semaines encore, il aurait été un bien trop petit gibier pour que Pierson eût à faire son siège.

Pierson était le secrétaire général de la première présidence de la cour d'appel d'Amiens. C'était un magistrat d'antichambre qui, à force d'être toujours le premier valet de quelqu'un, profitait de l'ascension de ses maîtres qu'il savait bien choisir. Il était glissant comme un savon qui aurait pris un bain d'huile.

— Je l'appellerai, monsieur le procureur.

13

Hirson se situait dans le nord de l'Aisne, à quelques kilomètres de la frontière belge. C'est en regardant sur une carte que Journiac avait réalisé que ce département tout en longueur avait un court chemin de douanier au rebord de la Belgique joignant les Ardennes et le Nord. Même avec sa CX, il avait calculé, en additionnant les tronçons de nationales et de départementales de sa carte Michelin, qu'il lui faudrait pas loin de quatre heures pour faire la route.

Il avait vérifié si ses chiens auraient assez d'eau dans le chenil pendant son absence et allait démarrer lorsqu'il entendit le téléphone sonner dans la maison. Il était rare qu'on l'appelle. Il reconnut la voix de Claire Devois, la journaliste du *Républicain picard*.

— Bonjour monsieur le procureur, c'est Claire Devois, journaliste au *Républicain*.

— Je me souviens oui, répondit Journiac.

Il ne lui fit pas remarquer qu'elle l'appelait chez lui.

— Voilà, je vais couvrir l'affaire Mezziane et j'aimerais évoquer avec vous le dossier.

Journiac ne répondit rien.

— Monsieur le procureur?

— Je vous entends oui. Je ne peux pas aujourd'hui. Mais laissez-moi un numéro où vous appeler.

— Ce n'est pas tellement une conversation au téléphone que je voudrais, mais en fait un entretien.

— Il faut que je voie. Je ne suis pas sûr.

— Vendredi, je pourrais vendredi.

— Laissez-moi vous rappeler mademoiselle.

Il inscrivit son numéro sur un bloc publicitaire Motobécane, en promettant qu'il la rappellerait.

Il prit la route.

Voilà plusieurs mois qu'il n'avait pas touché une femme. Depuis quelques années, il ne voyait plus que des prostituées. Il allait à Paris et montait avec des professionnelles de la rue Blondel. Cartier-Brochard l'emmenait de temps en temps dans une maison aux environs d'Orléans, sur les bords de la Loire. Cartier-Brochard, qui voulait le marier, lui avait présenté des jeunes femmes. Cela ne finissait jamais par une liaison. « Vous finirez marteau à force d'être seul », lui avait dit Cartier-Brochard.

— Cela se termine toujours mal, Roland.

— Jacqueline, c'était la guerre. Sonia n'était pas pour vous. Je vous l'avais dit d'ailleurs.

À la sortie d'Abbeville, il fut pris dans une averse.

Jacqueline Perez. Sonia Erlinger.

Il chercha RTL pour écouter la matinale d'Anne-Marie Peysson et passa devant la station-service Antar dont le gérant incestueux s'était pendu l'année dernière. Il ne voulait penser ni à Jacqueline Perez, ni à Sonia Erlinger, ni à Claire Devois.

Les camions empêchaient de doubler. Il s'arrêta dans un routier pour déjeuner. Les chauffeurs de poids lourds mangeaient en regardant « Midi Première », où l'invité de Danielle Gilbert était Claude François.

Il était trop tard lorsqu'il arriva à Hirson pour se rendre sur les lieux du crime. Il passa à la gendarmerie pour dire aux pandores de se tenir à disposition le lendemain. Ils lui indiquèrent un hôtel dont la patronne n'avait pas toujours été de ce côté du métier. C'est vrai qu'elle avait des airs de vieille maquerelle.

14

Le dossier Mezziane lui avait tout de suite déplu. Il n'aimait pas les enquêtes criminelles lorsqu'elles étaient faites par les gendarmes. Il avait gardé d'Algérie une méfiance à leur égard. Flics et militaires, trop lourds, soumis à leur hiérarchie, vivant entre eux, mais croyant tout savoir de la population rurale qu'ils surveillent.

Il y avait beaucoup de choses qui le dérangeaient dans ce dossier.

Devilaire, le cyrard exalté, avait dirigé l'enquête pendant quarante-huit heures en procédure de flagrance, sans même que le procureur Fleurote se rende sur les lieux. C'était trop demander à Fleurote qui préférait superviser par téléphone. La gendarmerie, si heureuse de se voir laisser une belle affaire criminelle qui aurait dû lui échapper au profit du SRPJ, avait imposé à ses hommes une obligation de découvrir rapidement l'assassin du couple Chardeau.

Et tout s'était bouclé et c'était presque trop facile.

D'abord un coup de fil anonyme à la brigade d'Hirson qui conseillait d'aller voir au village des Arabes. Le type avait l'accent du coin. Sans doute la quarantaine, avait dit le planton à la brigade.

Le village des Arabes, c'était des familles de harkis qu'on avait plantées dans un hameau à la sortie d'Hirson. Ils vivaient dans une dizaine de maisons. Ce n'étaient pas des Arabes, mais des Kabyles.

« Ça pullule, avait confié le gendarme Tréber à un journaliste. Une vraie mechta. »

Ensuite, le vétérinaire, qui rentrait de sa tournée vers dix-neuf heures, déclara qu'il avait dépassé sur la route qui longeait le domaine des Chardeau un type avec une casquette qu'il disait bleue et un anorak qu'il pensait marron ou noir. Il ne pouvait décrire le vélo – un vélo de course ? –, mais il se souvenait des sacoches à l'arrière, jaunes, d'un jaune qu'il avait remarqué en tout cas. Le rapprochement était vite fait avec le Mohamed qu'on employait de temps en temps à la ferme comme ouvrier agricole. Le Mohamed avait un mobile : il s'était disputé avec Chardeau dont il prétendait qu'il lui devait de l'argent. C'est en tout cas ce qu'avait compris l'autre ouvrier agricole, celui qui était déclaré à la Mutualité agricole.

Alors on alla chez le Mohamed, on perquisitionna et on l'arrêta pour l'interroger. Il parlait mal le français, mais ce n'était pas grave : à la brigade, les gendarmes avaient tous servi en Algérie et ils savaient y faire avec les ratons.

Mohamed Mezziane y resta quarante-huit heures. Les pandores se relayaient. On l'assaisonna. Il fallait qu'il crache, le Mohamed. Mais Mezziane n'ouvrit pas la bouche.

Pour Devilaire, le crime était évidemment crapuleux. Il fit appeler l'agence du Crédit agricole où Chardeau avait ses comptes. Il avait retiré sept mille francs au guichet le matin du crime. Les trois mille francs en liquide trouvés chez Mezziane étaient nécessairement une partie du butin. Le reste devait être planqué ailleurs. Chardeau avait demandé des billets de cinq cents et c'étaient des billets de cinq cents qu'on avait découverts chez l'Arabe.

« Comment un bicot peut-il avoir une telle somme en liquide chez lui ? », s'interrogea le gendarme Tréber.

Il fallait retrouver le fusil, l'arme du crime. Alors on retourna le village des Arabes. Devilaire fit venir des gendarmes mobiles pour les tenir en respect.

« On ne sait jamais avec ces zozos-là », dit aussi à voix haute Tréber.

Mais pas de fusil.

Pas de fusil. Et pas d'aveux.

Au bout de quarante-huit heures, Fleurote finit par s'inquiéter du dossier. On n'avait pas l'arme, mais il y avait l'argent et le témoin de la dispute. Fleurote ouvrit enfin une information criminelle et se débrouilla pour que Mlle Ricard, l'un des deux juges d'instruction de Laon, soit saisie. Il glissa au président du tribunal que c'était un dossier pour Ricard : on ne savait pas pour qui roulait l'autre juge d'instruction, Tréviec. Fleurote le trouvait trop Syndicat de la magistrature, organisation pour laquelle il feignait d'avoir de la sympathie, mais dont il se méfiait, ses membres étant moins contrôlables. Mlle Ricard était ce qu'il fallait pour ce dossier.

Elle était fille de commissaire, et avec elle, la police, y compris la gendarmerie, avaient toujours raison. Pas question de composer avec les coupables. La personnalité des inculpés ne l'intéressait pas. Ses dossiers non plus. Elle s'en tenait aux faits et au minimum. Elle déléguait l'essentiel de sa fonction aux services d'enquête.

Mlle Ricard avait un temps sévi à l'instruction à Paris. Elle s'enorgueillissait de s'être vu confier à cette époque quelques dossiers contre des membres du FLN métropolitain qu'on lui déférait à moitié assommés. À ceux qui se rétractaient et se plaignaient devant elle de la torture, elle répondait qu'elle connaissait la musique et les mettait au trou.

Ricard avait demandé Laon pour pouvoir s'occuper de sa mère et de sa tante avec qui elle vivait. C'était un petit jambon vissé sur deux boudoirs, aux paupières peintes au bleu de carrosserie. Sa permanente traitée à la laque faisait de ses cheveux un corps solide qu'aucune intempérie n'aurait endommagé. Elle formait un couple étonnant avec sa greffière, Nicole, une pépée entre deux âges qui aimait bien laisser dépasser ses dentelles.

La juge inculpa Mezziane pour assassinat et le plaça sous mandat de dépôt. Mezziane ne répondit pas plus à ses questions. Lorsque les gendarmes l'emmenèrent, elle l'interpella : « Je vous conseille de changer de système de défense, monsieur. Il y va, je vous le rappelle, de votre tête. »

Mezziane fut mis à l'isolement. Mlle Ricard lui refusa tout permis de visite.

«Il finira par craquer», dit-elle à Fleurote.

Après trois semaines, les gendarmes mettaient la main sur le fusil. Il était caché sous la barque dont se servait Chardeau pour aller sur son étang.

Journiac trouvait le procès-verbal de constat laconique.

Devilaire avait décidé de refaire fouiller la zone de l'étang que les gendarmes avaient pourtant arpentée deux fois avec des renforts de mobiles sans rien découvrir. Et là, bingo! un fusil superposé, calibre 12, était retrouvé sous l'embarcation. Rebingo! des empreintes compatibles avec celles de Mezziane étaient présentes sur le canon de l'arme.

«Cette fois, il va y aller à la panière, le crouille», avait prédit le visionnaire gendarme Tréber.

Devilaire eut sa photo dans la presse régionale. Il plastronnait. Dans les salons de coiffure, on le trouvait beau gosse. L'adjudant Gerdon, qui devait accompagner Journiac le lendemain, n'avait pas eu les honneurs des journaux. Peut-être était-il comme Journiac: il n'aimait pas poser.

Journiac travailla tard dans sa chambre d'hôtel. Il voulait que ces procès-verbaux, qui justifieraient que dans quelque temps il requière la peine de mort, parlent.

15

L'adjudant Gerdon passa le prendre à son hôtel à sept heures du matin. Le pot d'échappement de la 4L de gendarmerie faisait du bruit et le sous-officier s'en excusa: «Ça fait un mois que les collègues du groupement doivent venir la chercher. Après, comment voulez-vous que les gens nous prennent au sérieux quand on verbalise pour une lampe...»

Pendant le trajet, Journiac essaya en vain d'obtenir un avis personnel du gendarme sur l'affaire, le sous-officier éluda à chaque fois. Il n'y avait rien qui n'était dans les procès-verbaux.

Journiac la connaissait cette musique, et elle ne laissait jamais rien présager de bon. Il se trouvait parfois un avocat qui connaissait son dossier et décelait une contradiction vicieuse qui, une fois mise en majuscule, rendait toute la procédure suspecte et frappait d'incohérence les procès-verbaux les mieux arrangés par les enquêteurs.

Journiac fit le tour du domaine. C'était une très grande ferme, sans doute construite entre les deux guerres mondiales par un propriétaire ayant des idées modernes sur l'agriculture. Les ouvertures des bâtiments étaient larges. La grange pouvait accueillir au moins deux cents bêtes réparties en plusieurs stabulations qui communiquaient entre elles et qu'on pouvait longer en empruntant un vaste corridor.

La maison d'habitation, une grosse baraque carrée au style un peu germanique, comme le reste de l'ensemble, avait été vidée de ses meubles. Les murs étaient recouverts de papiers peints chargés en fleurs sombres, comme si on avait voulu donner un genre d'intérieur de château à cette demeure de gros paysan.

Journiac demanda à l'adjudant de l'aider à prendre les mesures de la salle à manger et du salon.

« Ça, ce n'est pas au dossier, lui dit-il. C'est pourtant le minimum en matière de constatations. »

Le militaire encaissa.

Le sol, qui avait été nettoyé, comportait encore par endroits des paillettes de sang qui s'étaient incrustées dans les joints du carrelage. Journiac prit en notes son relevé. L'opération dura plus de temps qu'il aurait fallu, car l'adjudant Gerdon avait le souffle court et l'agilité d'un vieux chien rhumatisant.

Journiac sortit ensuite sur la terrasse arrière pour échapper à l'humidité de cette maison vide. La pluie tombait dans une lumière de jour qui ne se lèverait pas.

— On est loin de la frontière belge ? demanda-t-il à Gerdon qu'il sentait dans son dos.

— À deux cents mètres là-bas, derrière les arbres, monsieur le procureur.

— Emmenez-moi voir la barque où vous avez retrouvé l'arme.

— Ce n'est pas moi qui ai retrouvé l'arme si je puis me permettre monsieur le procureur, c'est le commandant.

— Et vous y croyez ?

Journiac s'était trouvé en Algérie aux côtés d'un soldat qui, touché par une balle, avait eu la même réaction que l'adjudant Gerdon à cet instant-là. Celle de chercher dans le regard de l'autre la confirmation que son corps s'était fait transpercer par une balle, puis cette expression de tristesse, presque de remords, avant de se résigner.

— Je n'étais pas là ce jour-là monsieur le procureur. Tout est écrit dans le dossier, se défendit le volumineux Gerdon.

16

En rentrant d'Hirson, il mit Europe et reconnut la voix de l'invité d'Ivan Levaï à « Expliquez-vous ». Maître Jean Salder, avocat à la Cour de cassation et au Conseil d'État, s'exprimait sur l'affaire Klaus Croissant. Un fantôme.

Journiac avait eu son premier poste au parquet de Bergerac et le collègue qu'il remplaçait lui proposa de prendre sa suite comme chargé de travaux pratiques à la faculté de droit. Journiac n'aimait pas Bordeaux et n'aurait pas voulu y revenir, mais il accepta. Il lui fallait être occupé, sinon il pensait à l'Algérie.

Jean Salder venait de réussir l'agrégation de droit. Il avait vingt-huit ans. Il était brillant, chaleureux, drôle, charismatique et très laid. Issu d'une lignée familiale de juristes ininterrompue depuis la Révolution, il appartenait à la haute bourgeoisie du droit, arrière-petit-fils, petit-fils et fils d'avocats au Conseil et à la Cour de cassation. Les Salder se transmettaient d'une génération à l'autre l'intelligence comme un privilège d'Ancien Régime et chaque aîné mâle naissait avec l'esprit des lois.

Journiac fut donc son assistant et ils s'apprécièrent.

Ce qui intéressait Salder en Journiac, c'est qu'il avait fait cette guerre, alors que lui en avait été exempté, qu'il avait même écrit contre elle, dénonçant dans des revues son illégalité. Mais loin de vouloir engager une discussion avec Journiac sur ce terrain-là, il lui dit que l'Algérie ayant eu son indépendance le débat était clos et que de toute façon aucun argument valable n'était opposable.

Ce qu'il aurait aimé approfondir, c'était son expérience de combattant.

« Voyez-vous, bien que je doive enseigner cette année les fondements du droit criminel, le droit de la guerre m'a toujours passionné. Notamment l'idée d'obéissance. Celle du soldat. L'obéissance ou la désobéissance, on les retrouve partout en arrière-plan dans le droit pénal. C'est plutôt comme cela que j'aimerais que nous préparions ensemble les travaux pratiques. Vous comprenez, beaucoup de mes collègues se moquent de ce qui se fait en travaux pratiques, mais moi, j'aimerais que nous soyons au diapason. »

Journiac admira très vite cette intelligence qui le débordait et avec laquelle tout ce qu'il avait appris en quatre années d'université se transformait maintenant en questions.

Salder faisait son cours en amphithéâtre sans notes. Alors que certains professeurs montaient encore à l'estrade en toge, il lui arrivait de descendre dans les travées pour expliquer du milieu de la salle ce qu'il pensait du concept de défense sociale. Salder était vite devenu un héros pour ses étudiants et un perturbateur pour ses collègues pour qui le droit devait se prêcher comme un sermon, avec latin d'Église.

Salder, comme Journiac, n'aimait pas Bordeaux.

À cette époque, rien n'était encore fixé chez Journiac. L'entaille de sa souffrance était très profonde, mais elle ne le brûlait pas. Il ne sentait encore que des picotements. Il continuait à regarder en l'air lorsqu'il marchait dans la rue, par réflexe, par crainte d'un tireur embusqué. Il était vigilant. C'était devenu naturel. Il se disait qu'il y pensait trop, mais que cela passerait. Il espérait être en convalescence. Il voulait croire que l'essentiel de sa douleur était resté sur le quai du port d'Alger et qu'il ne serait un jour plus encombré que de souvenirs.

Alors, dès que Salder l'appelait pour préparer un TP, pour aller boire un verre et que Journiac pouvait quitter son parquet, il faisait la centaine de kilomètres qui séparent Bergerac de Bordeaux.

Salder voyait des milieux de gauche ou plutôt ces milieux venaient le voir, car il était toujours le centre. Journiac ne se lassait pas de l'entendre retourner des idées, interpréter tout, disséquer la mécanique de n'importe quel événement pour lui arracher un sens auquel il n'aurait pas songé.

— Vous voyez, lui dit un jour Salder, je suis très sceptique quant à votre métier. Comment peut-on désirer être juge ou procureur ? Je me suis souvent posé la question. Pour la Justice ? Non, ça, c'est un mensonge qu'on se fait à soi-même. Vous pouvez raconter ça aux bonnes sœurs. Il faut déjà se sentir très supérieur aux autres pour penser qu'on pourra être la bouche de laquelle coulera la loi. Mais ne trouvez-vous pas que ce n'est pas très exact au fond, même un peu hypocrite, cette vision du juge qui ne serait qu'une sortie de tuyauterie ? Regardez comme sont écrits les arrêts de la Cour de cassation : attendu que, attendu que... Qui est attendu ? On veut nous faire croire que c'est Dieu qui écrit la loi elle-même. En réalité, ce sont d'abord des hommes et des femmes qui avaient en eux cette conviction qu'ils pourraient être les juges des autres.

— Le métier de procureur est un peu différent je crois, lui avait répondu Journiac.

— Je ne crois pas, Pierre. On vous a enseigné à l'université à quel point, depuis Napoléon, nous avions un système pénal qui était une sorte de merveille intellectuelle... Certes. Mais pour qui a été construit ce système ? Une démocratie ?

— Non bien sûr, mais l'organisation judiciaire s'est mise au service de la démocratie.

— Oui, le procureur impérial est redevenu le procureur du roi. Après avoir été à nouveau impérial, il est devenu le procureur de la République, mais c'est pratiquement toujours le même Code de procédure pénale. Il est efficace sous tous les régimes. On peut être procureur, juge d'instruction avec Briand ou sous Laval. Vous trouverez à peu près les mêmes textes et les mêmes gens. C'est pour ça que pour moi la vocation de rendre la justice est une foutaise. Il y a seulement une formidable envie de pouvoir.

— Je ne pense pas avoir cette envie-là.

— Alors vous risquez de vous trouver du côté des serviteurs. Ceux qui donnent à boire aux assoiffés. À votre santé Pierre.

Et ils trinquèrent. Et Pierre Journiac souriait un peu.

Salder était trop bruyant pour la province. Il donna une interview à propos d'une opération immobilière à Bordeaux qui déplut au maire, Jacques Chaban-Delmas.

Journiac se demanda, par la suite, ce qui avait pu pousser Salder à livrer son avis de juriste dans une spécialité qui n'était pas la sienne et sur un sujet qui, après tout, ne le regardait que d'assez loin. Mais très vite, Journiac comprit par sa hiérarchie que Salder agaçait. On était en juin 1964 et son procureur le fit venir dans son bureau.

— Dites-moi, Journiac, c'est bien avec ce Salder que vous êtes chargé de cours ou quelque chose comme ça à Bordeaux?

— Oui monsieur.

— Je ne suis pas certain que ce soit opportun. Il semblerait qu'il soit un peu agitateur.

Journiac obéit, mais ne trouva pas comment en faire l'aveu à Salder. Ils avaient prévu de se voir une dernière fois avant les vacances universitaires et s'étaient donné rendez-vous place de la Comédie. Journiac attendit, mais Salder ne vint pas. Il chercha le téléphone du cabinet d'avocat au Conseil de son père, puis hésita encore une semaine. Il se dit que Salder avait dû apprendre, d'une manière ou d'une autre, l'ordre qu'on lui avait donné. Finalement, il appela. Il tomba sur une secrétaire avec une voix rauque de fumeuse de tabac brun. Journiac lui expliqua qu'il assistait Salder à l'université et qu'il avait besoin de le joindre.

— Mais, maître Salder est aux USA en ce moment, monsieur.

— Je le rappellerai à la rentrée, répondit Journiac.

— Je ne puis vous dire ce qu'il en sera en septembre.

Journiac apprit par la suite que Salder avait obtenu un poste d'assistant à Harvard. Persuadé qu'il avait su ce que lui avait enjoint sa hiérarchie, Journiac ne put lui faire grief de son silence.

Il resta une année de plus à Bergerac dans l'obéissance de ses chefs et la solitude, espérant un coup de téléphone, une lettre, qui n'arrivèrent jamais. Sinon, il retournerait en Algérie.

17

Journiac vient de finir de taper un rapport d'opération lorsque l'Aston Martin DB4 de Christian Erlinger se gare au pied du bâtiment où se situe le secrétariat de la compagnie. Le bilan figure en annexe : une cache d'armes, sept fellaghas au tapis, deux prisonniers aux interrogatoires desquels il a assisté. Les types ont parlé et ont donné leur chef, Mohamed Ben Jelloul, que Cartier-Brochard traque depuis trois mois. Ils repartiront dès cette nuit pour tenter de le coxer. Cartier-Brochard est à l'école Bigeard : exploitation immédiate du renseignement.

Depuis qu'il est arrivé, Journiac n'a pas tiré un seul coup de fusil. Il est de tous les coups de main, mais il doit suivre le sergent Belkacem. Cartier-Brochard est moins désagréable, mais reste distant.

Journiac a entendu parler de cette Aston Martin DB4 rouge, conduite à droite, et de son pilote, le capitaine Christian Erlinger, qui porte également le titre de baron. Quand on possède un tel bolide dans un pays en guerre et qu'on a le nom d'une grande maison de champagne, on ne peut échapper à une certaine renommée. Erlinger affirme vouloir être le Bournazel de l'Algérie. Il a constamment l'œil plissé, humide de malice, un demi-sourire, un bon mot aux lèvres. On ne sait jamais s'il se moque ou s'il s'amuse, si le panache auquel il s'astreint relève seulement de l'étiquette d'un jeune officier de Légion étrangère qui surjoue les traditions.

Chez les Erlinger, Christian faisait exception.

Anoblis sous la monarchie de Juillet pour avoir joué les Orléans, la descendance Erlinger s'était, depuis un siècle et demi, mieux sentie dans les affaires que dans la guerre, sauf lorsqu'elle rapportait. Aussi les Erlinger avaient-ils toujours plus compté de présidents de conseils d'administration que de généraux. Il y avait bien eu un amiral Erlinger sous le Second Empire, un des rares idiots de la famille qui avait laissé un ouvrage prédisant l'échec certain de la marine à vapeur, face à la marine à voile, et dont on disait qu'il était bien le seul de la Royale à n'avoir pas compris que dans son arme on pouvait indistinctement avancer avec les deux.

« L'amiral Erlinger, racontait Christian, a introduit cet usage dans notre famille que quand un mâle est reconnu crétin assez tôt, on en fait un sabreur, et en général, les Erlinger ne voient pas la fin des conflits, ils meurent au début. Ainsi depuis l'amiral, un capitaine Erlinger s'est noyé en tombant du bateau qui l'emmenait avec Gallieni à la conquête de Madagascar. Le chef d'escadron Charles-Athanase Erlinger est mort renversé par une carriole le jour de la déclaration de la Grande Guerre. Un obus a coupé en deux, le 10 mai 1940, dans les Ardennes belges, Robert Erlinger parti en reconnaissance à la tête de son peloton motocycliste. C'est mon deuxième séjour en Algérie. J'ai au moins brisé la malédiction. J'en viens à penser que je suis le premier Erlinger militaire qui ne soit pas idiot. Mais il est vrai qu'ici ce n'est pas une guerre. »

Erlinger servait à la treizième demi-brigade de Légion étrangère, la 13. Dans le cagnard de midi, moment où la cour du quartier devenait une fournaise blanche, l'Aston Martin rouge, avec cet officier, mitaines de conduite aux mains, et deux légionnaires assis sur le coffre, leurs rangers sur la banquette arrière, apparut à Journiac comme une anomalie luxueuse.

18

Pour la rédaction des rapports sur la collecte du renseignement qu'il prépare, Journiac a du mal à choisir les mots qu'il doit employer. Doit-il écrire le « prisonnier » ? Le « terroriste » ? Est-ce qu'il doit indiquer que le type « avoue » ? Les informe ? Ou qu'il crache, qu'il hurle de douleur, qu'il implore la pitié, qu'il les maudit, les traite de fils de chien, qu'il s'évanouit, qu'il reprend connaissance, qu'il se débat, que ses yeux se révulsent, qu'il bave, qu'il se chie dessus, qu'il dégueule ?

Il a d'abord cru que la seule méthode appliquée aux fellaghas qu'ils capturent était celle du sergent Belkacem : la persuasion. Mais lorsqu'elle échoue, le prisonnier est laissé à Djibril et Mansour. Ce sont deux frères. Leur père a été égorgé par le FLN. Ils torturent avec précision et en silence. Ils font parler, mais eux, ne disent jamais rien. Lorsque le type est trop costaud, Belkacem les aide. Parfois, Journiac tient les pieds.

Il doit être précisé ici que Journiac a connu la violence et la peur lorsqu'il était enfant.

Journiac-le-père, qui meurt d'un accident du travail lorsque Journiac a neuf ans, est un homme d'une brutalité vicieuse. Il prend plaisir à la souffrance des autres. Lorsqu'il cogne, il casse, il écrase, il broie.

À Lesparre-Médoc, Journiac-le-père est craint.

Pendant la guerre, il a fui le travail obligatoire en se planquant dans les Landes. À la Libération, il est revenu à Lesparre avec des copains du maquis. Ils sont les rois du patelin pendant trois semaines.

Après, le père est redevenu ce qu'il a été avant la guerre, un ouvrier agricole dont on loue la force de travail, mais qu'on trouve inquiétant.

Journiac a des brûlures de cigarette. Le père le descend à la cave. Il lui coince la main dans un étau. Pour lui montrer.

Un soir, Journiac-le-père vient le prendre dans sa chambre. Toute la journée, Pierre a attendu le moment où il rentrerait. Il sait qu'à un moment on entendra le chien de la ferme voisine, puis juste après le bruit de la motocyclette sur le chemin, ses bottes qu'il racle et la porte de la buanderie par laquelle il entre toujours. Ce matin, Pierre a cassé une vitre avec son ballon. Sa mère le dira à Journiac-le-père. Après, il ne sait pas. On ne peut prévoir ce que fera son père. Voilà pourquoi Journiac, Alphonse Maurice Journiac est terrifiant. Sa violence ne connaît aucune règle et dissimule tout signe annonciateur.

Journiac-le-père meurt écrasé sous une charrue. Journiac a neuf ans. Sa mère disparaît peu à peu. Il est placé deux ans. Puis le couple Robillard l'accueille. Le docteur Robillard est médecin à Lesparre, leur fils est mort supplicié par la Milice en Haute-Loire. Journiac grandit ensuite avec sérieux chez ces éducateurs attentionnés, dont il ne peut cependant être le fils. La chasse est la seule distraction du docteur Robillard.

Le premier *djounoud* qu'il voit torturé par Djibril et Mansour doit avoir dans les seize ans. Belkacem lui a longtemps parlé, mais il n'a rien voulu savoir. Ils lui ont enlevé son burnous et baissé son pantalon.

Pendant quelques jours ensuite, il repense aux larmes du gosse. Aucun des professeurs de droit qu'il a écoutés pendant ses quatre années de licence à l'université n'a traité de la torture et de la guerre. Il peut en revanche énumérer les grands arrêts du Conseil d'État par lesquels s'est construite la notion de service public. Pour la torture, il aurait fallu qu'il fasse un doctorat.

Ce n'est pas lui qui touche l'Arabe, mais Djibril et Mansour. Il sait que dans les autres unités les Français le font eux-mêmes. Là, ce n'est pas lui. Même quand il tient les pieds du mec.

De toute façon, demain, à la même heure, il aura sauvé la vie de ce jeune capitaine qui sort de son Aston Martin garée dans la cour et il sera un héros. Alors, il pourra tout oublier et rejoindre la cohorte, entrer dans la légende.

19

Depuis plusieurs mois, tout ce qui porte du kaki dans l'ouest de l'Algérie cherche le tuyau qui permettra d'éliminer l'un des dirigeants de la wilaya V, Mohamed Ben Jelloul.

Sa fiche dit qu'il est né à Oujda d'une famille de gros commerçants algériens installée au Maroc. Un de ses frères est avocat à Oran. Ses plaidoiries pour des membres du FLN lui ont valu deux ans d'internement administratif. Mohamed Ben Jelloul a fait des études d'ingénieur en France.

Deux prisonniers ont donc parlé d'une réunion qui devrait avoir lieu avec le chef dans un douar. C'est pour cette nuit. Cartier-Brochard a demandé l'appui de la Légion et Erlinger est venu organiser *la manip*.

Le douar est à neuf cents mètres d'altitude. Les commandos de chasse de Cartier-Brochard grimperont jusqu'aux abords pendant la nuit. La compagnie d'Erlinger sera héliportée sur les crêtes pour empêcher Ben Jelloul de s'enfuir par l'autre versant du massif. D'autres unités d'infanterie verrouilleront la souricière sur les flancs nord et sud, et en bas sur la départementale. Cartier-Brochard pense que si Ben Jelloul et ses hommes survivent à l'assaut, il ne fera pas l'erreur de descendre dans l'entonnoir, mais qu'il essaiera de sortir par les hauteurs où il y a plus de couverts.

Toute la nuit, il pleut. On est fin mars. Ils sont trempés lorsqu'après plusieurs heures de marche ils sont enfin à une centaine de mètres des mechtas. Le temps est mauvais. À cette hauteur, alors que le printemps devrait être là, la neige n'a pas encore fondu et le ciel leur envoie maintenant des cristaux de glace.

«Le brouillard, dit Belkacem, c'est pas bon. C'est bien pour les *djounoud.*»

Journiac a froid. Il respire à plein nez l'odeur des pins que le contact de l'eau, le silence de la nuit et la tension exacerbent. Ils attendent l'aube. Un assaut de nuit serait hasardeux et ne permettrait pas à l'avion de la marine de les appuyer, ni à Cartier-Brochard de commander depuis son Piper L-21.

— C'est pas bon ça, répète Belkacem. Le chef va rien voir.

Cependant, vers six heures trente, les formes immédiates deviennent plus distinctes. Journiac cherche les yeux de Belkacem qui grommelle en kabyle; mais la tête du sergent est à l'abri sous la capuche de son burnous. Journiac aimerait bien une cigarette. Depuis qu'il est en Algérie, il fume. Il essaie d'étirer ses jambes. Après ces heures de marche, ses muscles sont maintenant durs et bientôt il faudra peut-être courir.

Au briefing, Cartier-Brochard les a prévenus. Si Mohamed Ben Jelloul est là, les moudjahidin défendront leur chef et personne ne se rendra.

«Je vous conseille de bien vous enfourailler monsieur le greffier», a-t-il dit à Journiac.

En plus de sa carabine M1A1 et de son colt 45, Journiac a pris une musette de grenades.

Soudain, Belkacem est debout. Journiac sent une main sur son épaule. Il se retourne. C'est Mansour qu'il n'a pas entendu venir. «*Yalla.*»

Journiac se redresse. Il déplie la crosse de sa carabine et resserre la sangle de sa musette.

Le douar est en contrebas. Les mechtas sont réparties de chaque côté du lit d'un torrent. La température est encore descendue. Il neige. Des flocons viennent se coller sur la casquette de Mansour qui marche devant lui. Ils progressent à l'abri sous les pins, mais au-dehors de ce couvert, la neige tombe désormais dans l'aurore naissante par poignées épaisses et dans le désordre du vent qui s'est levé.

De devant, on fait signe de s'arrêter. Ils sont sur un aplomb qui domine le douar, à la lisière des arbres. Belkacem s'est accroupi. Ils l'imitent. Belkacem sort ses jumelles. Ils ne sont pas dans le groupe d'assaut. Ils viendront quand tout sera fini, pour l'interrogatoire. S'il reste quelqu'un à interroger.

Le plus difficile, c'est de surprendre les chiens. Il faut arriver vite et sous le vent, sinon c'est la fanfare.

Belkacem reste un long moment les yeux collés sur les lentilles. Journiac veut voir. Il touche l'épaule de Belkacem et lui montre les jumelles.

Il ne distingue nettement que la porte d'une maison. La neige aveugle tout, effaçant les formes et les distances.

Un homme court et tombe. Il n'y a eu qu'un tir.

Journiac a vu la porte s'ouvrir. Ça, il en est sûr. À quelques mètres de la porte environ, il distingue une masse sombre dans la neige. Elle n'était pas là tout à l'heure.

Maintenant, il reconnaît trois silhouettes. Ce sont des hommes du commando.

— C'est pas bon, dit Belkacem.

Il lui demande les jumelles.

— Y'a rien.

Au talkie, on leur donne l'ordre de rejoindre le douar. Ils progressent en essayant de ne pas glisser dans la neige fraîche.

Sur place, ils trouvent la katiba du lieutenant Youcef. Les deux autres groupes sont repartis en direction sud/ouest du dispositif. Les *djounoud* les auraient devancés d'une demi-heure.

Youcef et Belkacem discutent. Journiac ne comprend pas, mais Belkacem semble énervé.

Les villageois, qu'on a sortis de leurs maisons, les observent. Même les enfants doivent garder les mains sur la tête. Tous ces visages ont la couleur de la misère et sont d'une tristesse grise.

Belkacem a confié à Journiac que le lieutenant Youcef est orgueilleux.

«Il t'écoute jamais celui-là. Il fait qu'à sa tête.»

Effectivement, Youcef ne semble pas tenir compte des imprécations de Belkacem. Au mouvement de tête du lieutenant, ses hommes se rassemblent et le suivent. Ils disparaissent derrière une des maisons.

Journiac se rend compte qu'ils sont maintenant seuls au milieu du douar, lui, Belkacem, Djibril et Mansour.

— Reste ici, lui dit Belkacem.

Le sergent donne des ordres aux deux autres. Chacun rentre dans une maison.

Journiac fait face aux habitants du douar. Ils gardent les mains sur la tête. Que fera-t-il s'ils avancent vers lui? Il y a cette femme, qui porte un nourrisson d'un seul bras, et garde une main sur la tête. Un gamin, qui doit avoir dix ans, tient un marmot tout en morve.

En jouant de son épaule, Journiac vérifie que la bretelle de sa carabine est restée assez souple s'il doit faire glisser l'arme dans ses mains. Il ne sait pas s'il doit se reprocher d'avoir peur ou d'avoir déjà accepté qu'il pourra tirer sur ces civils.

Belkacem sort de l'une des bicoques et le rejoint.

— Il y a rien. Les deux, ils vont continuer à fouiller. Youcef il va trop rapide. À peine il est ici, il repart.

— Mais qu'est-ce qu'il dit le capitaine? demande Journiac.

— Il a dit vous fouillez et après vous allez avec les autres. Mais Youcef, il fouille rien. Il part tout de suite. Moi je fouille. Je fais mon boulot. Après je pars.

Mansour ressort d'une des maisons. Il tient une casquette de fellagah. Journiac épaule. Les mains des villageois quittent leurs têtes et se mettent en l'air.

Belkacem attrape le plus vieux et le fout à terre. Il le frappe à coups de rangers. Le vieux hurle. Belkacem aussi. Aucun des habitants ne bouge. Journiac a pointé son arme vers l'un des hommes. C'est lui qu'il abattra s'ils avancent.

Belkacem tape.

Le vieux gueule.

Est-ce qu'il l'insulte? Est-ce qu'il l'implore? Journiac attend. Si son type bouge, il tire.

Puis Belkacem relève le vieux. Il époussette la neige qui s'est collée sur la gandoura du vieillard. Ils discutent maintenant, comme s'ils s'étaient rencontrés au souk.

Le vieux lève la main et montre quelque chose. Journiac regarde dans la direction. C'est vers l'endroit où ils ont attendu tout à l'heure.

Belkacem sourit. Ils continuent de parler. Journiac comprend *bezef, choukran*.

Maintenant Belkacem lève la main à son tour. Les villageois regagnent leurs cahutes. Ils ne sont plus que tous les quatre sous la neige qui tombe.

— Les *djounoud* ils sont là-haut, lui dit Belkacem.

C'est pourtant exactement à l'opposé que commencent à se faire entendre des tirs. Il est difficile d'évaluer à quelle distance. Deux à trois kilomètres, pense Journiac.

Belkacem se renseigne au talkie. Sur les crêtes, les légionnaires ont accroché un groupe qui tente de forcer le passage. Une quinzaine de fellaghas.

— Ils sont pas tous là, lui dit Belkacem. Le vieux il a dit environ vingt.

Il reprend le talkie. Cartier-Brochard donne ses ordres. Faire jonction avec la section de Légion la plus au nord-est du dispositif et intercepter les éventuels fuyards.

Ils quittent le douar. Les traces qu'ils avaient laissées en venant sont déjà recouvertes par la neige. Djibril et Mansour marchent devant. Journiac fait le serre-file. Ses yeux le piquent. Ses jambes lui font mal. Belkacem commence à le distancer. Ils regagnent le couvert où ils ont attendu plus tôt.

Belkacem a sorti ses jumelles et fouille lentement le bois. Il murmure, comme s'il parlait aux fellaghas, qu'il les appelait.

Ils reprennent leur route. Il doit être neuf heures maintenant. On continue d'entendre des tirs à l'est. Journiac a peur d'être abattu par surprise. Il a vu cette scène plusieurs fois dans des films de guerre. Un homme de la patrouille tombe ; un jeune sympathique qui venait d'arriver.

Ils montent un peu plus haut encore. Il y a moins d'arbres à cet endroit-là. La neige est plus profonde.

À l'avant, Mansour fait signe de se baisser. Il a vu quelque chose. Journiac épaule et cherche du regard. Sa fatigue a disparu. Il se sent lucide.

De reconnaître Christian Erlinger qui s'avance vers eux le déçoit presque. Il se voyait à l'instant de son premier combat.

— Alors lieutenant, lance-t-il à Journiac, on braconne ? Pas beaucoup de gibier dans les environs. Et on se pèle le cul en plus.

Erlinger est accompagné comme toujours de ses deux gardes du corps. Un géant qui pourrait être un croisement d'Allemand et de Balte à côté d'un petit brun avec une gueule de frappe.

— Alors mon vieux Belkacem, on dirait pour une fois que tu t'es fait avoir. Il n'est pas là ton grand chef.

Belkacem sourit et hausse les épaules.

Dans le rapport qu'il dressera ensuite, Cartier-Brochard lui demandera de modifier quelques détails qui n'étaient pas à l'avantage d'Erlinger qui n'aurait jamais dû se trouver là, mais se maintenir à proximité des éléments de sa compagnie, dont deux sections étaient au contact avec l'ennemi.

Lorsque l'information lui avait été rapportée que les *djounoud* s'étaient scindés et que le chef militaire de la wilaya V était sans doute dans l'ouest de la zone, il n'avait pas résisté à l'envie d'en faire sa prise. Erlinger était un propriétaire qui, à la guerre comme à la chasse, avait du mal à laisser le beau gibier à ses invités.

Soudain le visage de Belkacem se tend. Il s'écarte d'Erlinger et se met à marcher vers la droite. Il va un peu plus haut, à une vingtaine de mètres. Journiac le suit. Puis, il s'arrête et fait signe à Journiac de continuer.

Lorsque Journiac s'immobilise à son tour et se retourne, Belkacem fixe un point devant. Journiac ne distingue rien d'autre que les arbres et la neige. Erlinger et les autres ne sont plus dans son champ de vision.

Il ne voit plus que Belkacem qui maintenant épaule et gueule : « *Djounoud* ! »

Le feu instantané dont ils sont la cible est si fort qu'il lui semble à bout portant. Journiac se jette au sol et rampe vers l'arbre le plus proche. Sa respiration s'est bloquée. Il repère Belkacem qui riposte à quelques mètres de lui. Il entend d'un peu plus bas, là où ils ont laissé les autres, les tirs d'une ou deux armes automatiques. Pas plus.

Il voudrait faire usage de sa carabine, mais il ne trouve pas sur qui Belkacem fait feu. Et le docteur Robillard lui a toujours dit, ne tire pas dans le vide, tu te signales au gibier.

Enfin, il les repère. Deux hommes qui progressent par bonds entre les arbres. Environ soixante mètres. Ils viennent sur lui. Ils doivent penser surprendre Belkacem en le contournant.

Ils sont furtifs. Journiac se met dans l'axe. Il n'a pas le temps de viser, ils apparaissent et disparaissent trop rapidement. Mais, ils ont comme un rythme. Un, deux, trois. Un, deux, trois. L'un des *djounoud* s'élance. Journiac tire un mètre devant. Le type tombe. Journiac attend. L'autre fait la même erreur. Il tombe aussi.

Par la suite, à chaque fois que Belkacem racontera le combat, il ponctuera toujours son récit de cette phrase : « Le lieutenant, deux balles, deux hommes. »

La fusillade a cessé des deux côtés. De loin, Belkacem l'informe par gestes. Deux doigts. Il se passe l'index sous la gorge. Ils ont perdu deux hommes chez eux. Trois doigts sur l'épaule. Le capitaine. Sa main qui oscille. *Chaouia, chaouia.* Trois doigts sur l'épaule. Le capitaine. En bas. Vingt doigts. À vingt mètres. Il désigne sa jambe. Il est blessé. Il ne peut pas marcher. Toi. Le capitaine. Il doit aller voir. Journiac fait oui.

Il sort des grenades de sa musette et les met dans la poche de son treillis. Il décide de contourner Belkacem par-derrière et, ensuite, il bifurquera vers l'endroit où ils ont laissé Erlinger et les autres.

Journiac descend protégé par le dénivelé. Il se souvient que plus bas le relief devient plat et qu'il y aura un dernier point où il pourra encore observer sans devenir un carton facile. Le terrain au bout d'un moment fait une bosse. Il s'allonge. Il rampe sur les derniers centimètres où il s'estime encore à l'abri d'une balle.

De là, le récit de ce qui est arrivé à Erlinger est écrit dans la neige.

Au pied d'un arbre, la neige est tassée. Le tronc lui a servi de protection lorsque les tirs ont commencé.

Depuis le résineux, il y a ensuite des traces de pas, très longues ; Erlinger a couru.

Puis, du sang. Une surface aplatie. Erlinger est tombé. Une traînée large avec par endroits du rouge sur le blanc. Un peu plus loin, il y a une sorte de monticule derrière lequel un homme pourrait se cacher. Mais Erlinger n'a pas pu aller jusque-là. Il est adossé contre un arbre, à mi-chemin.

Une salve part sur sa droite. C'est Belkacem. Un peu plus haut, à sa gauche, on tire aussi. On répond en face. Devant, à soixante mètres, les flammes solitaires d'une arme automatique.

Journiac se redresse et court. Le fellagha dévie son tir, mais Journiac réussit à atteindre le monticule sans être touché.

Christian Erlinger est assis derrière l'arbre. Il a les yeux clos, puis ils s'ouvrent et il regarde Journiac. Erlinger sourit.

— Vous voilà lieutenant, lui murmure-t-il. J'aurais plutôt parié sur Belkacem. Vous allez être à la peine, cher ami, ce cochon tire bien.

— Vous êtes blessé où mon capitaine ?

Mais les yeux d'Erlinger se sont refermés.

Journiac estime à six enjambées la distance qui les sépare. Il va balancer une grenade devant puis il s'élancera. L'explosion lui laissera quelques secondes avant que le moudjahid puisse l'ajuster.

Il a rejoint Erlinger, mais encore une fois le tir est passé près. Il lui semble qu'il est désormais seul avec l'ennemi. Il n'entend plus que cette arme de l'autre côté. Pourquoi Belkacem et l'autre à sa gauche n'envoient plus rien ?

Avec Erlinger à porter, il ira moins vite pour retourner au monticule. Ils vont se faire descendre.

Deux balles font éclater l'écorce de l'arbre. Plus de rafales, le type les ajuste.

— Venez mon capitaine, dit Journiac.

Il s'est mis sur les genoux, le dos face à Erlinger et le tire par les bras pour le caler sur ses épaules.

— Dieu, ce que j'ai mal bordel !

Erlinger n'est pas lourd. Journiac se redresse et démarre. Il glisse et fait un écart. Il reprend équilibre. Encore quelques mètres.

Une détonation.

Cette balle, Mohamed Ben Jelloul l'avait gardée pour lui.

Sans liaison avec le reste des troupes engagées dans l'opération, Journiac ne pouvait savoir que Cartier-Brochard avait ordonné à une partie des légionnaires de quitter leur position pour les appuyer. C'est ce qu'il avait dû écrire dans son rapport, car en réalité, sitôt qu'ils avaient entendu que cela canardait là où était parti leur chef, ils avaient dévalé des hauteurs pour se porter à son secours. Ils étaient arrivés dans le dos de l'officier de l'ALN.

Ben Jelloul s'était comporté comme Cartier-Brochard l'avait annoncé et n'avait pas pris le risque qu'on le capture. Le chargeur de son arme était vide. Il avait gardé une dernière balle pour lui.

Le soir, tous les officiers se retrouvent au mess. On attend le colonel pour boire.

Erlinger a été transporté à Oran avec Belkacem. Un des légionnaires, le petit avec une gueule de gouape, légionnaire Léoneti, y est resté. Mansour a perdu Djibril et devra torturer seul ou se trouver un nouveau frère.

Le colonel Forbin, dit Nounours, arrive. Garde-à-vous. Merci messieurs. Repos. Repos. Journiac s'est douché. Il est épuisé. Champagne. Erlinger extra-brut. Premier toast. Le serveur repasse. Deuxième toast. À nos morts et à nos blessés ! Hors de danger et qui nous rejoindrons bientôt j'en suis sûr. À la Légion. À la Légion bordel ! Le serveur repasse. Du champagne, mon lieutenant ? — Oui encore. — Vous vouliez dire un mot Cartier-Brochard ? — Si vous le permettez mon colonel. La lumière du mess est forte.

Journiac n'avait jamais remarqué que le barman avait un si gros pif.

— Journiac ! Avancez-vous mon vieux !

Il s'avance. Pourquoi le regardent-ils tous ? Ils lui sourient et lèvent leurs coupes vers lui.

— Aujourd'hui, mon colonel, l'aspirant Journiac a été l'honneur de l'Armée française.

20

Rentré d'Hirson, il était passé à son bureau au palais de justice d'Abbeville où la secrétaire du parquet, dans un cahier qu'il laissait toujours à cette fin, avait noté les personnes qui avaient cherché à lui parler. Comme il s'était absenté deux jours, et qu'à dessein il n'avait donné aucune information sur la date de son retour, il put constater que certains noms avaient insisté.

Pierson, le factotum du premier président de la cour d'appel d'Amiens, avait appelé six fois, et pour la dernière, la secrétaire avait noté «très agacé». Avec trois tentatives, Fleurote n'était pas en reste. Il releva le nom de Claire Devois, la journaliste du *Républicain*. Le bâtonnier Varengo aussi.

Ce n'était pas tellement qu'on s'intéressait à Mezziane: qu'il fût un assassin ne souffrait pas la question, et n'avait d'ailleurs aucune importance. Le fait que Mezziane soit maghrébin opérait-il? Il n'y avait pas besoin de le dire. C'était encore l'Arabe qui avait tué la famille de colons.

Seulement, cette affaire se présentait à quelques mois des élections législatives de mars 1978, à un moment où dans la magistrature s'accélérait la fermentation des envies.

Ceux qui croyaient à une victoire de la gauche espéraient qu'on saurait les remercier pour avoir été des magistrats dans les vues d'un pouvoir dont le ministre de la Justice serait nécessairement socialiste. Voilà presque vingt ans que la droite tenait la chancellerie, alors si Mitterrand devenait le Premier ministre de Giscard, il y aurait des ouvertures pour ceux qui ne seraient pas victimes de l'inéluctable purge. Les engagés n'étaient pas loin de plastronner sur la simple foi de sondages et du résultat des municipales du printemps. Certes, septembre 1977 avait vu l'éclatement de l'Union de la gauche, mais on était quand même, pour certains, dans l'après-midi du grand soir.

Beaucoup de hauts magistrats, mous-du-centre, serviables par complexion, s'angoissaient qu'on puisse se méprendre sur la prospérité de leurs carrières. Comment exclure qu'après une mainmise sur l'État par les socialo-communistes on ne s'intéresse pas ensuite, une fois éliminés les affidés de l'« ancien régime », à ceux qui n'avaient été que conservateurs ou naturellement répressifs ?

La magistrature qui avait débuté pendant la guerre, qui avait eu Mitterrand comme garde des Sceaux, ne craignait pas les changements de régime puisqu'elle était encore là, et que Mitterrand l'était aussi. Ceux qui pouvaient encore aspirer à gravir l'ultime marche, pour rejoindre l'olympe de la Cour de cassation, pensaient qu'ils pourraient l'emporter sur leurs concurrents, sans avoir à afficher un ralliement qui aurait paru suspect, mais en donnant, à temps, les gages d'un humanisme de bon aloi.

Justement, cette affaire Mezziane, où l'on requerrait sans doute la peine de mort, ne plaisait pas du tout au premier président de la cour d'appel d'Amiens, René Monchalin, qui avait commandité son valet Pierson pour qu'il enquête auprès de Journiac.

Le président Monchalin avait l'embonpoint d'un magistrat qui était resté toute sa vie assis, ne quittant le siège que pour passer à table. Des dizaines d'années à l'audience lui avaient laissé un visage de gros reptile joufflu ; espèce dont il tenait la capacité à dormir la paupière mi-close. Avec la rapidité d'un caméléon, il gobait l'imprudent qui aurait pris son impassibilité pour de la bonhomie.

Monchalin était un poids lourd de ville secondaire qui avait su se ménager des appuis à Paris. Il s'était distingué par l'habileté de certaines de ses décisions et les embarras qu'il avait su éviter à quelques-uns. Il était dans le quota de ceux qui pouvaient prétendre à la récompense suprême, et qu'il fallait quand même allouer un peu aux provinciaux, pour qu'on ne dise pas que la Cour de cassation n'était que parisienne. Béresse était, lui, politiquement plus tatoué. Il avait servi de manière ostensible avec une grande diversité d'allégeances. Il s'était souvent compromis. Mais comme c'était avec tout le monde, c'était sa force et sa faiblesse.

L'entrevue eut lieu aux conditions de Pierson, dans un café, un Balto quelconque, près de la gare d'Amiens, d'où l'on voyait la tour Perret, assez loin du palais, et d'un risque de voisiner avec des collègues ou des avocats.

Ponctuel, Pierson l'attendait dans l'arrière-salle, où des adolescents déguisés en motards se partageaient entre un baby et un flipper. Avec son costume pied-de-poule de marque, sa coupe de catalogue de coiffeur, sa cravate voyante, il affirmait l'ambition d'un chic qui serait parti dans la mauvaise direction de la mode, au rayon hommes des Nouvelles Galeries.

Surnommé à la cour « n'est-ce pas » ou encore « point-point-point », Pierson tourna en rond, recommanda un autre Canada Dry, croisa et recroisa ses doigts, fit tourner son alliance, avant de se porter en lisière de son sujet, d'y faire des incursions très brèves, ponctuées de « je ne vous ai rien dit », de « que cela reste entre nous », entrecoupés de « mon cher Journiac ». Il ne manquait à cet encens que le latin et le vin de messe.

— J'espère que vous ne trouverez pas ma démarche, comment dirais-je... en un mot... scabreuse. Mais mon cher Journiac, la situation est embarrassante voyez-vous... ce n'est pas tellement votre nomination... bien au contraire... mais tout de même... cela a créé un trouble. Vous comprenez, mon cher Journiac ?

— Je comprends oui.

— Le président aime que les choses se passent bien dans sa cour d'appel, vous imaginez...

Oui, Journiac imaginait bien.

— Il n'est pas le chef du parquet et ne veut surtout pas avoir l'air de s'immiscer dans ses affaires, n'est-ce pas ? Que cela soit clair entre nous… Je peux vous assurer… Mais quand un chef de juridiction ne peut avoir de dialogue avec le chef des procureurs, admettez que cela fait désordre… Savez-vous que M. Béresse n'avait même pas informé le président Monchalin de votre nomination ?

— J'ignorais. Mais je n'ai pas à être informé de ces choses-là.

— Vous voyez, mon cher Journiac, la situation est très compliquée pour le président Monchalin… Il lui devient très difficile de prévoir… n'est-ce pas ?

— J'en suis désolé.

— Enfin, ce qui est fait est fait, n'est-ce pas ? Et il est très content pour vous. Cette affaire Mezziane… alors c'est donc vous qui allez requérir ? Sacré dossier… une affaire de peine de mort, n'est-ce pas ?

— C'est la peine encourue oui.

— C'est celle que vous allez requérir, n'est-ce pas ?

Journiac détourna son regard.

Une fille était maintenant aux commandes du flipper. Derrière elle, son mec, en sous-pull moulant jaune qui mettait en valeur ses biceps, lui tenait les hanches. Elle se frottait le cul contre lui quand elle marquait des points. Ça les faisait marrer.

— Je ne vous demande pas de réponse, bien entendu… Il faut que la justice passe. Mais les périodes électorales ne sont pas propices aux affaires de peine de mort… Cela polarise les gens… Cela risque de politiser la chose… Le président Monchalin n'aime pas beaucoup cela. Il n'y aurait pas moyen de reporter cette affaire après les législatives ? En mai ?

Ayant flairé qu'une nouvelle condamnation à mort en janvier pourrait constituer, s'il fallait décider de sa mise à exécution avant les législatives de mars 1978, un désagrément pour l'exécutif, Monchalin espérait sans doute épargner ainsi au pouvoir une incommodité éventuelle. Ce qu'il ferait savoir. Il n'y perdait rien non plus si la gauche triomphait. Il ferait remonter, cette fois, qu'il avait agi par abolitionnisme.

— Le calendrier est fixé.

— Laissons la porte ouverte... Mai, ce ne sont que quelques mois... On y verra plus clair... Et là, vous pourrez requérir votre peine de mort... Car il la mérite sûrement votre assassin.

Pierson dut sentir quelque chose. Il abrégea. Le corps de Journiac s'était, d'un coup, couvert de sueur.

Pierson s'était levé.

— Je ne veux pas vous ennuyer plus longtemps. Reparlons-en. C'est le mieux. Sondez Béresse ? Pourquoi pas ? C'est bien possible qu'il vous écoute. Depuis l'Algérie, vous avez toute sa confiance.

Journiac aurait bien rossé cette petite crapule d'antichambre, mais avec ce mot « Algérie », Pierson l'avait piqué au venin. Que pouvait-il savoir ? Avait-il eu accès à son dossier ? Possible. Pour Béresse, qui l'ignorait ? Il avait donc fait le rapprochement. Ils étaient en Algérie les mêmes années. Et alors ?

Mais à faire tourner lentement cette phrase, en la détachant du magma qui l'avait précédée, Journiac mesurait à quel point Pierson s'était voulu précis dans l'allusion, comme pour marquer qu'à défaut de pouvoir formuler d'emblée des allégations il tenait au moins l'indice de quelque chose qui appelait de plus amples recherches.

21

Après son entrevue avec Pierson, Journiac décida qu'il n'y en aurait pas d'autres. Il s'isola chez lui avec le dossier Mezziane et les autres affaires qu'il devait préparer pour la session d'assises. Mais les solliciteurs ne désarmaient pas.

Un collègue, Lecoutre, juge d'instance à Péronne, qu'il connaissait à peine, mais qui était le représentant régional du Syndicat de la magistrature, l'appela chez lui un soir, éructant un monologue décousu sur la justice de classe, un congrès d'Amnesty International qui se tiendrait bientôt sur la peine de mort et les droits des Palestiniens. Journiac se demanda si le type était saoul ou simplement excité par des vapeurs de doctrine.

Après cela, il n'avait plus décroché.

C'est sans doute ce qui conduisit Fleurote à lui écrire quelques lignes sur une carte de correspondance d'un format qui indiquait toute la considération que le procureur de Laon se portait à lui-même.

Fleurote lui donnait d'abord du «Mon cher Pierre», puis continuait ainsi: «Je vois bien que vous ne tenez pas à ce que nous échangions pour le moment. Ce que je respecte. Sachez que je ne vous tiens pas pour responsable de la situation et que, quoi qu'il arrive, vous conserverez mon amicale estime.»

L'amicale estime de Fleurote. Fleurote lui ferait la peau dès qu'il le pourrait, et il le lui annonçait par son «quoi qu'il arrive». C'était sans doute pour bientôt, mais Journiac s'en cognait.

Le procès Mezziane se tiendrait en janvier et plus Journiac reprenait le dossier, plus il était clair que la juge d'instruction avait bâclé son information. La cote «Personnalité» était indigente. Mlle Ricard avait interrogé la femme de l'accusé, mais le procès-verbal faisait deux pages. Elle ne savait rien, ne comprenait rien, son mari était un bon mari. Deux des six enfants avaient été auditionnés, mais pas les deux aînés, âgés de vingt-cinq et vingt-deux ans. Ils n'avaient pas répondu aux convocations. Il apparaissait que Mme Chardeau avait eu un fils d'un autre lit, qui n'avait pas non plus été entendu, car on n'avait pu déterminer son adresse, faute de l'avoir cherchée. C'était pourtant bien lui qui avait dû faire enlever les meubles de cette ferme vide où Journiac s'était déplacé.

Le reste du dossier était à l'avenant. Le vétérinaire, qui avait d'abord décrit le vélo qu'il avait doublé comme ayant des sacoches jaunes, comme celles d'un facteur, avait montré moins d'assurance sur la couleur devant la juge. Réflexion faite, avait-il affirmé, les sacoches étaient vertes. Ça tombait bien: c'était le cas de celles du vélo de Mezziane. On avait trouvé aussi un ancien patron de l'accusé qui avait témoigné que celui-ci s'était montré agressif une fois qu'il l'avait payé en retard. Ça tombait bien: le type ferait son effet à l'audience pour montrer les prédispositions de Mezziane. La balistique était médiocre. Le rapport sur les traces papillaires ambigu.

Il fallait reprendre cet alignement d'approximations.

Journiac demanda à Flavien, un inspecteur de la police du SRPJ d'Amiens, de passer le voir chez lui. Il avait confiance en ce fonctionnaire d'une trentaine d'années qui avait adopté les codes vestimentaires qu'affectait la nouvelle génération de flics. Même dans un service de province, il fallait faire antigang. Flavien avait le cheveu mi-long, une petite moustache à la Patrick Dewaere, un blouson qui laissait voir l'étui de son arme.

Il avait dit à Journiac qu'il voulait une autre police que celle qu'il avait rejointe et où, par atavisme, on ne répugnait ni à la violence ni aux coups tordus. Flavien était au PSU et se revendiquait flic de gauche.

Journiac apprit à la radio que le pourvoi en cassation de Perrot avait été rejeté par la chambre criminelle de la Cour de cassation.

22

Ils avaient passé Beaumont-sur-Oise et si le chauffeur de Béresse maintenait l'allure, ils seraient dans une heure à Paris. Ils auraient le temps de déjeuner avant leur rendez-vous à la chancellerie.

Béresse n'avait rien dit depuis leur départ. Il avait lu les dossiers posés à côté de lui à l'arrière. Puis il s'était endormi. La CX Pallas du procureur général était confortable.

La veille, le chauffeur de Béresse était passé chez Journiac déposer une enveloppe en papier pelure, à en-tête du parquet général. Béresse le convoquait pour le lendemain. Il avait joint à la collante une coupure de *France-Soir* rapportant que, selon des sources informées, Robert Badinter s'apprêtait à prendre la défense de Mezziane.

Journiac s'était dit que le ténor allait mettre en pièces ce dossier indigne et qu'il s'en ouvrirait à Béresse. Il lui expliquerait que l'affaire lui paraissait avoir été mal instruite. Mais au lieu d'un entretien dans le bureau du procureur général, il se retrouva dans sa voiture de fonction, assis à l'avant avec le chauffeur.

Journiac observa Béresse dans le rétroviseur pendant qu'il dormait. Même les yeux clos, son visage annonçait la dureté de son caractère. Au seuil de la vieillesse, le temps avait accentué les plis et les creux de cette face qui en sommeil gardait cette grimace de colère et de menace que Béresse affichait toujours à l'éveil.

— Vous connaissez Badinter ?

— Je l'ai vu à Troyes pour le procès Patrick Henry.

— Vous avez lu son interview dans *Paris-Match* après l'acquittement ?

— Je crois.

— Il faisait la couverture telle une vedette de la chanson. C'est qu'il ne se prend pas pour n'importe qui notre abolitionniste national. Vous savez avec qui il a débuté ?

— Je ne crois pas.

— Henry Torrès... Vous n'avez pas lu *L'Exécution* ? Torrès, un avocat de la même obédience. Israélite comme lui. De ceux qui sont passés entre les mailles.

Journiac regarda dans le rétroviseur. Béresse avait un filet de sourire aux lèvres. Ce qui n'était pas fréquent.

— Je lis tout ce qu'écrit Badinter. C'est très intéressant, instructif. Vous qui étiez à Troyes au procès Patrick Henry, vous avez vu l'interview qu'il a donnée sur le petit écran après le verdict ?

— Oui, je m'en souviens, il était en robe.

— Admirable d'efficacité télévisuelle. La petite voix, le ton confessionnal et professionnel. Je ferme la parenthèse. Il faut lire ce qu'il écrit, Journiac. Vous risquez de l'avoir contre vous. Et ce qu'il faut comprendre, quoi qu'il en dise, c'est que les Français restent très attachés à la peine de mort. Je dirais même à leur guillotine. Elle inspire l'effroi. Vous l'avez déjà vue fonctionner ?

— C'est moi qui serai à l'exécution de Perrot, s'il n'est pas gracié.

— Vous verrez, c'est d'une efficacité redoutable. À Alger, nous avions un bourreau remarquable. Les Français aiment leur guillotine. C'est un des symboles de la Révolution. Elle nous relie à notre histoire. Et ça, un Badinter ne peut pas le comprendre.

Béresse ne parla plus pendant un moment. Il avait pris *Le Figaro*. « Mettez-moi les nouvelles », ordonna-t-il enfin. Le chauffeur tourna la molette de la radio. C'était « Le Jeu des mille francs ». Le chauffeur commença à changer de station, mais Béresse lui dit de laisser. Ils entrèrent dans Paris avec Lucien Jeunesse.

Béresse ne dit plus rien jusqu'au restaurant où le chauffeur les déposa, rue du Marché-Saint-Honoré. C'était une sorte de bouchon lyonnais qui n'avait pas sacrifié au formica et conservé son comptoir en bois et zinc, ses sièges de moleskine rouge et ses nappes à carreaux. Béresse devait y avoir eu ses habitudes, car le patron et la patronne vinrent lui serrer la main.

— Quand j'étais à la chancellerie sous Schuman puis Mitterrand, c'était ma cantine.

Il lui désigna du menton le taulier.

— J'ai rendu quelques services à Émile qui traînait des histoires depuis la Libération. Services qui m'ont rendu son invité à vie. Je vous conseille le tablier de sapeur. Ce n'est pas de la nouvelle cuisine ici.

Journiac n'avait pas faim.

— Vous avez une personnalité curieuse Journiac. Vous ne m'avez même pas demandé pourquoi je vous emmenais à Paris.

— J'étais certain que vous finiriez par m'en parler, monsieur le procureur général.

Béresse qui avait sous les yeux la carte des vins releva le nez.

— Et moi, j'aimerais être certain que vous finirez par me parler de votre petit voyage à Hirson. C'est remonté dans la gendarmerie et revenu à moi. Ils sont très à cheval sur leur probité, nos gendarmes. Alors croyez bien que vos allusions ont déplu. Vous allez retrouver ces types comme témoins aux assises, c'est inconscient de les déstabiliser. Ils doivent sentir que vous êtes leur allié.

— Le dossier Mezziane présente certaines faiblesses, monsieur le procureur général.

— Les dossiers sont faibles quand on est faible soi-même.

— L'information judiciaire est parcellaire.

— Elles le sont toutes. Il manque toujours quelque chose. Vous êtes là pour qu'on ne s'en aperçoive pas. Ce n'est pas cela qui m'ennuie. C'est que nous risquons de perdre notre affaire. Fleurote fait des pieds et des mains pour qu'elle lui soit rendue. Vous savez que son beau-père est à la Cour de cassation. C'est un bâtisseur comme je les appelle. Franc-mac, vous voyez le genre. Il se démène pour son gendre. Le plus jeune procureur de France… Et Monchalin intrigue aussi de son côté. Fleurote est un opportuniste. En fonction de ses intérêts, il réclamera ou non la peine de mort.

La femme du patron vint prendre la commande de Béresse, qu'elle appelait « monsieur André », l'œil presque mouillé. Elle avait la jupe un peu courte pour son âge et ses collants chair ne suffisaient pas à cacher ses varices.

— Tout à l'heure, nous allons rencontrer Hugon de Bessonville, le directeur de cabinet de l'académicien. C'est lui qui m'a demandé de venir. Il doit faire une recommandation au ministre. Vous, c'est-à-dire nous, ou Fleurote.

— Je ne suis pas heureux que tout cela prenne une telle importance, monsieur le procureur général, hasarda Journiac.

— Mais où avez-vous vécu Journiac depuis l'Algérie ? Il ne vous a pas échappé, j'espère, qu'en matière criminelle, c'est l'ordre public qui prime sur tout. L'ordre public doit être prophylactique. Les vies d'un Bontemps, d'un Ranucci n'ont aucune importance. En les éliminant, nous montrons le pouvoir ultime de l'ordre social sur les éléments nuisibles. Cet ordre social, la loi nous a confié le pouvoir et la mission de le protéger. Rendez-vous compte que hormis les temps de guerre et la légitime défense nous sommes les seuls à pouvoir faire tuer légalement.

La taulière déposa les entrées : salade d'anchois pour M. André et céleri rémoulade pour Journiac.

— La sauvegarde de l'ordre public, Journiac. Comme vous en Algérie. Œil pour œil. Ce n'est pas moi qui vous jetterai la pierre. Compte tenu des circonstances, vous avez fait ce que vous aviez à faire. C'est bien d'ailleurs pour cela que j'ai couvert.

La bouche de Béresse luisait de l'huile de sa salade d'anchois. Il s'essuya d'un coup de serviette rapide et précis.

23

Jean Hugon de Bessonville les reçut à la chancellerie presque en propriétaire de l'hôtel de Bourvallais ; en tout cas, comme s'il avait été le descendant du financier, un temps président du parlement de Bretagne, qui s'était offert ce palais en 1706, et l'avait perdu sous la Régence.

Le ministre n'étant pas là, Hugon de Bessonville leur montra son bureau qui avait été celui de Cambacérès. Il les fit passer par la galerie Peyronnet, puis asseoir dans son cabinet, dont il ressortit aussitôt, car il devait régler une affaire urgente.

« S'il croit m'impressionner, ce petit vicomte, grinça Béresse. J'étais déjà ici quand il se faisait encore torcher le cul par sa mère. »

Meubles anciens provenant du mobilier national, deux fenêtres donnant sur le jardin du ministère, boiseries dont la restauration récente se remarquait, Hugon de Bessonville affichait son rang dans cette hiérarchie républicaine qui ne s'incommode jamais de coucher dans des draps ayant servi sous la Royauté ou l'Empire, pourvu qu'ils inspirent au visiteur la grandeur de l'État.

Un peu flottant dans ce costume en tergal marron qu'il aurait pu tenir d'un grand frère, maigre, tout en articulation et en maxillaire, Hugon de Bessonville sentait la famille nombreuse, le carême, la sortie de messe, les rallyes de la Mayenne, l'achat de *L'Action française* sous le manteau, et aurait pu avoir été jeune giscardien s'il n'avait déjà fait si vieux.

Il les fit attendre une heure, et lorsqu'il revint, il les informa qu'il ne les retiendrait pas longtemps. Le ministre était rentré : il devait l'accompagner à Matignon.

— Je vais aller à l'essentiel. La situation à la cour d'appel d'Amiens cause deux problèmes au ministre. Je vous rappelle que le gouvernement a une échéance importante en mars. Il veut du calme dans la fonction publique en général, dans la magistrature aussi. Or, mon cher Béresse, la nomination de votre jeune collègue pour lui confier la charge des plus grosses affaires d'assises, dans plusieurs départements, a provoqué un émoi qui est parvenu jusqu'ici, et dont le ministre ne voudrait pas qu'il se transforme en fronde.

— J'ai usé d'une prérogative que je tiens de la loi.

— Le ministre n'en disconvient pas et ne veut aucunement empiéter sur vos prérogatives. Néanmoins, il fait face à une difficulté sérieuse. Le président de la cour d'appel s'est plaint.

— Cela ne le concerne pas. Il a en charge le siège, j'ai le parquet.

— Bien entendu, et encore une fois, le ministre, dont vous avez l'entière confiance, ne veut en rien rogner sur vos prérogatives. Mais voilà, vous nommez votre jeune collègue, dont personne ne conteste le talent, mais qui n'a cependant jamais requis aux assises, et il arrive sur des dossiers importants... sensibles d'une certaine manière.

Hugon de Bessonville avait parlé jusque-là sans regarder Journiac. Il s'exprimait au nom du ministre, ce qui empêchait Béresse d'argumenter. Du reste, ce dernier ne montrait rien de son agacement.

— L'autre aspect également, c'est ce dossier Mezziane. C'est sans conteste un dossier où la peine de mort pourrait être prononcée. Si je regarde le calendrier, l'audience se tiendra en janvier. S'il était condamné à mort, le pourvoi en cassation pourrait être rejeté en février et la question de la grâce se poserait en pleines législatives. Or, le ministre ne souhaite pas que la peine de mort devienne un sujet dans la campagne. Le président de la République examinera après-demain la demande de grâce de Perrot, et je ne vous cache pas que c'est mal parti. Il n'a gracié ni Ranucci, ni Carrein, ni Djandoubi. Avec Perrot, cela fera quatre. Ce qui est encore acceptable. Mais le ministre ne veut pas en faire le président de la guillotine.

— Pompidou n'a pas gracié Buffet et Bontemps. Et sous de Gaulle, il y a eu de nombreuses décapitations sur le territoire métropolitain.

— Et plus encore en Algérie sous Mitterrand lorsque vous étiez au ministère. Je connais ces chiffres. Mais la question n'est pas là pour le ministre. Il semblerait que Badinter rentre dans le dossier, et ses engagements, sa proximité avec Mitterrand sont connus. Il a broyé un parquet très expérimenté lors de l'affaire Patrick Henry.

— Sa désignation n'est pas confirmée.

— Nous avons des renseignements précis, nous lisons la presse et écoutons aussi Radio Palais. En tout cas, voilà. Le ministre va prendre sa décision. Et je crains qu'elle ne vous soit pas favorable, conclua-t-il, en regardant pour la première fois Journiac.

Hugon de Bessonville s'était levée. L'audience était terminée. Il ne les raccompagna pas. Il devait voir le ministre.

Sortant du ministère, Béresse prit à droite en direction de la rue de Rivoli. Il marchait vite, l'œil mauvais, le front traversé plus qu'à son habitude de plis de colère. *Pourquoi suis-je en train de suivre cette crapule ?*, se demanda Journiac.

Ils arrivèrent au bout de la rue de Castiglione, précédés d'un petit groupe de hippies crépusculaires qui semblaient s'être égarés sur le chemin d'Ibiza.

— Vous avez vu cette petite salope ? dit enfin Béresse. Jamais je n'ai été traité comme ça. Vous avez compris qui est derrière ?

— Monchalin ?

Béresse haussa les épaules.

— Monchalin n'est qu'un laquais qui présente le vase.

Béresse s'arrêta et regarda Journiac.

— Croyez-moi, celui-là, je verrai bientôt passer son cadavre depuis la berge. Avec moi, les fourberies finissent en « nuit des longs couteaux ».

Journiac se demanda si un corps comme celui de Monchalin pouvait flotter. Il faudrait une rivière avec du courant. Ils continuèrent sans rien dire jusqu'à l'Oratoire. Béresse s'arrêta encore une fois, tournant dangereusement le dos à la statue de l'amiral de Coligny.

— J'aurai le fin mot de l'affaire. Cette histoire ne tient pas debout. Je connais bien la chancellerie. Ce à quoi vous avez assisté est exceptionnel. D'habitude, on tourne en rond, on prend des égards. Mais là, nous avons été traités comme des chiens. Fleurote doit avoir rencontré des intérêts très puissants. François Erlinger, vous le connaissez je crois?

Les questions de Béresse finissaient toujours en griffure.

— Oui.

— Et pour cause, n'est-ce pas?

Il aurait pu lui répondre que chez les Erlinger François n'avait jamais compté pour lui, que dans les familles ce n'était pas toujours à la branche subsistante qu'il fallait s'intéresser.

— Cette droite d'affaires ne sait plus où sont ses principes. Vous savez que Fleurote le voit et qu'il croit qu'il le conseille? Je vais rester à Paris. J'ai quelques amis qui pourront me renseigner. Vous, rentrez. La grâce de Perrot va être refusée. Il ira dans la panière samedi. Continuez à travailler le dossier Mezziane, c'est nous qui l'aurons.

Obligeant une R5 à ralentir, Béresse traversa la rue de Rivoli en direction de Saint-Germain-l'Auxerrois. Journiac continua vers le Châtelet.

Journiac n'avait pas envie de retourner à Abbeville. Il marcha et finit par se cogner au Centre Georges-Pompidou qu'on venait d'inaugurer. Puis il retourna vers le boulevard de Sébastopol et remonta en direction de la gare du Nord.

Le prochain train était dans deux heures. Il s'installa au Terminus Nord avec des journaux. Il essaya d'oublier Béresse, l'exécution qui l'attendait, en lisant la presse, mais au bout de quelques lignes, il décrochait et revenait aux impressions que lui avait laissées cette dernière séquence en compagnie du procureur général.

Journiac n'avait jamais cru que Béresse lui avait confié des assises pour récompenser les qualités sous-estimées d'un magistrat. Béresse n'était pas un rétributeur. Le ressort de la cour, qui comprenait neuf tribunaux de grande instance, ne manquait pas de parquetiers qui auraient fait aussitôt vœu d'obéissance si Béresse les avait appelés à lui. Ses motifs étaient donc ailleurs.

Estimait-il que la conduite de Journiac en Algérie l'assurait d'un même point de vue sur la peine capitale? Lors de leur premier entretien, Journiac était resté évasif.

Béresse venait de lui montrer que l'affaire Mezziane était bien plus que l'exemple qu'il voulait faire. Sa hargne allait au-delà de ce qu'aurait pu justifier la frustration d'être contredit dans sa décision. Il y avait cette atmosphère, ces rappels réitérés de son passé en Algérie. Ces avertissements ne pouvaient se comprendre au regard de la soumission que Béresse exigeait. Ils annonçaient un besoin de contrainte dont la cause lui échappait encore.

Journiac avait passé quinze ans à se méprendre sur les raisons de la tristesse de sa vie. Le fait qu'on lui demande de tuer, même si ce n'était qu'en requérant la peine de mort, commençait à rendre plus net ce qu'il ne voulait plus être.

Pourquoi était-il resté magistrat, se demandait-il? Avait-il craint que l'armature enlevée, ce qui restait encore de lui-même se répande?

Ayant infusé dès l'enfance dans ce sirop républicain où l'avait fait baigner son tuteur, le ressort qui devait faire de lui un serviteur de l'État avait été tellement remonté qu'il aurait dû suffire à le pousser tout au long de sa carrière.

Après l'Algérie, il avait voulu continuer de croire que la justice ne se nourrissait que du droit et de grands principes. Dans l'isolement qui était le sien, et la grisaille des parquets successifs où il avait servi, il s'en était toujours tenu à ce qui était légal et équilibré. L'obéissance et l'encadrement hiérarchique l'avaient protégé de lui-même. Il avait vécu sous anesthésie, s'en était accommodé, faisant cohabiter en lui le Journiac de la fonction, le procureur, avec ce Journiac abîmé, qui voyait dans le Journiac magistrat, un être fictif. Sa robe de procureur n'avait été qu'un refuge : le déguisement de l'homme de loi lui permettait de cacher l'autre.

Béresse avait évoqué François Erlinger. Il se dit qu'il devait appeler Jean Salder. Journiac demanda le téléphone.

Il reconnut la voix de la vieille secrétaire qui, il y a quelques années, lui avait annoncé le départ de Jean pour les États-Unis. Mais cette fois, elle le lui passa.

— Pierre ? Comme ça me fait plaisir que tu appelles, lui dit Salder, qui, comme toujours, parlait le premier.

— Je suis à Paris. Tu aurais le temps de boire un café près de ton cabinet ?

— Mieux que ça. Viens dîner ce soir à la maison. J'ai quelques amis que j'aimerais que tu connaisses. Ils t'intéresseront, tu verras.

Dîner chez Salder, c'était revoir Sonia.

Il restait silencieux et sa bouche n'arrivait pas à former un « oui ».

— Allez Pierre, tout cela est loin maintenant, lui dit Salder. Viens, je suis sûr que finalement tu seras content.

Sonia avait été la chaîne qui le reliait à Christian et Jacqueline.

24

La maison des Erlinger à Canastel fait face à la mer. La Méditerranée y envahit les yeux quelle que soit l'heure. Les Erlinger, qui ont des vignes en Algérie, se sont fait construire dans les années trente ce palais colonial où ils ne viennent presque jamais. La maison ne vit que quand ils se déplacent en Afrique du Nord, pour faire le tour de leurs propriétés.

Depuis qu'il sert en Algérie, Christian Erlinger en a fait un lieu de fêtes et une garçonnière qu'il prête à ses amis. Il est maintenant d'une générosité sans limites avec Journiac qui lui a sauvé la vie.

Journiac a quelques jours de permission et Jacqueline l'a rejoint. Elle a fait croire à ses parents qu'elle restait à Alger réviser ses examens avec une amie. La maison est pour eux.

Avec elle, Journiac apprend l'amour où il est débutant. Jacqueline est naturelle et a déjà eu des amants. Elle fait comprendre à Journiac qu'il faut savoir être plus lent, moins mécanique. Elle le guide.

Un personnel, dont le vieil Hassan qui prétend avoir eu le même soir à table Lyautey, Churchill et la Callas, les sert. Ils lisent au bord de la piscine, nagent. Ils se promènent dans le parc, discutent et font l'amour.

Jacqueline a la peau dorée, le sexe charnu, des fesses que Journiac aime garder dans ses mains. Elle le prend dans sa bouche.

Tout ce qu'il a été jusqu'à ces jours à Canastel, l'enfance prolétaire, le placement, l'étudiant boursier, lui semble s'effacer pour laisser place à une confiance joyeuse en tout ce qui pourrait lui arriver.

Jacqueline est en cinquième année de médecine à Alger. Elle lui dit qu'il pourra rester ici après son service militaire. «Mon père pense que le FLN est fini.»

Journiac suivrait n'importe quel prédicateur qui lui promettrait qu'ils resteront toujours ensemble à se regarder et à écouter *Chérie, je t'aime* par Staiffi et ses Mustafa's.

Christian Erlinger les rejoint pendant deux jours. Il donne un dîner de trente couverts en l'honneur de Journiac. Il a convié la bonne société oranaise, qui ne se le fait pas dire deux fois. Un dîner à la résidence Erlinger est un événement mondain dont on parlera dans *L'Écho d'Oran*.

Cartier-Brochard est là, au bras d'une fille très maquillée, et maintenant en chef fraternel qu'il est devenu pour lui.

Le dîner finit à l'aube, au pied des falaises, sur la plage, face au soleil.

Le lendemain, Erlinger leur a eu des places pour un concert de jazz organisé par le Hot Club d'Alger, au casino de Canastel. Journiac n'a jamais vu de musiciens jouer en vrai.

Le concert fini, ils boivent un verre au bord de la piscine du casino. On est au cognac-soda, un mélange rapporté par les anciens d'Indochine. Par instants, l'air est chargé d'un jasmin qui grimpe le long d'un mur. Erlinger reconnaît à une table voisine des pilotes de l'escadrille Gascogne qui volent sur B26. On se rapproche. Les types sont décontractés et reviennent d'un stage aux États-Unis. Ils portent des jeans. Tous les jours, ils vont straffer les zones FLN, mais paraissent en vacances.

Erlinger prend Journiac à part.

— Dites-moi, Pierre, ça a l'air sérieux entre vous et Jacqueline?

— Nous allons nous fiancer.

— Vous avez bien réfléchi?

Non, il n'a pas réfléchi. Tout semble s'être imposé à lui comme à elle, alors la question le surprend; comme si on avait voulu le réveiller, mais qu'on lui parlait de trop loin, trop bas.

Voilà huit jours qu'il n'est plus qu'avec Jacqueline, et même si la résidence Erlinger n'est que le décor factice d'un bonheur colonial à l'agonie, ils se sont convaincus que l'imprévu qui les a fait se connaître, une guerre que l'on appelle des «événements», est le signe manifeste pour elle, romanesque pour lui, qu'ils étaient destinés l'un à l'autre.

— Oui j'ai réfléchi, répondit Journiac.

— Alors je vais vous faire un beau cadeau de fiançailles.

Journiac ne voit plus Erlinger pendant trois mois. Sa compagnie de la 13 a été envoyée sur la frontière tunisienne. Les commandos de chasse de Cartier-Brochard continuent leurs opérations en Oranie, et le long du Maroc. Journiac a laissé Belkacem pour un rôle plus mobile, qui varie en fonction des coups de main. Son corps s'est habitué aux marches, au soleil qui dessèche, à être près de l'ennemi.

C'est lorsque Cartier-Brochard l'affecte au groupe de reconnaissance qu'il s'épanouit. La tension, le bruit qu'il faut entendre, l'indice, l'absence d'indice, la traque, à l'approche, vite, au jugé.

Ce n'est pas tellement de prouver à chaque fois qu'il est le meilleur tireur. Ni de collectionner les fellaghas à son tableau. Il tue deux autres hommes. L'un d'eux presque à bout portant meurt sous ses pieds. C'est autre chose qu'il ne peut nommer; ce sont des blocs de moments où il disparaît de lui-même, où tout en lui est intégralement concentré, dirigé vers l'instant d'après.

Comme des milliers d'appelés, il est là pour éradiquer la rébellion. Il a appris maintenant qu'il faut distinguer les Arabes et les Kabyles, mais en dehors des hommes du commando, il ne fait que les poursuivre ou les croiser. Lui et eux sont là, ici, mais toujours à distance.

Jacqueline le présente à ses parents. La mère est effacée, le père camelot. Il l'interroge, mais Journiac se demande s'il l'écoute vraiment, car il peut poser cinq minutes plus tard les mêmes questions. Impossible de discerner si le choix de Jacqueline plaît à son père. Jacky Perez préfère le monologue à la conversation;

le point d'exclamation au point final; sauf quand c'est un point c'est tout. Ils restent à table quatre heures. Tout y passe: la chaussure, le FLN, de Gaulle, l'armée, encore la chaussure, puis les impôts. De temps en temps, Jacqueline ou sa sœur, Chantal, contredisent leur père. Alors, Jacky Perez s'emporte, refait un tour de piste et apporte de nouvelles preuves.

À partir d'ici, les souvenirs de Journiac viennent comme un vieux papier à motifs que l'on arrache dans une maison abandonnée. Ce sont des lambeaux irréguliers. Il manque souvent une partie du dessin. C'est de toute façon une chambre funéraire où l'on ne peut se déplacer qu'avec beaucoup de précautions.

Ils sont dans cet appartement d'Oran, chez un ami d'Erlinger, dont on fête l'anniversaire. Un grand type frisé, avec une tête à la Darry Cowl, s'occupe de la musique. Le tourne-disque est encastré dans un meuble en acajou, qui fait aussi radio. Tout le monde est venu déguisé. Il y a des chefs indiens, des cow-boys, une Cléopâtre, une bergère... Jacqueline lui a bricolé un habit de pirate. Elle est en gitane.

Erlinger les rejoint vers minuit, avec des bouteilles de champagne portées par un de ses légionnaires. Les pilotes rencontrés au casino de Canastel sont là aussi. On picole. Les aviateurs font les cons.

Journiac ne peut s'arrêter de danser avec Jacqueline, dont l'hispanité est ce soir renversante. Avec l'alcool qu'il a bu, la beauté de ce bonheur qu'il regarde l'hypnotise.

Un petit gars déguisé en romain lui glisse à un moment: «Dis donc, tu dois pas t'emmerder avec cette poupée.»

Journiac trouve la remarque vulgaire, mais en même temps, elle le flatte.

— Prêt pour le grand jour? lui demande Cartier-Brochard. Vous savez qu'il faudra être à six heures au quartier. La prise d'armes est à dix heures et Challe n'est jamais en retard.

— Nous serons à l'heure, mon capitaine. Christian doit nous accompagner.

— C'est bien ce que je crains justement. Vu ce qu'il est en train de se mettre, soit il ne se réveillera pas, soit il ne pourra pas conduire.

Ils quittent Oran à quatre heures du matin. Erlinger dort dans l'Aston Martin qui roule derrière eux, conduite par un légionnaire. Jacqueline et Journiac ouvrent la route dans une jeep, dont le chauffeur est également un des hommes d'Erlinger qui, pour une fois, a prévu qu'il finirait saoul.

Le souffle de Jacqueline descend le long de son cou. Ils ont fait l'amour dans une chambre de l'appartement. Journiac sent sur lui tout le poids de sa fiancée qui a dévissé dans le sommeil.

Au sein du défilé qui passe devant les plus hautes autorités militaires d'Algérie, Journiac est dans la garde d'honneur. C'est à Belkacem qu'on a confié le fanion du commando. Cartier-Brochard marche devant. Il n'y a pas de fanfare. La musique militaire est diffusée par des haut-parleurs qui crachotent *La Victoire en chantant*. Journiac découvre, aux décorations de Belkacem, qu'il a fait la campagne d'Italie, celle d'Allemagne et l'Indochine. Challe les salue. Journiac voit Jacqueline dans le public, mais ne peut lui faire de signe.

Un appelé du service cinématographique des armées filme la prise d'armes. Il y a aussi un photographe de *L'Écho d'Oran*.

Sur l'un des clichés qu'on lui remettra ensuite, il est de profil, les traits de son visage sont aplatis par une ombre, mais il est reconnaissable. On voit bien Challe qui le décore et lui sourit.

Il vient de lui dire : « Au nom du président de la République, je vous fais chevalier de la Légion d'honneur. »

C'est le cadeau de Christian Erlinger. La République, même gaullienne, ne peut refuser à cette famille une décoration qu'elle lui a demandé d'attribuer.

Des années plus tard, Journiac aura une copie du film. À un moment, la caméra passe sur le public. Jacqueline, à côté d'un gros type avec casquette et moustache, relève ses lunettes dans ses cheveux. L'opérateur, qui a repéré la jolie nana, reste un moment sur elle.

Belkacem cogne au carreau de sa chambre. Il allume la lumière. Journiac n'a pas résorbé le champagne et le vin qu'ils ont bu au mess pour fêter sa décoration. Ils ont dansé. Puis, comme c'était convenu, Erlinger a raccompagné Jacqueline à Oran.

« Ils ont tiré sur la Martine mon lieutenant. »

Il comprend. La Martine, c'est l'Aston d'Erlinger.

Cartier-Brochard les attend dehors au volant d'une jeep.

Les corps ont déjà été évacués. Le soleil se lève. La décapotable est sur un talus. Le tireur les a pris de face à la 12.7, alors qu'Erlinger devait ralentir pour prendre un virage.

À la morgue d'Oran, Journiac entend le toubib déconseiller à Cartier-Brochard d'aller voir les corps.

— Ils ont joué avec eux, vous comprenez.

— J'y vais moi, mon capitaine, dit Belkacem.

Journiac le suit. On leur a coupé le nez et énucléé les yeux.

Journiac n'assiste pas à l'enterrement de Jacqueline. Il dort à l'infirmerie. Il ne retrouvera jamais le souvenir de ce qui s'est passé après la morgue, jusqu'à ce qu'il se réveille en pleine nuit sur ce lit de malade.

25

Ce qui suit, en revanche, est conservé sans altération dans la mémoire de Journiac. Chaque détail a été annoté au cours du temps. Il peut parfois tout revoir en continu, ou à d'autres moments, être assailli par certaines séquences.

Il reste quinze jours à l'infirmerie du régiment, fébrile, ou comateux lorsque le toubib lui donne un tranquillisant. Cartier-Brochard et Belkacem viennent le voir, quand ils ne sont pas sur le terrain. Une fois, Belkacem lui dit : « Je les trouverai mon lieutenant. Tu verras mon lieutenant, je te jure que je les trouverai. »

Il reçoit une lettre de la sœur de Christian Erlinger. Il lui avait dit qu'il avait une sœur artiste. C'est une sorte de poème en prose qui commence par « Au survivant de mon frère ». Plusieurs fois, il essaie de lire le texte jusqu'au bout, mais il ne peut déchiffrer cette écriture aux lettres minuscules et au sens obscur.

Le chef de corps le fait venir dans son bureau. Il passe son uniforme. Il a perdu deux crans de ceinturon.

Nounours se montre aimable, mais direct.

« Journiac, je sais ce que vous venez de vivre, mais il va falloir que vous preniez une décision. Si vous le souhaitez, je vous fais rapatrier en métropole, vous serez affecté ailleurs, voire même libéré de vos obligations. Sachez que je comprendrais très bien.

Vous pouvez également rester avec nous. Vous avez le choix. J'attends votre réponse pour demain. »

Le soir, Belkacem passe à l'infirmerie.

— Tu es allé voir le colonel, mon lieutenant ? Et qu'est-ce qu'il t'a dit ?

Journiac lui explique.

— C'est bien, alors tu restes, comme ça on pourra les trouver.

Il reste.

Il est en opération lorsqu'a lieu la semaine des barricades à Alger. Il est souvent avec Belkacem à assister aux interrogatoires des fellaghas capturés. Mansour a fait venir un autre de ses frères pour l'aider à faire parler les prisonniers. La torture n'incommode plus Journiac. Il admet que Belkacem l'utilise pour extirper les noms des assassins de Jacqueline. Il ne le décourage pas. Il lui demande : « Alors ? ».

Belkacem répond : « Pas encore mon lieutenant. »

Cartier-Brochard le met en garde : « Faites attention Pierre. Il ne faut pas perdre son objectivité dans le combat. »

Ce n'est pas Belkacem qui lui apporte le nom de l'assassin de Jacqueline et Christian. Depuis la mort de sa fille, Perez veut casser du bicot à outrance. Avec d'autres commerçants, dont l'un a un beau-frère inspecteur de police à Oran, il s'est acoquiné avec des flics qui, depuis le discours de De Gaulle sur l'autodétermination, se sont convaincus qu'il fallait s'occuper du front intérieur, celui des ambigus, des modérés et des traîtres. Perez leur donne ceux qu'il connaît ou repère.

Un des policiers apprend de l'armée qu'un nom aurait été balancé, que le suspect serait interrogé depuis deux jours dans une villa où l'on traite les cas spéciaux, ceux qui, quoi qu'ils disent, seront liquidés. Il retrouve Perez dans un café d'Oran.

« Ils l'ont celui qui a été tué ma Jacqueline. C'est le frère du chef des bicots que vous avez zigouillé. Une putain d'avocat qui a défendu les fells. »

Belkacem connaît les militaires de la villa Mancini. Il y passe plusieurs fois, mais on a encore besoin du colis.

Des journaux à Paris dénoncent la disparition de l'avocat, désigné comme « courageux défenseur, aux côtés d'autres confrères, des dossiers les plus difficiles ». Le barreau d'Alger ne dit rien.

Perez trépigne. « Quand est-ce qu'ils vont nous la donner, cette pute ? »

Après une semaine, on prévient Belkacem que le prisonnier est à eux. En route, ils repassent à l'endroit où Jacqueline et Christian ont été tués. Perez les attend dans la rue, avec une haleine d'anisette.

Avec son parc, ses poutres et ses volets rouges, la villa Mancini, pourrait avoir été construite à Biarritz ou à Saint-Cloud ; mais elle est gardée par des troufions, et l'on y torture.

L'homme qui les conduit à la cave où l'on garde l'avocat est habillé en civil, mais Belkacem l'appelle « mon lieutenant ». L'officier porte un pantalon de toile, une chemise à rayures multicolores et laisse derrière lui une odeur d'after-shave qu'il laisse derrière lui ; comme un type qui s'est mis propre, après une journée de travail, avant d'aller rejoindre des amis. Dans l'escalier qui conduit au sous-sol, il annonce : « On vous le livre comme ça, brut. On l'a pas lavé. Si vous utilisez votre voiture, je vous conseille de mettre une couverture dans le coffre. »

En bas, Journiac lui demande :

— Il a avoué ?

— Rien. Pour un avocat, il n'est pas bavard. Mais on sait que c'est lui. Notre informateur est un type fiable. Et puis, à vrai dire, on s'en fout. De toute façon, on ne peut pas le remettre en circulation.

Il ouvre une porte. La pièce est dans le noir. L'acidité de l'urine se fixe sur les cloisons nasales de Journiac. Une pisse qui a stagné. Une odeur de rigole de latrines, acide et suffocante. La lumière s'allume. L'homme a été laissé sur le sol, sans chaussures, le pantalon encore baissé, tire-bouchonnant aux chevilles. Il ne bouge pas.

— Il est pas mort au moins ? questionne Perez.

— Vérifiez, mais on essaie de pas les faire claquer ici.

Belkacem s'approche et se penche.

— Il est pas mort mon lieutenant. Il faut le monter maintenant.

Il sent d'abord les poils de ses jambes dans ses mains. Puis l'humidité huileuse de sa peau. Le corps est léger, presque souple.

L'escalier est sombre, mais à mesure qu'ils grimpent, la lumière du rez-de-chaussée découvre le marron des briques et la poussière. De son visage, il ne voit qu'un menton.

C'est lorsqu'ils sont dehors, au cul de la 403 de Perez, que le prisonnier se tend. Journiac essaie de garder prise, mais ses mains glissent sur la peau trempée. Il lâche. Ses pieds trouvant appui au sol, le type commence à ruer.

Après l'obscurité de la cave, les yeux de Journiac se défendent encore de la lumière de cette fin de matinée. Il se penche pour tenter de lui attraper les jambes. Un coup au visage l'envoie à terre. Quand il se relève, Belkacem a retourné le prisonnier, le bloque au sol, un genou sur la tête et les mains croisées dans le dos.

— Il faut l'attacher, mon lieutenant.

— J'ai des sandows dans la voiture, souffle Perez.

Journiac l'attache. Il serre. Perez étale une couverture dans le coffre de la Peugeot. Ils le soulèvent. Journiac peut enfin voir son visage.

Ses lèvres sont gonflées et fendues en deux endroits. Le nez fin. La terre qui s'est collée sur sa face droite lui fait comme un masque de comédien exténué. De la boursouflure de ses yeux, un trait qui descend vers la mâchoire indique le parcours d'une larme.

26

Dès que le majordome des Salder lui ouvrit, l'anxiété qui attaquait Journiac lorsqu'il était en société se propagea dans son corps et s'installa dans son esprit.

Il connaissait les symptômes. Il savait que, qui qu'on place à côté de lui, il ne se trouverait pas de conversation, que ses phrases seraient brèves et que, peu à peu, on finirait par oublier ce voisin barbant, sauf s'il devait passer un plat ou quelque chose. Il n'y avait qu'à l'audience qu'il était encore en mesure de s'exprimer, mais c'était dans sa langue de savant.

L'appartement se trouvait au rez-de-chaussée d'un hôtel particulier de la rue des Saints-Pères ; il fallait passer deux cours d'immeubles pour en atteindre l'entrée.

Le majordome le reconnut. « Bonjour monsieur Pierre », lui dit-il.

Il prit son manteau et l'invita à le suivre.

Ils traversèrent une grande salle où il y avait un billard français et plusieurs jeux d'échecs posés sur des guéridons. La pièce, dont les portes étaient ouvertes, donnait sur une bibliothèque aux rayonnages qui montaient haut vers le plafond. Puis ils passèrent un bureau dont les murs portaient des photos et des diplômes, comme dans les films américains. De l'autre côté d'une porte, on entendait des rires.

Derrière, il verrait Sonia.

Mais à la place, c'est François Erlinger qu'il trouva, ce frère aîné qui n'avait jamais aimé Journiac, et le lui avait fait sentir par ce ton de désintérêt lorsqu'il s'adressait à lui. Chez les Erlinger, c'était le solide, celui qui dirigerait maintenant les affaires avec la modernité arrogante d'un HEC passé par les universités de la côte est.

Jean Salder avait beaucoup grossi, et comme tout le monde, ses cheveux avaient poussé. Il s'avança vers lui et lui donna l'accolade.

— Pierre... Tu ne peux pas savoir comme ta venue me ravit.

Les invités s'étaient levés. Salder emmena Journiac vers eux.

— Bien, je vous présente. Pierre est magistrat. Nous avons bossé ensemble à Bordeaux avant que je m'en fasse virer, je ne sais plus pourquoi. Ah oui, un article sur la politique immobilière de Chaban. Donc, Philippe qui dirige un service de cancéro, je ne sais plus dans quel hosto d'ailleurs ?

— Villejuif.

— Isabelle, psychanalyste. Catherine, la femme de Philippe, qui nous a produit *Au plaisir de Dieu* que tu verras bientôt à la télé. Jean-Pierre Dumesnil, des éditions du même nom. Et François, que je ne te présente pas.

Journiac serra les mains.

— Qu'est-ce que tu veux boire ? On est au Erlinger, comme il se doit.

— Parfait.

Il remarqua sur l'un des murs un portrait d'après photo de Christian. Il y était représenté en uniforme et képi, avec en arrière-plan un décor de désert. Il manquait à ses yeux la lumière et la malice qu'il avait vivant. Le peintre l'avait emprisonné dans un air de maréchal de France.

— Nous parlions du film de Schoendoerffer, *Le Crabe-Tambour*. Tu l'as vu ?

— Non.

— Tu vois, Philippe, reprit Salder qui était resté debout, je suis assez hésitant sur ce film. Il n'y a rien à redire sur les acteurs, la photo. Mais je suis gêné qu'une fois de plus comme souvent dans les films de guerre les vraies questions ne soient pas posées.

— Tu ne peux pas demander à Schoendoerffer de faire un film à thèse.

— Oui, mais la figure de ce lieutenant de marine, je ne sais pas comment on dit, enfin c'est un putschiste et tout ça est vu sous l'angle de l'amitié et de la fidélité. Quand on se souvient combien de gens a tués l'OAS, merde ! c'est encore frais.

— Ça a tué de tous les côtés, objecta l'éditeur. Je te passerai le bouquin que j'ai sorti sur les barbouzes. Et contrairement à l'OAS, les barbouzes sont encore actifs. Tout le monde se souvient de l'affaire du juge Renaud.

— Vous le connaissiez ? demanda à Journiac le prof de médecine.

— Non, absolument pas.

Puis la conversation bifurqua sur la Coupe du monde, le livre de Didier Decoin, *John l'Enfer*, et la bande à Baader.

Sonia Erlinger n'arrivait pas. Elle était à un vernissage, lui apprit-on.

Salder les fit passer à table où ils furent servis par le majordome et une fille brune avec un tablier blanc.

Dans un angle de la pièce, la télévision diffusait en sourdine France-Bulgarie.

Journiac échangea quelques mots avec sa voisine, mais comme toujours, la conversation tourna court.

Salder et l'éditeur n'étaient jamais du même avis ; le professeur de médecine faisait l'arbitre. François Erlinger, comme Journiac, ne disait rien.

La salle à manger était moderne par rapport au reste de l'appartement. La table était en verre. Journiac pensa avoir vu les chaises sur lesquelles ils étaient assis dans la vitrine de Knoll devant laquelle il s'était arrêté.

Le dîner s'interrompit plusieurs fois pour suivre le match. But de Rocheteau à la trente-huitième minute. Un tir à vingt-cinq mètres de Platini. Commentaires Thierry Rolland.

À la fin du repas, Salder fit remarquer son silence à François Erlinger.

— On ne t'entend pas beaucoup, François? Tu as ton visage préoccupé. Parle-nous de ta campagne. François se présente aux législatives dans l'Aisne.

— Écoute, ça semble ne pas trop mal se présenter. Sauf si Chirac nous tire dans les pattes.

— Vous vous présentez sur quelle liste? demanda Philippe Moirand.

— UDF.

— La droite quoi, dit la psychanalyste.

— C'est moins simple qu'il n'y paraît, chère madame. Nous sommes libéraux en économie, mais sur d'autres aspects, nous sommes progressistes, comme on dit.

— Par exemple?

— Beaucoup d'entre nous sont contre la peine de mort, par exemple.

— Ce n'est pas vraiment ce qu'a montré Lecanuet pour Patrick Henry, commenta l'éditeur.

— Oui, mais il y a des gens chez nous qui sont franchement contre.

— Je ne vois pas comment on pourrait être pour, trancha le prof de médecine.

Journiac voyait que la discussion se dirigeait vers lui. Salder, Erlinger, qui des deux le désignerait? Ce fut Erlinger.

— Peut-être que vous pourriez nous en dire quelque chose Pierre? C'est vous qui avez cette affaire Mezziane, n'est-ce pas? C'est ce qu'on appelle une affaire de peine de mort? Vous allez la requérir?

Journiac n'allait pas lui faire la fleur de lui dire où il en était.

— Je viens d'avoir le dossier, dit-il. Mais c'est la peine maximale encourue.

— Donc, vous ne l'excluez pas? demanda la psychanalyste.

Ils le fixaient tous, exigeant une réponse.

Journiac prit son verre et but une gorgée de vin.

— Sincèrement, je n'ai pas à cet instant de réponse à votre question.

À l'autre bout de la table, François Erlinger croisa ses mains, qu'il plaça sous son menton. Journiac lui connaissait cette habitude qui signifiait qu'il ne s'arrêterait pas là.

— Vous m'étonnez, Pierre. Ce n'est pas ce qu'on dit dans le landerneau. Votre patron Béresse fait un principe de cette affaire. Cela se sait. Si c'est vous qui requérez, vous n'aurez pas le choix.

Un couvert heurta une assiette.

— Si c'est vous bien entendu.

Il aurait été inutile que Journiac lui demande s'il avait été informé de leur visite dans l'après-midi à la chancellerie, Erlinger aurait nié. Mais c'était bien lui l'intérêt puissant que Béresse avait évoqué. Fleurote était le procureur d'un département dont il briguait l'une des circonscriptions, et ce que désirait Fleurote, l'éviction de Journiac du dossier Mezziane, Erlinger le pouvait pour lui.

— Béresse, vous dites ? intervint l'éditeur. Celui de la Cour de sûreté de l'État ? Je publie justement un livre sur la justice de Vichy. Enfin quand l'auteur me rendra sa dernière copie. Il n'arrête pas de reporter. Je n'ai pas envie de me retrouver en même temps que Philippe Boucher dont j'ai appris qu'il envisageait quelque chose.

— Boucher, du *Monde* ? demanda le prof.

— Malheureusement, ce n'est pas mon auteur. Mais je regarderai si ce Béresse est dans le bouquin de mon journaleux.

— C'est possible, dit Salder. Béresse a été également procureur militaire en Algérie. Il a toujours été là où on peut persécuter les gens.

— Je pensais que la magistrature avait été épurée en 1945, s'étonna le prof de médecine.

— Un petit peu. C'est le paradoxe de notre merveilleux pays, et de sa justice. Ceux qui ont servi sous Vichy, magistrats, policiers ont en nombre continué à faire carrière. Et ceux qui en Algérie et dans toutes les colonies ont assisté la répression, torturé, fermé les yeux, magistrats, flics, gendarmes, fonctionnaires de la préfectorale, où sont-ils aujourd'hui ? Encore, au service de l'État.

— Cela ne m'étonne pas, intervint la psychanalyste.

— Oui, continua Salder, et c'est ce qui m'a frappé à mon retour des États-Unis et du Canada. Il y a en France finalement une symbiose, si je puis dire, des corps de l'État...

— Un marxiste dirait une « solidarité de classe », observa la psychanalyste.

— Oui, ces corps, police, magistrature, préfectorale savent que leur équilibre dépend l'un de l'autre. Quand on s'attaque à l'un, on s'attaque à tous. Je le vois tous les jours cette endogamie dans l'État. Tu dois voir ça aussi dans les hôpitaux, Philippe. Et toi Pierre, je n'en parle même pas.

— Tu ne peux pas comparer le service public de la santé aux flics, objecta le médecin.

— Ah bon ? Alors pourquoi est-ce encore si difficile d'engager la responsabilité d'un hôpital ? Pourquoi les tribunaux vous protègent-ils ?

— Si tu fais du droit, Jean, je suis certain de perdre. Bien que visiblement tu ne gagnes pas tous tes procès.

Ils rirent de la boutade. Journiac se força à sourire.

— Et je ne parle pas de la restitution des biens juifs détenus par l'État ou qui passent en vente, reprit Salder.

Il y eut un froid.

— Tu t'en occupes ?

— Un peu. J'ai consulté. C'était dans la presse d'ailleurs. Mais c'est un autre problème.

On continua à la bibliothèque pour le café et les digestifs.

Journiac passa le long des livres. Salder collectionnait, et le plus fort de ses trésors était constitué d'ouvrages de droit anciens qu'il achetait dans tous les domaines : du recueil de coutumes au traité sur le régime des eaux en Périgord. Tout était classé par matières. Pour le droit pénal, un thésard n'aurait pas eu besoin de passer ses journées à Cujas. Il y avait tout.

Il sortit le traité *Des délits et des peines* de Beccaria, l'édition en langue française de 1765.

Salder, qui était à quelques mètres, lui dit :

— Prends-le, Pierre, je te le donne. À condition que tu n'oublies jamais cette phrase : « La peine de mort est funeste à la société par les exemples de cruauté qu'elle donne aux hommes. » Tu la connais ?

— Oui.

Journiac ouvrit le livre au chapitre XXXV, «Du suicide», et lut à haute voix Beccaria: «La question se réduit donc à savoir s'il est utile ou dangereux à la société de laisser à chacun des membres qui la composent une liberté perpétuelle de s'en éloigner.»

Erlinger s'était approché de lui.

— Je peux vous parler cinq minutes Pierre?

Journiac referma le traité.

— Bien sûr.

— Merci. Comme vous le savez, je me présente dans l'Aisne. Vous connaissez mon procureur, Fleurote?

— Oui.

Journiac nota le possessif. Fleurote lui appartenait donc.

— Ce que lui a fait Béresse est injuste. Je reconnais que Fleurote a ses limites; il est un peu hâbleur; le contraire de vous en somme. Je ne veux pas que ma campagne soit emmerdée par une histoire de peine de mort. L'affaire Buffet-Bontemps, puis Patrick Henry ont fait un tort terrible à Troyes, Galley a dû passer à la télévision pour dire que les habitants de la ville n'étaient pas des brutes. D'ailleurs, je suis contre cette guillotine. C'est trop violent.

Jean Salder s'était approché d'eux.

— Le café est servi, leur dit-il.

Salder avait posé sa main sur l'épaule de Journiac, puis s'éloigna.

— Autre chose Pierre, reprit Erlinger. Qu'est-ce que vous savez de cette rivalité de vieux caciques? Monchalin et Béresse?

— C'est-à-dire?

— Il y a des choses qui me remontent. Enfin, qu'on m'a signalées.

— Si c'est Fleurote, vérifiez.

— Non, pas Fleurote. Fleurote n'est intéressant que comme émanation. Il ne reconnaît que la main où il viendra manger. Ce qui est déjà ça. Non, quelque chose de plus sombre, dirais-je.

— Plus flic?

Il éluda.

— Nos deux raminagrobis se titilleraient avec des choses pas très propres. Il y a aussi de la rumeur autour du dossier Mezziane.

Vous avez vu quelque chose dans cette affaire qui justifierait ces bruits ?

L'allusion crépita en lui au contact des impressions qu'il avait eues du dossier. Journiac se demanda si c'était un avertissement ou s'il devait tenir cela pour une vraie question. Cela pouvait aussi relever de la vanité de montrer à l'autre que les circonstances le dépassaient ; motivation qui était envisageable avec François Erlinger dont l'un des travers était de trop admirer son intelligence.

— Pas à ce stade.

Ils s'observaient comme deux menteurs qui se comprennent.

— Personne n'aimerait que cette affaire dégénère. On n'a pas besoin de ça en ce moment. Sauf si on veut les communistes au gouvernement. Vous chassez, n'est-ce pas ? Et même plutôt bien, dans mon souvenir. J'invite en janvier à Valencourt. Je ferai venir Béresse, le président de la cour d'appel et son factotum. Comment s'appelle-t-il déjà ?

— Pierson.

— C'est ça. Il y aura évidemment Fleurote, beaucoup de gens qui me soutiennent. J'aurais bien fait signe au préfet, mais il ne tire pas. Je pense qu'une rencontre comme ça, hors cadre, pourrait faciliter les choses. Entendu ?

— Je viendrai.

Salder arrivait à leur rencontre.

— Le café va être froid, leur dit-il.

— Dis-moi, Jean, je posais la question à Pierre, tu as entendu parler, toi, de cette histoire Monchalin-Béresse, à Amiens, qui seraient prêts à s'étriper pour aller à la Cour de cassation ?

— C'est simple François. Si la chambre criminelle se mettait à casser trop d'arrêts prononçant la peine de mort, il y faudrait bien des types comme Béresse pour stopper cette tendance. Monchalin serait contre. Enfin, en ce moment. N'est-ce pas, Pierre ?

Salder n'attendit pas sa réponse.

Après le café, on parla encore un peu, puis on se dit au revoir.

Il prit le métro jusqu'à la gare du Nord et choisit un hôtel deux étoiles. Sonia Erlinger, épouse Salder, n'était pas apparue. Journiac se dit que c'était mieux comme ça.

27

Journiac avait reçu une invitation pour Camerone, la célébration de la Légion étrangère qui, chaque 30 avril, commémore l'héroïsme de ses hommes lors de la campagne du Mexique.

Un des anciens lieutenants de la compagnie d'Erlinger avait retrouvé la trace de Journiac et avait joint un mot au carton: «En souvenir du capitaine Christian Erlinger et de nos combats en Oranie, je serais très heureux de vous retrouver à Aubagne à l'occasion de Camerone.»

Il songea d'abord à décliner en prétextant une astreinte professionnelle. Il voulait maintenir l'Algérie en quarantaine et pressentait que cette ambiance Légion, le pas lent de leurs défilés, lui injecteraient une dose de nostalgie qui contiendrait aussi du remords. Puis il se dit que cette défense de lui-même n'était qu'un égoïsme, un manque de courage, qu'il devait honorer le souvenir de ceux qui n'avaient pas survécu – en tout cas physiquement –, comme lui. Il répondit qu'il viendrait.

Il arriva la veille; la cérémonie avait lieu dans la matinée du 30. Il y aurait ensuite un apéritif et un déjeuner auquel il était convié.

Le capitaine d'Espremont du Hatiaux lui avait pris une chambre dans un petit hôtel du centre d'Aubagne. Il faisait un temps cruel d'avril. Journiac s'était préparé à dîner rapidement et à se coucher, mais il trouva Cartier-Brochard au bar de l'hôtel, occupé à boire un demi et à manger des cacahuètes.

C'est de ces retrouvailles que naquit leur amitié, maintenant qu'ils étaient déliés de la camaraderie à laquelle les avait cantonnés l'armée.

Cartier-Brochard avait forci, mais discrètement. Désormais civil, il avait abandonné tout indice qui aurait pu laisser penser qu'il avait été militaire. La veste de son costume en velours beige n'affichait pas même un des fins rubans de décoration dont ne peuvent se priver les anciennes pouilles. Il n'avait pas non plus la coupe de cheveux en dégradé qu'ils conservent par habitude ou pour faire comprendre qu'ils sont du cadre de réserve. Avec son col de chemise un peu trop ouvert, laissant voir une croix et une médaille de baptême, on l'aurait pris pour un voyou entre deux âges, voire un forain, s'il n'avait eu ce regard dur et franc qu'on ne trouve pas chez les vieilles gouapes.

Ils restèrent tard après le dîner dans la salle à manger de l'hôtel. Journiac n'avait pas autant parlé depuis des années. Ils s'expliquèrent. Ils ne s'étaient pas revus depuis l'Algérie.

Un mois après que Journiac eut exécuté Ben Jelloul, un capitaine de gendarmerie, accompagné de deux sous-offs s'était présenté au régiment. Nounours l'avait fait venir dans son bureau. Il y avait trouvé Cartier-Brochard et l'officier de gendarmerie.

Cartier-Brochard était le seul debout, appuyé au mur, derrière le chef de corps qui, lui, faisait face au gendarme, assis. Journiac salua. L'ordre de se mettre au repos ne vint pas. Il resta donc au garde-à-vous.

— Journiac, lui demanda le chef de corps, vous étiez bien en opération le 12 mars ?

Ce jour-là, il était avec Perez et Belkacem à la villa Mancini. On lui enjoignait de mentir. Il mentit.

— Oui mon colonel.

— Vous voyez, capitaine. Je crois que l'incident est clos. Vous pouvez sortir, Journiac.

Il salua et fit demi-tour réglementairement.

Il fallut tout de même se déplacer à Alger : d'après le capitaine de gendarmerie, le parquet militaire « devait rendre compte à Paris, car la disparition de l'avocat avait excité des cercles dont il était proche, celui-ci s'étant forgé des amitiés lorsqu'il était étudiant à Paris ». Le gendarme n'en savait pas plus, mais le nom de Journiac avait été évoqué. Il serait donc auditionné, très brièvement, sa présence sur le terrain ayant été confirmée.

Sa déposition ne prit effectivement que quelques minutes. C'est après qu'il fut surpris. On le conduisit au palais de justice jusqu'au bureau d'un homme qui le pria de s'asseoir avec amabilité.

Les fenêtres de la pièce, qui donnaient sur le boulevard, étaient grillagées. Derrière l'acier de cette protection, les persiennes laissaient passer une lumière hésitante qui nécessitait le renfort de l'électricité. Un désordre de dossiers dans des chemises en carton colonisait les tables, les armoires à hamac et le sol de cette grande pièce. L'un des murs portait des échéanciers en métal, avec des fiches en carton de couleurs différentes, sur lesquelles étaient inscrits des noms arabes.

— Vous regardez mes fiches lieutenant ? lui dit l'homme.

— Oui monsieur.

Ne connaissant pas la qualité de celui qui l'avait convoqué, il avait dit « monsieur ». L'homme aurait eu un visage quelconque si n'y avaient été accrochés des yeux noirs pétillant d'inhumanité.

— Les bleues, ce sont les acquittés en attente d'une décision administrative. On les interne à leur sortie de prison.

Journiac compta qu'il y avait cinq fiches.

— Les rouges, ce sont les condamnés à mort qui ont fait un recours en grâce. Les verts sont ceux dont les recours ont été rejetés. J'ai choisi vert, car ils vont bientôt rejoindre le paradis d'Allah. Mais ce n'est pas pour ça que je vous ai fait venir.

L'homme se leva de son fauteuil et alla jusqu'à une pile de dossiers qui se trouvaient sur sa gauche. Il y posa celui qu'il avait entre les mains et revint s'asseoir.

— Vous n'êtes pas très prudent pour un futur magistrat. En plus de mes attributions, je reçois de Paris des demandes de renseignements, d'enquêtes. Il se trouve que ce Ben Jelloul qui a disparu avait gardé beaucoup d'amis de l'époque où il vivait à Paris. Vous voyez ce que je veux dire, lieutenant?

Journiac garda le silence.

— C'est vrai que vous êtes provincial. Notre disparu avait des amitiés philosophiques... Chrétiens progressistes de gauche et bâtisseurs associés... Et ces gens n'aiment pas qu'on touche à l'un des leurs.

L'homme parlait avec lenteur. Une fine pellicule d'accent du Sud-Ouest recouvrait les mots qu'ils prononçaient de manière très articulée. La pénombre avait un effet émollient sur Journiac. Il fut pris d'un coup de pompe.

— Vous ne contestez pas connaître un certain Perez?

Journiac fit signe que non.

— Eh bien, ledit Perez, figurez-vous, est bavard. Ce qui est assez commun chez les pieds-noirs. Il se répand dans les cafés d'Oran, en se vantant d'avoir tué avec vous, et un certain Khacem, ledit Ben Jelloul. Nous serions ailleurs, et dans d'autres circonstances, je vous ferais arrêter. D'autant que la voiture de Perez a été vue à la villa Mancini. Savez-vous que cette villa Mancini a appartenu à une chanteuse de cabaret très connue en Algérie dans les années trente. Si elle savait... quelle ironie, n'est-ce pas?

Ignorant qui s'adressait à lui, mais sachant que dans les circonstances il n'y avait pas à craindre que l'on inquiétât un officier, Journiac comprenait cependant qu'au travers de ce personnage insinuant, tout en rétention, en tiroirs secrets, il découvrait, en visiteur, le décor de ses prochaines années dans la magistrature.

— Dites à ce Perez d'être un peu plus prudent. Dites-lui de lire, s'il le sait, le poème de Victor Hugo, *Le Mot*... Vous connaissez?

— Non.

— «Tout peut sortir d'un mot qu'en passant vous perdîtes...» Allez-y maintenant.

— Vous voyez, Pierre, lui dit Cartier-Brochard, je vous en ai beaucoup voulu à l'époque. J'ai considéré cela, comment dire, militairement. Vous avez agi sans ordres, pour une histoire personnelle. Ce n'est pas tellement que vous ayez tué que je n'ai pas accepté, mais que vous le fassiez à titre personnel. C'est pour cela que j'ai demandé ensuite votre retour en métropole.

Le barman de l'hôtel avait quitté son comptoir depuis longtemps. Ils étaient au cognac.

— J'ai cru à l'époque que c'était juste.

— Et aujourd'hui ?

— Je me sens comme retiré, loin.

— Moi, je vends de la porcelaine et je m'emmerde, répondit Cartier-Brochard, en remplissant leurs verres. Mais je pense avoir fait pire que vous. J'ai abandonné mes hommes. J'ai suivi les ordres. Deux fois. En Indochine, j'ai laissé mes Hmong. En Algérie, ceux qui m'avaient suivi. Je ne sais même pas ce qu'est devenu Belkacem. Et au fond, je ne sais pas combien de gens j'ai tués pour rien. Sans compter la torture.

Cartier-Brochard vida son verre et prit une cigarette dans son paquet.

— Mon toubib m'a enjoint d'arrêter de fumer, mais je ne supporte plus les ordres. Buvez, que je remplisse votre verre.

Journiac s'exécuta. Cartier-Brochard le resservit. Il y avait dans la pièce une horloge qui sonna trois heures. Cartier-Brochard avait les yeux mi-clos. Journiac souriait.

28

Journiac la devina alors qu'elle rejoignait sa place à la tribune d'honneur. Elle avait la tête couverte d'un chapeau de paille, mais élégant ; des lunettes de soleil formées de grands carrés lui dissimulaient les yeux. Pourtant, il y avait un profil, une attitude qui, même observés de loin, affirmaient par avance son identité.

Les légionnaires défilèrent autour du monument aux morts de la Légion, rapatrié de Sidi Bel-Abbès, mais Journiac regarda plus souvent Sonia Erlinger.

On porta la main du capitaine Danjou. Il y eut un discours du commandant de la Légion étrangère. Des légionnaires, des sous-officiers, des officiers furent décorés. Après tout cela, le capitaine d'Espremont du Hatiaux vint les chercher, lui et Cartier-Brochard. L'apéritif, pour ceux qui le voulaient, était à la bière, tradition Légion. Au repas, on l'avait placé à côté de Sonia et c'est elle qui lui parla en premier.

— Je sais qui vous êtes. Regardez.

D'un carnet qu'elle tira de son sac à main, elle sortit une photo. Il y figurait avec Christian et Cartier-Brochard ce soir qu'ils s'étaient retrouvés au casino de Canastel. Il aurait aimé avoir ce cliché qu'il ne connaissait pas. Elle devina son désir.

— Je peux vous en faire un tirage si vous voulez. Vous viendrez le prendre à Paris. Comme ça, nous pourrons parler de Christian.

Au début, il ne comprit pas qu'ils étaient devenus amants. Ils avaient couché ensemble et il l'avait ensuite regretté.

Cela tenait plus de la prémonition que de l'idée : comme chez le sacrilège qui ayant échappé à l'œil des prêtres craint cependant qu'une puissance l'observe, tout en doutant. Mais il retourna la voir.

Il était alors procureur à Châlons-sur-Marne, une ville de garnison et de routine où il y avait de temps en temps un homicide. Le week-end, Journiac allait chez elle à Paris.

Sonia n'était rien de ce qu'il avait connu avec Jacqueline. Longue et châtain, tantôt débridée, tantôt froide en amour, elle sculptait des œuvres que Journiac ne comprenait pas, jouissait avec bruit ou ne jouissait plus. Sa fortune lui permettait de ne vivre que pour elle-même, d'avoir des amis qui ne s'intéressaient qu'à l'art ou prétendaient avoir quelque chose d'artistique à affirmer. Elle n'ouvrait les volets de sa maison dans le XIVe que dans l'après-midi. Elle s'illusionna à vouloir faire participer Journiac à l'essaim mondain qu'elle attirait, mais il s'y trouva comme un corbeau placé dans la même cage que des oiseaux rares. Il y avait entre eux la ligne de l'équateur.

Parmi tous les exotiques qui venaient parasiter les insomnies de Sonia, il y avait son cousin Alexandre Mérinchal, fils de la sœur de Charles Erlinger, le père de Sonia, rejeton d'une branche diluée au capital, mais bien rentière, et encore assez soupçonneuse pour avoir fabriqué ce descendant qui préparait l'ENA. Journiac n'aurait su dire si Mérinchal était envahissant par nature ou par précaution.

Parfois elle disparaissait. Son téléphone ne répondait plus. Puis il recevait une carte postale ; un cadeau lui était porté ; elle voulait le voir ; elle était rentrée. Cela dura.

Il ne fut jamais question d'amour. Il n'eut pas à le lui demander. Elle aurait haussé les épaules.

Au bout de quelques mois, elle lui dit :

— Christian vit un peu en vous parce que vous lui avez sauvé la vie. Quand on sauve la vie de quelqu'un, il y a une part de l'autre qui entre en vous. J'ai lu ça dans un livre sur une tribu de Nouvelle-Guinée. J'ai besoin d'y croire parce que Christian était mon frère. J'ai besoin de lui, alors j'ai besoin de vous. Je vous ferai lire la lettre que Christian m'a envoyée, il parle de vous, comme vous l'avez sauvé en Algérie.

Il aurait dû la détromper. L'histoire était moins belle. Journiac aurait dû rompre.

C'est à cette époque que sortit chez Maspero le livre *Pour Ben Jelloul*. Journiac ne le lut pas.

29

Au kiosque de la gare du Nord, Journiac s'acheta un journal et un roman policier. Le vendeur lui proposa un A. D. G., mais il lui préféra le dernier Manchette.

« On voit bien où sont vos idées », lui dit le type.

Un groupe de Hare Krishna safrané passait devant eux en tambourinant.

Il avait faim et alla au buffet où il tomba sur Lecoutre accompagné d'une de ses acolytes du Syndicat de la magistrature.

Lecoutre était comme ces champs où l'on est certain d'attraper des tiques. Il valait mieux le contourner. On se mouillait à sa conversation pleine de salive. L'autre colique que Journiac avait déjà croisée était une taiseuse, une jeune juge atteinte de méchanceté précoce, qui parlait toujours en dernier pour achever l'adversaire. Elle avait le cheveu filasse sur un visage ovale à la Ulrike Meinhof.

— Tiens, le procureur Journiac, lui lança Lecoutre. Tu reviens de Paris ?

— Oui.

— Nous on arrive. On va manifester demain contre l'extradition de Klaus Croissant. On y attend Foucault, Claude Mauriac... Tu sais que Foucault a été agressé hier par la police devant la Santé ?

— J'ai lu ça.

— Avant, on passe à la chancellerie. Tu vois, la carrière de certains des collègues est bloquée. La justice de classe de Giscard n'aime pas les «juges rouges», comme on nous appelle.

Lecoutre attendit une réponse de Journiac qui ne vint pas.

— Toi en revanche, continua-t-il, impressionnant. Je me suis parfois demandé pour qui tu roulais, mais là...

— Je n'ai rien sollicité, répondit Journiac.

Il demanda une tartine-beurre et un café au serveur.

— Je veux bien te croire l'ami, mais être dans le sillage de Béresse... Beau spécimen de la justice réactionnaire, bourgeoise et aux ordres des patrons.

L'acolyte de Lecoutre approuva de la tête, avec un sourire qui voulait marquer son mépris. Puis à son tour, elle ajouta:

— C'est la justice d'hier tout ça. La justice de demain ne pourra qu'être sociale, redistributive.

Journiac, qui n'avait pas plus envie de leur répondre, que d'idées sur les bouleversements qu'ils décrétaient, porta la tartine à sa bouche et en arracha un morceau. Le duo continua à débiter ses prédictions sur l'avenir de la justice: celui qu'ils lui promettaient en tout cas. Puis ils repassèrent à la manifestation pour Klaus Croissant.

Son café terminé, Journiac leur dit qu'il devait prendre son train. Il leur serra la main.

— Au fait, lui dit Lecoutre, pour que tu le saches, nous appuyons Fleurote. Le syndicat appuie aussi Monchalin. Entre la peste et le choléra, on préfère la vérole. Avec un Béresse à la criminelle, il n'y aura pas de cassation des décisions de peine de mort. C'est ça l'enjeu et le marché.

— Quel marché?

— Décidément, t'es miro camarade. Fleurote joue Erlinger dans l'Aisne. Et Monchalin en rendant service à Fleurote rend service à Elringer et fait plaisir aussi au beau-père de Fleurote qui est à la Cour de cassation. C'est comme ça que l'affaire se joue politiquement. On se fout de savoir si Monchalin est sincère. Mais on préfère un social-démocrate à un fasciste. Tu vois la nuance?

— Le syndicat est contre la peine de mort. Sauf en situation révolutionnaire, ajouta la petite Meinhof.

Il prit un compartiment vide, mais comme c'était le train du matin pour Amiens, il se remplissait vite. Des bidasses libérés et encore saouls de leur bringue dans Paris gueulaient « Zéro ! » dans le couloir. Une étudiante assise en face de lui s'était absorbée dans un livre de Nicos Poulantzas. À côté d'elle, un gamin feuilletait le *Journal de Tintin* et son grand frère était plongé dans un *Zembla*.

30

J'ai d'abord passé quelques coups de fil, commença Flavien, mais je n'arrivai à rien. Bon, je me suis dit : il faut que je fasse le déplacement. J'ai pris un jour de congé.

— Je vous remercie, lui dit Journiac.

— Ne me remerciez pas trop vite, parce que je n'ai rien de vraiment tangible. Juste des impressions.

Ils étaient attablés au café de la Marine à la pointe du Hourdel, en face du Crotoy, sur la rive gauche de la baie de Somme.

Le lendemain de son retour, Journiac avait appelé Flavien, l'inspecteur du SRPJ d'Amiens, à qui il avait demandé de faire des vérifications dans le dossier Mezziane. Le policier avait accepté de le rejoindre en fin d'après-midi dans ce bouclard de fin de terre, là où le marron de la Somme vient se teindre dans le gris de la Manche.

Avant, Journiac était passé au tribunal d'Abbeville. Fleurote et Pierson, avaient cherché à lui parler. Mme Nérard, la secrétaire du parquet, s'était teint les cheveux en blond.

— Il y a encore cette demoiselle du *Républicain picard* que j'ai eue deux fois.

— Ça vous va bien ces cheveux blonds, madame Nérard, répondit Journiac.

Elle le regarda étonnée. Elle avait toujours trouvé Journiac distant. Il se demanda pourquoi il avait été familier.

— M. Fleurote a beaucoup insisté.

Mais c'est à Claire Devois qu'il téléphona.

Elle lui parla de rumeurs qui circulaient sur le dossier Mezziane, de Monchalin et de Béresse. Elle voulait le voir. Elle insista. Il lui dit encore une fois qu'il réfléchirait.

Il allait quitter son bureau lorsque Mme Nérard lui apporta un télex. La grâce de Perrot avait été refusée. Il serait exécuté demain à la prison de Douai, où il était détenu depuis sa condamnation. La guillotine serait installée dans la nuit. Le bourreau et ses aides étaient en route.

Derrière la vitre du café, un ciel crayeux voyait circuler les contorsions rapides de nuages qu'un vent tout en nervosité poussait vers l'est. La Somme courait à gros débit dans son estuaire. Un balayeur remplissait une brouette des dernières feuilles de l'automne. Flavien parlait en bougeant sur sa chaise.

— Franchement monsieur le procureur, j'ai déjà vu des dossiers curieux, mais là c'est le pompon. Il y a une atmosphère dans ce coin... J'ai bossé en Corse, mais à côté les Corsicos sont des bavards, vous voyez. Comme je n'étais pas en service, j'y suis allé doucement. Mais c'était partout pareil, porte close. Je suis retourné sur les lieux, mais ça a été vendu. La famille Mezziane a décampé. Mais c'est pas ça le plus curieux.

La serveuse posa sur la table les Jupiler qu'ils avaient commandées. Flavien attendit qu'elle soit repartie.

— Oui donc, le plus curieux c'est qu'on m'a filé le train. Une 504 bleue.

— Vous avez l'immatriculation, demanda Journiac?

— Non, elle était trop loin. Le conducteur a été assez malin pour rester à distance. Ça vous fait pas ça parfois monsieur le procureur?

— Quoi?

— Le truc qui cloche, qui devrait pas être dans le décor?

— Oui.

— Eh bien, cette bagnole qui me suivait, elle aurait pas dû se trouver là. Si le type qui la conduisait savait que j'étais venu renifler le dossier Mezziane, ce type devait être très sûr de lui, vous voyez ?

— Non.

— Filer un flic, ça dénote une certaine assurance. D'habitude, c'est plutôt nous qui filons, vous comprenez ?

— Ça pouvait être n'importe qui aussi. Un paysan suspicieux, un braconnier... et puis on ne savait pas que vous étiez flic.

— Oui, mais quand même.

Journiac pensait à la 504 bleue. Il avait vu cette voiture quelque part. L'image était dans son cerveau, mais il n'arrivait pas à la rapprocher d'une circonstance.

— Bon, continua Flavien, tout ça n'a pas été inutile, parce que pour me débarrasser de mon suiveur j'ai tourné sec à deux croisements et du coup je suis tombé sur une ferme qui vendait des œufs. J'aime bien les œufs de ferme et je me suis dit qu'au moins je serais pas venu pour rien dans ce coin de merde.

Un groupe de chasseurs entra dans le café. L'un d'eux salua Journiac, dont la meute de chiens était connue dans les environs, bien qu'il n'y chassât pas.

— Faut voir comment ils vivaient dans cette ferme. D'abord j'ai pas pu descendre. Une espèce de bâtard tournait autour de la bagnole avec un air à mordre. Puis il y a eu une vieille qui est sortie et elle a rappelé son chien. Pilou. Il faut toujours que les fermières appellent leurs clebs Pilou, vous avez pas remarqué ?

— Peut-être, concéda Journiac qui aurait bien aimé que Flavien aille à l'essentiel.

— L'intérieur, c'était cuisinière à bois avec un lit dans lequel il y avait un vieux pas très en forme. La vieille, elle avait envie de causer. Elle m'a fait une chicorée. On a parlé lentement. D'où que je viens ? Où que je vais... La santé de son mari, le Lucien, qui avait fait 14-18 et qu'avait pris les gaz à Verdun. Puis, comme ça, j'ai glissé sur la famille Chardeau. Elle les connaissait, elle avait fait du ménage chez eux dans le temps. C'était pas des gens du pays. Elle, c'était une dame, mais lui, il était pas aimé. Il se croyait mieux que tout le monde et faisait des histoires. Il y a eu un procès avec des voisins pour les limites d'un champ. Il a gagné. Mais aller en justice, ç'avait été mal vu. Elle a ajouté qu'il gardait pas ses mains dans ses poches avec les employées, qu'il avait la main baladeuse.

Journiac fit signe à la serveuse de leur remettre deux bières.

— Et Mezziane ?

— Mezziane, elle l'a pas connu. Elle avait déjà quitté la place lorsqu'il est arrivé.

— On n'a rien de tout ça dans le dossier, commenta Journiac.

— Avec la mère Ricard, faut pas s'étonner. Ses dossiers sont tous mal foutus. Elle a toujours la mauvaise idée. Une fois, dans une affaire de viol où le type disait qu'il avait pas pu parce qu'il était impuissant, on lui a fait croire qu'il existait en Angleterre une machine pour vérifier. Elle nous a délivré une commission rogatoire pour trouver le fabricant. On l'a encadrée sa commission rogatoire. Qu'est-ce qu'on a ri.

— Autre chose ? demanda Journiac.

— Oui, la vieille m'a dit, sans que je lui demande, qu'elle y croyait pas que c'était Mezziane. Elle a précisé.

Il sortit son calepin.

— J'ai noté, pour avoir le *verbatim*, comme on dit. Donc elle a déclaré : « Les Arabes, y sont pas comme nous, mais le Mezziane, c'est un bouquetin émissaire. » « Bouquetin émissaire », véridique, « et y'a quelqu'un qui le sait, un monsieur que je croirais de parole, tellement qu'il a été dévoué pour mon Louis, c'est le docteur Jacquet. Il me l'a dit à cette table, là où vous êtes assis, il me l'a dit droit dans les yeux, c'est qu'un bouquetin émissaire ».

— Vous l'avez localisé ce médecin ?

— Non, il est parti à la retraite dans le coin de sa femme. Mais il a un successeur, ça sera simple de le loger.

Les chasseurs qui avaient terminé leur café se levèrent. L'un d'eux, râblé, une casquette dans le genre irlandais à la main, s'approcha d'eux. Journiac reconnut Veertep, le président de la Fédération des chasseurs de la Somme. Il se leva. Ils se serrèrent la main.

— Je ne voulais pas vous déranger, s'excusa Veertep, je voulais seulement vous dire que je serais très heureux de pouvoir chasser avec vous au domaine Erlinger.

— Pareillement, répondit Journiac.

François Erlinger, pour gagner les législatives, tenait table ouverte. Journiac se rassit. Les chasseurs quittèrent le café.

L'affaire Mezziane était un dossier de peine de mort et, partant de cette évidence, la juge d'instruction avait bâclé son enquête, tant la fin qui attendait l'inculpé lui paraissait à la fois certaine et nécessaire. Le parquet était resté dans son attitude de complice prudent de l'impéritie de la juge. Maître Varengo, l'avocat de Mezziane, ne l'avait visité qu'une fois en prison et l'avait trouvé idiot; il s'était interrogé sur une éventuelle altération mentale devant la juge qui avait haussé les épaules; Varengo, trop pris par les travaux de l'appartement qu'il venait d'acheter à Val-Thorens, oublia son client, dont il ne se souvenait, en soupirant, que lorsqu'il tombait dans son agenda sur le mois de janvier où il avait inscrit en rouge «Cour d'assises».

Il n'y avait pas que Béresse qui voulait qu'on guillotine Mezziane. Depuis que Patrick Henry en avait réchappé, quelque chose de diffus réclamait la démonstration judiciaire que les circonstances atténuantes dont il avait bénéficié n'avaient été qu'une péripétie.

Journiac tenait moins ferme à présent la bride de son dégoût; le collaborateur qui avait pactisé avec la routine et la sécurité de l'obéissance commençait à s'effacer du Journiac qui était attablé dans ce café, en face de cet homme plus jeune que lui, et auquel il aurait aimé ressembler.

Flavien avait terminé son compte rendu. Dehors la lumière déclinait.

— Je vais devoir rentrer, dit Journiac.

— Je suis au courant que vous devez vous lever tôt demain. J'aimerais pas être à votre place.

— Mais j'y suis. En conclusion, d'abord merci d'avoir fait cela pour moi. Mais je ne sais pas si on peut continuer comme ça.

— Vous ne voulez pas poursuivre? s'étonna Flavien. Le type risque quand même sa tête.

— Ce n'est pas ce que je veux dire. Mais agir hors procédure, c'est dangereux pour vous comme pour moi. Il faudrait que je vous fasse un soit-transmis, mais qu'il ne passe pas par votre chef.

— C'est compliqué monsieur le procureur. J'ai une hiérarchie.

— Je n'ai plus confiance dans les hiérarchies. Les gendarmes ont saccagé cette affaire, vos patrons se feront une joie de l'annoncer. Vous savez comment ça marche.

— Je sais, monsieur le procureur, mais c'est compliqué.

Sur la route qui conduisait à sa ferme, Journiac mit « Radioscopie ». Jacques Chancel recevait Auguste Lecœur.

Il s'arrêta sur un parking face à la Manche pour écouter.

31

Il passa une heure à s'occuper de ses animaux.

Journiac commençait toujours par ses chiens. Il faisait nuit, mais le chenil avait l'électricité. Une chienne boitillait. Il la prendrait quand même avec lui lorsque tout à l'heure, après l'exécution, il irait chez Cartier-Brochard. Mais elle ne chasserait pas.

Il remplit l'abreuvoir et changea la paille de ses ânes ; ce qui lui prit du temps, car l'abri était au milieu du pré. Il dut faire plusieurs allers et retours dans l'obscurité. Il n'aurait voulu être qu'à ce qu'il faisait, mais il n'y avait en lui qu'asphyxie. À un moment, il buta et finit au sol.

Après, il prit une douche. L'eau ne fit que le nettoyer de sa sueur, sans le laver de son anxiété. Il devait partir vers deux heures du matin pour rejoindre la prison de Douai. Que ferait-il jusque-là ? Il ne pouvait pas se saouler.

Il s'assit à son bureau où se trouvaient les dossiers qu'il avait à préparer. Les faits, la procédure : cet anesthésiant était efficace. C'est ainsi qu'il se traitait.

De la salle de séjour, où il avait allumé la télévision, lui parvenait les voix de Bernard Pivot et de ses invités.

Il prit la chemise qui contenait les pièces du dossier Mezziane et retourna au salon pour suivre un peu « Apostrophes ». Ce soir, c'était « Socialistes d'hier et d'aujourd'hui ». À quelques mois des législatives, c'était peut-être demain.

Jean Lacouture racontait Léon Blum, mais dans son canapé, Journiac se demandait si Perrot avait eu la prémonition que c'était pour dans quelques heures.

Il rouvrit les yeux lorsque les mesures d'un orgue de barbarie le promenèrent dans le défilement des photos du générique du « Ciné-Club ». Claude-Jean Philippe proposait ce soir le film du réalisateur québécois Gilles Carle, *La Vraie Nature de Bernadette*.

Journiac n'en vit que quelques scènes. C'est le silence qui le réveilla vers une heure du matin. Il fit réchauffer un reste de café et sortit mettre ses cinq chiens dans la CX break. Il entendit au-dessus de lui un vol de grues qui pour passer là avaient dû se perdre en descendant vers le sud.

Dès qu'ils ouvrent la porte de la cellule, le condamné est debout. De sa gorge sort ce qui chez un être humain serait un cri, mais qui surgit là comme une plainte animale qui s'amplifie, emplit toute la pièce, sort dans le couloir pour aller frapper aux portes des autres cellules. Deux, puis quatre, maintenant cinq surveillants sont sur lui, mais il les repousse, les projette. Le condamné à mort est un colosse roux avec un visage poupin ; ses yeux, que Journiac saisit lorsqu'il réussit à refaire surface malgré l'étreinte, paraissent démesurés, même par rapport à ce corps massif. L'effroi les agrandit.

Les grognements ont quelque chose du cochon qui sait qu'on le mène à la planche où on va le saigner. Journiac revoit le visage du charcutier qui chaque automne, lorsqu'il était enfant, traversait le jardin avec ses couteaux pour découper la bête qu'ils mangeraient pendant l'hiver.

Finalement, les gardiens le maîtrisent. Un vieux chef lui dit :

— Allez, soit sage maintenant Perrot. Ça ne sert à rien.

Le bruit a réveillé la prison. Bientôt, le choc d'objets qu'on cogne contre les portes se fait entendre.

— Qu'est-ce que c'est ? demande quelqu'un derrière Journiac.

— Les détenus n'aiment pas la Veuve. Ils l'exècrent encore plus que les tueurs d'enfants. C'est irrationnel, répond le directeur.

Le condamné est ficelé. Maintenant, il est calme.

— Il s'est chié dessus monsieur le directeur, relève un maton.

— On n'a pas le temps, constate ce dernier. De toute façon, il n'est pas coopératif. Il ira comme ça. Les bêtes font moins d'histoires.

On sort Perrot. Il pue. La même odeur qu'à la villa Mancini. Perrot s'est aussi pissé dessus. Le devant de son pantalon en témoigne. Il va crever dans sa merde et dans son urine.

Ce sont ensuite les formalités. Le curé. Le verre de rhum. La lettre qu'on lui propose d'écrire.

« Y sait même pas lire », commente un surveillant.

Journiac reconnaît maître Varengo, l'avocat de Mezziane. Il est quatre heures du matin et il paraît sobre. Journiac répond au signe qu'il lui fait de la tête. Varengo empeste l'eau de Cologne.

On assoit Perrot sur un tabouret qu'on a placé au centre de cette rotonde d'où l'on accède aux différentes divisions de la prison. Les aides du bourreau lui découpent le col de sa chemise pour que la lame ne rencontre que la chair.

Alors que cette opération s'achève, Journiac voit que la porte du greffe s'ouvre et qu'en sortent deux hommes. Béresse. L'autre, il l'a rencontré à la buvette du Palais à Paris. C'est Giraud, le journaliste de *Crimes* qui, goguenard, vient assister à quelque chose sur quoi il ne pourra pas écrire, parce qu'il ne devrait pas être là, et que la loi interdit d'en faire le récit.

Dans un réflexe de garde-à-vous, tout le monde se redresse. Bien qu'il ne fasse pas partie de ceux dont les règles requièrent la présence à l'exécution, le procureur général est venu en personne.

Immédiatement, le président de la cour d'assises, Mouchardier, s'avance :

— Monsieur le procureur général, vous nous faites l'honneur.

Béresse serre les mains qui se tendent, puis commande :

— Continuez.

Le condamné est prêt. Il ne reste plus qu'à le conduire dans la cour où se trouve la machine à trancher. Les aides du bourreau le prennent sous les bras. Le geste est précis, technique. Perrot est maintenant debout. Il est sage, comme tout à l'heure le chef le lui a ordonné. Journiac se tient derrière. Il ne veut pas croiser son regard. Une tâche marron s'est répandue sur le pantalon du supplicié. L'eau de Cologne de Varengo se mélange à l'odeur de peur, de merde et de pisse qui émane du condamné.

Ils sont au début d'un couloir qui finit sur une porte signalée par une veilleuse. Le directeur a fait poser des couvertures pour étouffer leurs pas. Cela n'a servi à rien : Perrot a réveillé la maison d'arrêt.

Ils avancent. Un gardien, le bourreau, ses aides et Perrot sont devant ; les gens de justice derrière. Béresse est venu se placer aux côtés de Journiac. Ils sont là quelques témoins légaux pour attester que l'opération s'est faite. Ceux que le spectacle devrait dissuader sont enfermés dans leurs cellules.

— Vous savez comment on surnomme l'avocat général aux assises ? lui susurre Béresse.

— Non.

— Monsieur Mort... On pourrait croire que c'est le bourreau, mais non, c'est l'avocat général. Vous pourrez vous dire que vous l'aurez été au moins une fois, par procuration. La chancellerie nous retire l'affaire Mezziane et la donne à Fleurote. C'est officiel.

Journiac s'est arrêté et fixe Béresse, le regard de Béresse lui répond que, quoi qu'il pense, il s'en fout.

La nature a dû le créer pour que la vilenie élise domicile dans ses yeux et le timbre de sa voix, l'angle de sa bouche, le chevauchement de sa denture pour démontrer à quel point elle peut être totale et même exubérante chez une canaille.

La suite part de la cellule 65 où le matricule MD 637 gueule « Assassins ! ».

Il a attendu que la procession soit au milieu du couloir. C'est un signal, car aussitôt toute la division n'est plus sur trois étages qu'invectives et bruits d'objets qu'on tape contre les portes.

Comment Perrot a-t-il pu se détacher ? C'est ce que se demande Journiac voyant l'un des aides du bourreau à terre. Les gardiens essaient de l'agripper, mais ses bras les repoussent ; il s'est retourné et se rue sur les représentants de la justice.

« Perrot ! », a le temps de crier maître Varengo, avant d'être projeté contre un mur.

Mlle Ricard, la juge d'instruction qui l'a envoyé aux assises alors qu'il est à moitié idiot, valdingue à son tour. Il est maintenant presque sur Journiac, avec ce cou énorme qui sort de sa chemise sans col ; le géant va le percuter ; Journiac, qui devine le choc, choisit cependant de ne pas s'écarter et attend. Mais c'est Perrot qui l'esquive ; une de ses mains, qui lui frôle le visage, est allée attraper le cou de Béresse.

Derrière, les gardiens, les bourreaux se sont regroupés. Les matons ont sorti de petites matraques. Perrot tient Béresse par la gorge et l'a soulevé du sol. Les petits souliers noirs du magistrat cherchent un appui et s'agitent dans le vide. Les coups ne font pas lâcher prise à Perrot.

Alors Journiac, qui jusque-là n'a observé que les mouvements convulsifs de Béresse qui commencent soudain à ralentir, se rapproche d'eux, de manière à voir Perrot de profil et lance son poing deux fois, aussi fort qu'il le peut, contre l'oreille du possédé ; comme il avait vu faire Belkacem sur un prisonnier. Perrot lâche Béresse. Il faut encore quelques instants pour que les bourreaux, les surveillants et les renforts qui les ont rejoints maîtrisent la bête et que celle-ci à son tour à terre, ait les mains, les bras, les jambes et les pieds liés.

On attend que l'infirmier examine Béresse qui, après être passé par une lividité éphémère, retrouve sa vraie couleur, le terne.

Ils ont eu peur et paraissent maintenant ennuyés. Le président de la cour d'assises et la juge d'instruction parlent de remettre l'exécution.

— On ne peut quand même pas me faire deux fois le coup, objecte Varengo.

Tous guettent Béresse que le directeur et l'infirmier aident à se relever. Il se réajuste, passe sa main sur le revers gauche de sa veste pour vérifier que sa rosette est toujours là.

— La sentence est exécutoire, dit-il. S'il faut le porter jusque-là, on le portera.

Alors ils se mettent à six pour le soulever du sol où il est allongé, ficelé comme un rôti de porc. Ils peinent ensuite à s'équilibrer pour marcher droit vers la porte, tout au bout, puis leur trajectoire prend de la fermeté, comme le feraient des déménageurs voulant montrer au client qu'ils font attention à son meuble.

Marchant en arrière des commis de la boucherie humaine, les administrateurs de l'abattoir judiciaire montrent une sorte de recueillement, qui voudrait atténuer le grotesque de leur cohorte et rendre digne l'ignominie de leur mission.

Mouchardier, le président de la cour d'assises, a quitté sa figure de lâche sympathique et fait le contrit. Mlle Ricard a le nez relevé, presque fier, comme si c'était elle qui allait à l'échafaud.

Le bourreau s'enorgueillit des quelques secondes qui lui suffisent entre le moment où le condamné franchit la porte de la cour et celui où sa tête tombe dans la bassine.

On pousse le supplicié jusqu'à la planche qui bascule; sa tête est aussitôt prise dans la lunette. Parfois, il faut lui tirer les jambes pour que le cou s'offre bien à la lame, qu'il ne reste pas dans les épaules. Ensuite le couperet tombe; la tête est dans la bassine, le corps est poussé dans la panière.

Le condamné se voit-il tomber dans la bassine? Le bourreau l'ignore; mais la dernière chose que le condamné voit, c'est la bassine.

On ne peut pousser Perrot ni le faire basculer; pour cela, il faudrait qu'il soit debout. Il faut le poser sur la planche et, même ligoté, Perrot se contorsionne; il réussit à glisser de la planche et à tomber prématurément dans la panière.

On l'en retire. Enfin, ils parviennent à lui mettre la tête dans la lunette. Le bourreau et ses aides sont en sueur.

Journiac ne voudrait pas regarder, mais il ne peut se déshameçonner de ce qui se trouve devant lui: Perrot, allongé sur la

Veuve, dont la chemise déchirée laisse voir les épaules et le dos, dont le pantalon et le slip sont descendus à mi-cuisses. Il meurt le cul à l'air.

Le greffe de la prison où devait être rédigé le procès-verbal de l'exécution, n'était pas organisé pour recevoir une assemblée de magistrats. C'était là que les détenus venaient inscrire leurs recours ; un endroit de papiers et de registres aux murs peints en bleu, frisant de salpêtre.

Mais la pièce était bien chauffée.

Journiac dicta en mots courts le résumé du crime d'État. Il n'en resterait que des horaires, le nom des participants, tout ce qui était essentiel à la validité de l'acte et rien de ce qui était immonde.

Son écœurement observait sa rage et tous deux se demandaient qui de l'autre l'emporterait.

Autour de lui, les autres gardaient le silence, sans que Journiac sût si c'était l'effet d'une hébétude naturelle après cette violence ou l'hésitation à prononcer la première phrase qui, maladroite, enfreindrait une bienséance que tous simulaient.

Ce fut le directeur, en maître de maison, qui leur fit oublier ce qu'ils auraient dû conserver de gêne. Il revint accompagné d'un gardien portant un plateau de cafés.

— Ah, quelle bonne idée ! se réjouit Mouchardier.

Le directeur, dans son costume Karting, tout en poils de nez et en broussaille de sourcils, faisait l'empressé, suivi du maton transformé en larbin.

— Mais dites-moi, il est bon ce café, ajouta Mouchardier. Ils sont bien traités vos détenus.

— Celui à qui nous l'avons confisqué n'a pas eu le temps d'en profiter, répondit le directeur.

On s'esclaffa.

Sur le rebord de la fenêtre, le directeur prit la bouteille de rhum à peine entamée.

— Une goutte dans les cafés ?

On se regarda.

— Il ne risque pas de la finir, dit Béresse en tendant sa tasse.

32

Malgré les aboiements des chiens, Journiac entendit le chevreuil qui derrière la haie déchirait les broussailles. De quel endroit se déciderait-il à sortir du taillis ? Un de ses chiens s'était enfoncé dans les ronces, les autres étaient restés à la lisière, tournant sur eux-mêmes en gueulant.

Il crut que la bête débouchait à trois mètres devant lui. Ce n'était que son gros mâle qui avait jailli, entraînant la meute à sa suite. Son instinct lui avait fait choisir de suivre le chevreuil par l'extérieur pour le devancer et avoir une chance d'être sur lui lorsqu'au bout, à trois cents mètres, il devrait quitter le couvert, les chasseurs bloquant sa fuite du côté opposé.

Ses chiens étaient déjà loin lorsque Journiac se mit à courir.

Avec la pluie qui tombait sur la Sologne depuis plusieurs jours, le sol n'avait plus de répit pour absorber l'eau qui s'accumulait maintenant partout.

La boue collée à ses chaussures montantes le rendait lourd. La dague qui venait frapper son pantalon trempé lui faisait mal.

La veille, il avait conduit depuis Douai sans s'arrêter.

Le chauffage de la voiture n'avait pu le sécher de l'humidité de la prison. Perrot saucissonné à terre, le sourire de Béresse, le parfum du bâtonnier Varengo, chaque instant de l'exécution était venu se remélanger aux idées de diversion sur lesquelles il essayait de se fixer.

Le soir, il avait commencé une fièvre. Cartier-Brochard ne voulut pas qu'il chassât le lendemain. Il refusa.

Maintenant, il courait, vide, effaré de se voir participer à nouveau à un sacrifice. L'ennemi, le coupable, l'animal.

Les chiens avaient disparu à gauche. Journiac, qui connaissait l'endroit, savait qu'il y avait un chemin qui donnait sur un champ en pente. Une trompe sonna plusieurs coups. Le chevreuil était à vue, mais il n'y eut pas de tir. L'aboiement des chiens indiquait qu'ils étaient fixés.

Le tournant passé, Journiac continua sa course, cherchant où se trouvaient ses chiens. Les chasseurs étaient postés à l'orée d'un bois qui fermait le champ sur la gauche, mais deux d'entre eux s'étaient détachés de la ligne et coupaient pour rejoindre le côté opposé. Là se trouvait un talus, cerclé d'un grillage formant une sorte d'enclos destiné à réunir des moutons. Autour, les chiens de Journiac tentaient de franchir ce piège métallique dans lequel était venu se prendre le jeune brocard.

L'animal essayait de fuir mais retombait chaque fois dans la nasse. Il semblait retenu à une patte par quelque chose qui l'empêchait de bondir. Chacune de ses dégringolades excitait un peu plus les chiens.

Parvenu à mi-pente, Journiac avait presque épuisé le reliquat de force que sa fièvre lui avait laissé. Les deux chasseurs étaient maintenant très près de la bête aux abois qu'il faudrait délivrer et laisser repartir. On ne tirait pas dans de telles circonstances.

Une trompe retentit pour signaler aux chasseurs la fin de la traque.

Les deux chasseurs s'étaient arrêtés. Le premier se retourna vers l'autre qui le suivait et il sembla à Journiac qu'ils se parlaient. Il était encore trop loin pour les entendre, le bruit de la meute couvrait tout, mais il comprit.

Le chasseur se remit dans la direction du chevreuil, avança quelques pas, épaula et fit feu.

Cartier-Brochard convainquit ensuite le chasseur que Journiac avait frappé de ne pas porter plainte. Le viandard, qui était également gougnafier, exigea qu'on lui rembourse sa journée de chasse.

Journiac resta deux semaines chez son ami. Il aurait voulu croire qu'il s'était laissé obliger par Cartier-Brochard et le médecin qu'il avait fait venir, mais en même temps, il savait qu'il n'était pas en état de retourner à Abbeville.

C'était pourtant différent cette fois de lorsque Jacqueline était morte ou de quand il avait quitté Sonia Erlinger. Quelque chose en lui avait touché le terme invisible d'une course dont il avait perdu depuis longtemps la trajectoire.

Une fois que le virus qu'avait diagnostiqué le généraliste le quitta, il fit avec Cartier-Brochard des marches sans horaires dans la campagne.

Leur sujet fut souvent la violence.

Journiac reconnut que, maintenant, il doutait de la chasse. Cartier-Brochard n'était pas loin de partager son avis.

— J'envisage de devenir pacifiste, lui dit Cartier-Brochard. Comme Bollardière.

Ce général avait dénoncé la torture en Algérie avant que Journiac n'y débarque.

— Il n'y a pas un Bollardière dans la magistrature, avait observé Journiac. On exige beaucoup de nous, mais surtout pas du courage.

— C'est étonnant à quel point on a pu être dégueulasse, lui dit une autre fois Cartier-Brochard.

— Vous voulez dire en Algérie ?

— En Algérie, et depuis 1945, on a été immonde. On aurait été un régime à l'espagnol, des franquistes, tout s'expliquerait. Mais là ?

Cartier-Brochard lisait, et comme il y avait à Orléans un libraire qui vendait autre chose que du Michel de Saint-Pierre, le chevelu, comme il le surnommait, lui avait conseillé la lecture de Vidal-Naquet, voire de Frantz Fanon s'il accrochait. Il soulignait des passages des ouvrages qu'il achetait avec un crayon bleu et rouge de charpentier, et une intelligence militaire, mais l'épaisseur du trait, avec le temps, était devenu de moins en moins critique.

Quand Cartier-Brochard ne pouvait l'accompagner, Journiac faisait ses promenades seul. Il sortait avec un ou deux chiens et rentrait tard.

À un de ses retours, il remarqua dans sa chambre que la vue du manteau qu'il avait porté le jour de l'exécution le gênait. Le lendemain, il le mit dans un sac pour le jeter, mais il ne prêta pas attention au papier qu'il en sortit de la poche droite, qu'il posa avec ses clés et son portefeuille sur le plateau d'une commode, puis qu'il mit, en marque-page, dans le livre de Lanza del Vasto que Cartier-Brochard lui avait prêté.

Son séjour était justifié par une sciatique qu'un certificat complaisant du médecin avait authentifiée. Mais ce n'étaient ni son absence ni les raisons de celle-ci, qui avaient inquiété son chef, Morel. Le procureur général de la cour d'appel l'avait appelé plusieurs fois pour savoir quand Journiac reviendrait, sur un ton peu amène.

— Et ça Journiac, lui avait dit Morel, je ne souhaite pas que cela se reproduise. Déjà votre nomination a créé un pataquès dont je me serais passé. Ensuite, votre dessaisissement au profit de Fleurote. Tout ça qui monte à la chancellerie. Je n'ai pas demandé qu'on parle du parquet d'Abbeville, voyez-vous. Et maintenant Béresse qui s'impatiente...

Son admonestation adressée, Morel prit cet air canaille qu'il adoptait lorsqu'il voulait montrer qu'il parlait d'intelligence.

— Mais dites-moi, Journiac, vous qui semblez maintenant être dans les hautes sphères, vous miseriez sur Monchalin ou sur Béresse dans cette histoire ? D'après ce que j'entends, ça pencherait plutôt pour Monchalin. J'ai croisé Fleurote, il est très serein. Il aimerait que vous l'appeliez d'ailleurs. Enfin, comme vous le savez, tout cela m'est bien égal.

Il n'y avait rien de plus angoissant pour Morel que la perspective de ne pas être du côté du plus fort. Sa fausse hésitation sur l'issue du match, dite avec un détachement feint, montrait qu'il virait de bord, tout en s'effrayant de la direction qu'il prenait.

Journiac nota que la décoration de son bureau s'était complétée d'une gravure sous verre où l'on reconnaissait Zola au procès «J'accuse». N'excluant sans doute pas une victoire de la gauche aux législatives, Morel voulait faire découvrir à ceux de ses visiteurs qui pourraient ensuite en témoigner, un penchant pour l'humanisme, dont on ne l'avait pas jusque-là soupçonné. Il avait déplacé dans un angle le portrait du président de la République, afin qu'il soit moins visible.

— Au fait, poursuivit-il, il y a cette cérémonie pour Tricaud, le commissaire de police, qu'on décore. Vous irez à ma place.

Morel qui n'avait encore rien à la boutonnière fuyait les remises de médailles.

La secrétaire du parquet confirma à Journiac que Béresse avait cherché à le joindre ainsi que la journaliste et M. Fleurote. Elle s'était fait teindre en roux, mais cette fois, Journiac ne releva pas. Elle aurait pu prendre pour de l'ironie un compliment sur ce désastre capillaire, véritable attentat à *l'honneur de la coiffure*.

33

La mairie d'Abbeville avait le réalisme d'après-guerre trompeur. C'était le palais de Max Lejeune, édile depuis 1947, député de la Somme depuis 1945, secrétaire d'État aux Armées sous Mollet et Félix Gaillard, ministre du Sahara à plusieurs reprises. Il était difficile de discerner si le bâtiment tenait plus de Tambuté, immortel auteur de la Cité des 4000, ou des Greber, père et fils ; le père ayant dessiné la Benjamin Franklin Parkway à Philadelphie.

On applaudissait le récipiendaire lorsque Journiac arriva dans la salle d'apparat, où n'auraient pas détonné des portraits des héros de la production et un buste d'Erich Honecker. Mais au lieu de cela, les employés municipaux avaient infesté les murs de guirlandes de Noël. Il reconnut quelques autorités ou notables qu'il salua. Il se faufila pour complimenter le commissaire Tricaud, qui n'en finissait pas de rosir et pouvait désormais partir à la retraite se faire chier avec la reconnaissance de la Nation.

Par l'effet des déplacements dans la salle, Béresse lui apparut, discutant avec des invités. Mais il fut aussitôt masqué par un mouvement de personnes. Journiac pensa qu'il ne pouvait être là que pour lui : Béresse ne s'intéressait qu'aux flics qui arrivaient et ne fréquentait les monuments aux morts que quand c'était utile.

Il décida de se retirer pour s'éviter un face-à-face.

Les salutations d'un inspecteur d'académie avec une cravate jaune sur fond de costume vert le ralentirent, le temps de se souhaiter de bonnes fêtes, et la santé surtout. Journiac n'était pas certain que le coin de l'œil de Béresse encore disponible lui ait permis de déceler sa présence. Il fut détrompé lorsque s'engageant dans l'escalier d'honneur, il l'aperçut, installé au palier, prêt à faire barrage, serrant la main du directeur de cabinet du préfet qui s'échappait vers son bureau.

— Je vous trouve un peu fuyant Journiac, l'interpella-t-il.

— On m'attend monsieur le procureur général.

— Votre meute ? C'est très prenant les chiens, je sais. Vous avez deux ânes aussi, n'est-ce pas ? Je devrais aimer les animaux, car je crois en l'obéissance. Mais au fond je préfère la loyauté. Je vous ai trouvé curieux l'autre jour à la décapitation. Vous aviez l'air contrarié.

Ce n'était pas encore le moment de l'affronter. Flavien devait finir son enquête. Après, il verrait.

— J'étais grippé monsieur le procureur général. Je regrette que vous l'ayez mal interprété. Mais ce n'était pas l'exécution.

— C'est vrai que vous avez dû voir pire en Algérie. Il n'y a que vous et moi ici qui puissions savoir. Nos collègues, qui étaient tranquillement assis, seraient horrifiés s'ils savaient ce que nous avons connu et parfois ce que nous avons fait.

Béresse avait le ton joyeux du souvenir, mais la note finale contenait une goutte d'acide.

— Dites-moi, j'ai encore eu le patron de la Région de gendarmerie au téléphone, le général Touzette. C'est encore un de ces francs-maçons en bleu, mais il se plaint d'une enquête parallèle dans l'affaire Mezziane. Je n'ai pas vu passer de réquisitoire. Qu'est-ce que vous foutez, Journiac ? Vous enquêtez dans mon dos ?

Une dame aussi maquillée qu'un clown de Pinder passa devant eux dans une robe à grosses mailles orange et salua Béresse.

— Madame le receveur, lui rendit-il.

Béresse attendit qu'elle s'éloigne.

— C'était avant mon dessaisissement, mentit Journiac. Il s'agissait de vérifier pour ne pas être pris au dépourvu. J'ai fait ce que vous auriez fait.

— Je vous ai déjà dit que je ne voulais pas de ça. Vous risquez de gros ennuis. C'est dangereux, les enquêtes hors procédure. Cela ne pardonne plus aujourd'hui. La gauche judiciaire n'attend que ça. Avec vos antécédents en plus. J'ai eu des allusions à ce propos. Vous savez comment sont les magistrats, ça piapiate. Le petit Pierson, que j'ai croisé, m'a fait des phrases. Vous n'avez raconté ça à personne ?

Journiac se souvint que Pierson avait fait des mystères en se référant à une supposée relation entre Béresse et lui depuis l'Algérie. Mais pour le reste, que pouvait-il avoir de précis ? Pierson ne connaissait pas ses liens avec les Erlinger, sauf peut-être par Fleurote. Mais Béresse était capable de le dénoncer à la partie adverse s'il y trouvait son intérêt.

— Je ne vois pas, répondit Journiac.

— Mais si, tous les deux nous voyons très bien. Et c'est parce que nous voyons très bien que vous n'êtes pas tout à fait perdu. Il n'y a rien de plus méprisable que les inconscients. Ceux qui courent à leur perte en bombant le torse. Je ne pense pas que vous soyez comme ça. Le dossier Mezziane n'est peut-être pas le plus exemplaire, mais c'est un bon dossier pour débuter aux assises. Et croyez-moi, nous pouvons encore l'avoir.

Un groupe de gardiens de la paix passa devant eux et fit le salut au procureur général.

— Mes soutiens à la chambre criminelle de la Cour de cassation, ceux qui partagent ma vision, ont fait savoir au Garde mon mécontentement. Et Peyrefitte écoute, car il ne faut jamais mettre la chambre criminelle de mauvaise humeur. Fleurote et l'héritier Erlinger ne sont pas si puissants. Vous étiez proche de la fille Erlinger à une époque, n'est-ce pas ?

La crapule lui expliqua à nouveau ce qu'il savait déjà sur les liens de Fleurote et de François Erlinger. Journiac aurait aimé pouvoir le prendre à la gorge comme l'avait fait Perrot, pour qu'il avoue où il était allé fureter pour insinuer qu'il avait été l'amant de Sonia, ou simplement pour l'avoir appelée « la fille Erlinger ». Pourquoi n'avait-il pas laissé faire Perrot ? se demanda-t-il.

— Certains pensent que votre ami Erlinger en fait un peu trop. Il se dit qu'il se verrait bien à la Justice. Cela agace. Il n'est pas encore député et il veut déjà un portefeuille. Lui et Fleurote peuvent très vite perdre ce qu'ils ont obtenu. D'autant qu'avec l'automne allemand que nous avons eu, la mort de Schleyer, l'extradition de Croissant, il suffit parfois d'un rien pour qu'on ait besoin d'une bonne condamnation à mort. Les législatives sont encore loin.

Pour Béresse, l'affaire Mezziane n'était qu'un objet qu'il voulait qu'on lui restitue. Après la menace presque directe, il s'essayait maintenant à la connivence.

— En attendant, Journiac, vous avez ces assises à Beauvais. Vous allez avoir Mouchardier. Vous savez que le monsieur a maintenant des états d'âme. L'exécution de Perrot l'a retourné. Il se monchalinise. Ce serait un désastre s'il prenait l'affaire Mezziane. Voyez ce que vous pourriez faire contre lui à l'audience. Il n'a pas les nerfs solides. Il ne faudrait pas que nous l'ayons à Laon. J'ai quelqu'un d'autre en vue. L'idéal serait que vous y soyez aussi et que Mezziane soit défendu par Varengo.

— Et qu'on n'ait pas Badinter, ajouta Journiac.

— Je vois que vous commencez à comprendre.

34

Journiac ne fit donc rien de ce que Béresse avait voulu qu'il apprenne lorsqu'il l'avait envoyé se former à Paris.

Il ne visita pas avant l'audience le président Mouchardier pour partager avec lui l'idée qu'ils se faisaient du procès, évoquer les faiblesses de l'affaire et s'entendre sur ce qu'il faudrait faire pour les circonvenir. Ces conciliabules se pratiquaient sous couvert de courtoisie et dans l'intérêt bien compris de la justice. L'avocat général Volcker lui en avait montré la manière, qui était celle de beaucoup d'autres magistrats, qui auraient été abasourdis qu'on leur dise qu'il y avait dans ces rencontres discrètes entre le siège et le parquet une forme de trucage ; là où ils ne voyaient qu'une bonne intelligence contre le seul ennemi, le désordre d'un acquittement.

La légèreté des charges du dossier sur lequel il devait requérir, aurait dû conduire à un non-lieu : l'attaque d'une agence de la Société générale où les accusés avaient été reconnus par un employé qui avait ensuite beaucoup hésité, n'était plus sûr de lui, et qui, plus tard, après avoir été traité par le juge d'instruction, était devenu à nouveau très certain que c'était bien eux ; d'autant, s'était-il souvenu devant le magistrat, que les braqueurs avaient échangé en corse.

Sur le banc de la défense, tout le monde était en effet corse, accusés et avocats. Lors des interruptions, lorsque la cour se retirait dans les dépendances, la salle d'audience prenait des allures de terrasse de café sur le cours Napoléon. Les familles apostrophaient les détenus ; les avocats allaient et venaient de leurs clients à des hommes graves qui, assis dans les travées du public, leur murmuraient à l'oreille des messages que les conseils recevaient en posant la main sur l'épaule de leurs interlocuteurs, signe qu'il n'était pas question de s'approcher et d'être indiscret. Acceptant ces trêves où il était laissé aux voyous la liberté de régler leurs affaires, les gendarmes laissaient faire.

Alors que sa fonction aurait dû lui commander de montrer la confiance qu'il avait dans le témoin phare de l'accusation, alors qu'il se devait de manifester sa compréhension devant la déposition d'un employé courageux dont les imprécisions s'expliquaient par la violence qu'il avait subi, Journiac le maltraita et s'inquiéta de ses incohérences.

On rapporta ensuite dans toute la cour d'appel qu'il avait lui-même achevé le dossier lorsqu'il avait demandé au témoin s'il comprenait le sens d'une phrase qu'il lui soumettait en corse, et qu'au témoin qui lui répondait par la négative, il avait rétorqué que c'était normal, puisqu'il s'était adressé à lui en espagnol.

Il n'y eut que le président Mouchardier qui ne s'amusa pas de cette saillie. Les jurés pouffèrent. Les accusés, leurs avocats et la salle étaient hilares. Les muscles du visage de Mouchardier prirent le contrôle de son expression qui s'anima de grimaces rapides. Lorsque cet accès violent le quitta, il put alors ouvrir la bouche et ordonner :

— Chilenche ! Ou je fais évacuer la challe !

L'éclat de rire fut alors général et fondit sur Mouchardier.

Cette phrase aurait déjà suffi comme épitaphe à sa carrière, mais voulant faire retraite, il commanda encore :

— Chuchpenchion !

Mouchardier se leva, entraînant à sa suite les assesseurs et le jury qui, se tordant, peinaient presque à le suivre.

Journiac resta dans la salle d'audience à attendre le retour de la cour. Puis, comme elle tardait, il sortit dans le hall où il ne trouva qu'un vieux type qui lisait *Rouge*.

Aux pissotières, il tomba sur Mouchardier qui réajustait dans la glace du lavabo son hermine et sa perruque. Le président de la cour d'assises avait un vestiaire de postiches de tailles et de coupes différentes pour donner l'illusion que ses cheveux poussaient encore. On était vers la fin du mois, il portait donc une mi-longue, d'un châtain tirant sur l'auburn, avec début de frisottis à l'oreille.

Journiac se mit à l'urinoir au-dessus duquel un mécontent avait écrit « pisse sur la justice » et un rêveur « ma bite dans le cul de la greffière ».

« Ayez l'obligeance de faire court, lui dit seulement Mouchardier. J'ai des courses de Noël à finir et les magasins ferment à sept heures. »

Journiac requit ensuite longuement, bousculant chaque détail du dossier, dont il ne restait plus qu'une charpie lorsqu'il demanda pour finir l'acquittement. Les accusés étaient libres dans la soirée, mais il était trop tard pour que Mouchardier puisse finir ses emplettes.

35

Entre Noël et le jour de l'An, la justice se met en vacation. Deux punis, lui et Tréviec, faisaient la permanence.

Ils n'avaient eu à s'occuper que d'accidents de la route, d'une bagarre entre deux beaux-frères et d'une overdose. « C'est moins que l'année dernière », avait observé un vieux bricard du commissariat d'Abbeville.

Journiac relisait le rapport de l'expertise sur les empreintes digitales dans le dossier Mezziane. Il avait remarqué que souvent les conclusions des experts judiciaires se ménageaient par une tournure, une périphrase, une zone d'incertitude qui permettrait à l'homme de l'art de prétendre qu'il avait écrit le contraire de ce qu'il avait paru soutenir. Ici les empreintes étaient « compatibles avec celles de Mezziane ».

Tréviec entra dans son bureau avec ses yeux tombants qui finissaient en tristesse. La porte était ouverte.

— Vous n'auriez pas un truc à boire ? demanda Tréviec.

Tréviec avait une taille de basketteur maigre qu'on aurait fait combattre en poids plume.

— J'ai une bouteille de Four Roses entamée que m'a laissée mon prédécesseur, répondit Journiac.

Tréviec s'assit en face de lui.

Journiac trouva la bouteille. Tréviec déplia un bras tout en élongation, que prolongeaient des doigts de guitariste, pour attraper le verre que Journiac lui tendait.

— Il faut que je vous parle de quelque chose Pierre.

— Je me doute.

— Je suis un peu gêné, mais il faut que je vous en parle. Bon, j'étais à la fac avec une fille qui est maintenant journaliste. Je ne l'avais pas vue depuis plusieurs années, mais depuis que je suis arrivé à Abbeville, elle m'a appelé plusieurs fois.

Le visage de Claire Devois vint se poser sur le récit de Tréviec.

— Devois ?

— Je vois que vous connaissez.

— En effet.

— Elle m'a appelé pour qu'on dîne ensemble. Avec ma présomption de célibataire, j'ai cru que je l'intéressais.

— Et non.

— Oui. La première partie du dîner, les copains de fac, nos métiers. On a un peu picolé.

— Où ?

— Dans un resto à Amiens. Pas mal d'ailleurs. Je ne lui ai pas fait le coup de l'auberge. Ça se passait bien donc, et puis tout d'un coup, vlan ! le questionnaire. Au début, je me suis dit : c'est juste une pause. Mais pas du tout, elle était habitée par son truc. J'ai essayé de changer de sujet, mais elle y revenait.

— La déconvenue donc.

Tréviec sourit.

— À peu près. Elle est partie sur la guerre Monchalin-Béresse. Deux caciques en concurrence pour la Cour de cassation. Rien de nouveau. Le genre de truc qui m'emmerde.

Il nota le mot « cacique » qu'il avait déjà entendu d'Erlinger. C'est vrai que ce terme sud-américain leur convenait.

— Je pourrais vous en raconter, commenta Journiac.

— Certes, mais d'après elle, cela irait au-delà de la méchanceté habituelle. La limite aurait été franchie. Je n'ai pas très bien compris. Elle n'était pas directe dans ses affirmations et en même temps, elle me lançait des informations, mais comme si je devais être au courant. C'était très bizarre, elle était vraiment comme habitée. Elle a dit que ça allait saigner, que ça pourrait sortir.

Tréviec avait fini son Four Roses. Journiac lui en servit un autre.

— Elle tient ça d'où ?

— Vous pensez bien que je ne lui ai pas demandé. Elle n'aurait pas répondu.

— Elle découvre qu'avec ces gens-là il n'y a pas de limites, proposa Journiac.

Tréviec avait avalé d'un trait son whisky. Effet du bourbon, son visage blanchâtre avait pris des couleurs.

— Si, il y a des limites, reprit vivement Tréviec. Il doit y avoir des limites. Même si on a perdu tout idéal.

Voilà un mot qui agaçait Journiac.

— Idéal ? Monchalin, Béresse ? Pierson, Fleurote ? Quel est l'idéal Marc ?

— Le terme est peut-être trop fort. Idée, peut-être. Idée de justice.

C'était au tour de Journiac de sourire. Idée de justice. Il n'y avait pas d'idées.

— Je ne sens pas ça chez vous, continua Tréviec.

— Quoi ?

— La compromission.

— Arrêtez Marc, vous parlez comme un membre du Syndicat de la magistrature.

— Je n'y suis pas.

— Je sais que vous n'y êtes pas, mais vous vous trompez. En tout cas sur moi.

Tréviec lui tendit son verre. Ils se prirent une autre rasade. Il ne restait qu'une lichette dans la bouteille.

— Je ne vous aurais pas ennuyé avec ça sinon… mais après, le sujet, c'était vous.

Journiac versa avec équité le reste du flacon.

— Claire voulait des informations sur votre carrière. Si vous aviez des accointances.

— Des accointances ?

— Oui, des accointances. Si vous étiez lié avec Béresse. Elle voulait savoir pourquoi il vous avait nommé.

— Elle n'est pas la seule.

— Elle m'a demandé aussi ce que vous faisiez avant d'entrer dans la magistrature. Je lui ai dit que je n'en savais rien. Elle m'a demandé si vous étiez déjà allé chez Béresse ou Monchalin.

36

Le 31 décembre 1977, Valéry Giscard d'Estaing adressa à la France des vœux qu'il affirma improvisés. Il souhaita à ses compatriotes bonheur et santé, en toute simplicité. Cet homme qui pouvait dicter à son arrogance de rester modeste en cette occasion, conservait néanmoins le privilège de décider qu'un homme aurait ou non la tête tranchée. Il en irait ainsi en 1978, comme en 1977.

Journiac ne regarda pas les vœux présidentiels. Le seul calendrier qui lui importait comprenait la semaine du 9 au 14 janvier au cours de laquelle se tiendraient les assises qui devraient juger Mezziane.

Après Tréviec, il eut un autre visiteur du soir. Il était presque seul au tribunal lorsque Flavien l'appela.

— Je peux passer vous voir ? lui avait demandé le policier.

Il arriva dans son bureau une heure plus tard avec un début de moustache, vêtu d'un cardigan en grosse laine, un sac Coop à la main.

— Je ne voulais pas parler au téléphone. Mais ça y est, on tient quelque chose dans Mezziane. J'ai retrouvé le fils et la veuve du toubib. Vous savez, celui dont m'avait parlé la vieille à Hirson. Le fils est en Angleterre. Ça n'a pas été facile, mais il veut bien vous voir. La veuve rentre après les vacances.

— Je ne suis plus en charge du dossier Mezziane, vous le savez.

Flavien acquiesça puis, de sa main libre, sortit du sac Coop une bouteille de champagne.

— Que ça ne nous empêche pas de boire un coup. D'autant que je ne suis pas sûr que vous restiez très longtemps dans la région.

La bouteille était fraîche. C'était du Erlinger. Journiac se mit à rire. Flavien aussi. Mais Journiac savait que ce n'était pas pour la même raison. Il ouvrit la bouteille et servit dans les verres en pyrex qu'il avait utilisés avec Tréviec quelques jours plus tôt.

Ils trinquèrent à la neige qui tombait sur les pavés de la rue du Maréchal-Foch.

— Vous ne donnez pas cher de moi, si je comprends bien.

— Après ce que vous avez mis à Mouchardier... « Chuch-penchion »... des marioles l'ont peint sur le mur en face de chez lui. Sinon, je voulais vous dire, maintenant que vous êtes dessaisi de l'affaire Mezziane, ça devient un peu compliqué pour moi.

— J'y ai pensé, coupa Journiac. Je ne vous demanderai plus rien.

Prenant un livre posé sur le bureau de Journiac, Flavien lui demanda :

— C'est quoi ce que vous lisez ?

— Lanza del Vasto. Je l'avais pris pour le continuer. Prenez-le, je ne le finirai pas.

Flavien examina la quatrième de couverture.

— Ça a l'air pas mal. C'est pas lui qui était au Larzac cet été, avec ce général ?

— Bollardière.

37

Journiac avait d'abord pensé prendre le ferry, mais s'était décidé pour l'hovercraft de Boulogne-sur-Mer. À Douvres, il prendrait le train pour Londres. Mais il arriva à Victoria Station au lieu de Saint-Pancras. Il avait prévu de déposer sa valise à l'hôtel que lui avait réservé l'agence de voyages dans Covent Garden, mais il n'avait plus le temps.

Il devait descendre au métro Holborn. Frédéric Johns l'attendrait devant le palais de justice.

« Ce sera plus facile, lui avait dit Johns au téléphone. Mon avocat travaille en face. »

Lorsque la rame du *tube* quitta la station Vauxhall, Journiac essaya de déterminer sur son plan pourquoi elle ne passait pas à Oxford Circus. Il était déjà au terminus à Brixton lorsqu'il comprit qu'il était parti dans le mauvais sens. Il crut encore qu'un couloir l'amènerait sur le quai d'en face. C'était en fait celui de la sortie, qui le fit déboucher sur Brixton Road.

Il marcha pour trouver un taxi en se laissant aller au plaisir de ne rien comprendre aux panneaux, aux noms des magasins, à ce quartier dont il n'aurait su dire s'il était pauvre ou seulement gris, à ces Caribéens aux cheveux tressés, qui ne marchaient pas en rasant les murs. Il était stupéfait par le timbre de cette ville. L'impression de jamais vu se réunissait en lui avec celle d'avoir été jusqu'ici absent. Il atterrissait enfin dans son époque en s'étant libéré depuis quelques heures de la France.

Il arrêta un taxi alors qu'il passait devant un Wimpy. L'Austin FX4 prit le pont de Vauxhall et traversa la Tamise. En aval du fleuve, à la Chambre des communes, la peine de mort avait été abolie en 1969. Le chauffeur écoutait *Mull of Kintyre* des Wings.

« Quelle histoire triste, conclut Johns. J'ignorais beaucoup de ces détails. Qu'en pensez-vous Ben ? »

Journiac avait fini de leur expliquer le dossier Mezziane. Ils étaient assis dans les gros fauteuils en velours vert pomme d'un salon de Gray's Inn, l'association professionnelle dont dépendait Benjamin Rumpert, le *barrister* de Frédéric Johns.

Les deux hommes s'exprimaient dans un français bien au-dessus de l'anglais qu'avait appris Journiac. Benjamin Rumpert était un rondouillet heureux d'une cinquantaine d'années. Johns était plus distant, plus grand, mais s'était montré très courtois et désolé que Journiac se soit perdu dans Londres. Alors qu'ils passaient sous le porche du hall de Gray's Inn, Rumpert lui avait expliqué le rôle des Inns of Court et que Sir Francis – « Francis Bacon, *I mean* » – avait appartenu à celle-ci.

— C'est avec l'argent qu'ils volent à leurs clients qu'ils ont pu construire cette sorte de manoir, avait ironisé Johns. Vous comprenez qu'ils soient si riches.

Journiac fit signe au serveur qu'il ne voulait plus du liquide au goût de vieille épluchure de pomme qu'on lui avait présenté comme du café.

— Oui, c'est vraiment triste Fred, dit Rumpert. Mais dites-moi, c'est toujours comme ça en France, un juge qui fait les enquêtes et qui peut mettre le *suspect* en prison et à la fin la guillotine ? C'est un peu barbare, non ? Alors que votre pays est si joli.

— *Well*, Pierre, reprit Johns, vous permettez que je dise comme ça ? Je vais vous expliquer pourquoi je suis éloigné de cette affaire. *Ben, would you please ask for more coffee while I start ?*

— *Of course.*

— *Well*, finalement, cela commence mal et finit mal. Mon père était officier dans l'armée britannique pendant la guerre, et il est resté quelque temps dans cet endroit, Hirson, enfin juste assez pour rencontrer ma mère et me concevoir.

— Il servait dans la cavalerie, commenta Rumpert.

— Ben, *please*... Ma naissance un peu accidentelle a fait que je n'ai pas beaucoup connu ma mère. Mon père s'était juste arrêté à Hirson et a continué ensuite en Allemagne. Mais il avait laissé une adresse en Angleterre. Il a appris ma naissance à son retour. Il ne pouvait y avoir de mariage. J'étais *by accident*, comme on dit. Même si mon père était un gentleman, ce n'était pas possible. Ma mère était la fille d'un tenancier de bistro. Un peu précoce. Et mon père venait d'une famille de la gentry, quelque part dans le Dorset. Et les choses ont fini comme ça. Il est venu me chercher. Il a proposé une somme. Après la guerre, une femme avec un enfant, pas mariée, c'était mal vu. Les parents ont accepté. J'avais deux ans et c'est comme ça que je suis devenu anglais.

Un autre serveur, avec des pattes jusqu'à mi-joues, entra avec la recharge de café. Johns se tut le temps qu'il serve de ses deux mains tatouées à l'encre des durs.

— *Thanks Peter. How is the family?* demanda Rumpert.

— *Could not be better, Sir. Thank you.*

L'attention de Journiac se porta un instant sur le parc derrière les fenêtres. Il pensa à sa mère.

— Je ne veux pas vous ennuyer plus longtemps avec ma vie, continua Johns. En fait, jusqu'à mes vingt-cinq ans, je crois, je n'ai pas vu ma mère. J'avais le droit d'écrire à Noël et je recevais une carte pour mon anniversaire en avril.

— C'est un... *How do you say in french?* Chèvre? intervint Rumpert.

— Bélier Ben, *it is* Bélier.

— Bélier, répéta Rumpert. *Wish I don't forget that.*

— Ma mère vivait dans vos colonies je crois, le Maroc il me semble, avec son mari. C'est quand ils sont rentrés que je suis allé à Hirson. Quelques jours. C'était trop tard. J'étais dans l'armée à l'époque. Une autre erreur de mon père. Ce n'est pas très utile pour vous je pense, sauf ce détail.

Rumpert proposa une Pall Mall à Journiac.

— Non merci.

— C'est l'histoire du fusil. J'ai lu cela aussi dans les journaux que le notaire m'avait donnés. Comme j'étais militaire, Louis, le mari de ma mère, m'avait montré ses fusils de chasse. Les gens pensent toujours que ça nous intéresse, nous les militaires, j'ai observé ça. Pour ma part, je m'en fous, mais je suis certain qu'il n'avait que des calibres 20. Il disait que c'était la reine des armes, quelque chose comme ça. Cette sorte de stupidité de chasseurs. Alors quand vous me dites que l'arme du crime est un calibre 12, soit ce n'était pas son fusil, soit il avait changé d'opinion.

— L'enquête a-t-elle montré qu'il avait changé d'opinion ? l'interrogea Rumpert.

L'avocat de Johns avait une audience à Old Bailey l'après-midi. Ils déjeunèrent au réfectoire de Gray's Inn, un hall aux volumes d'église, tout en boiseries, en écussons, en portraits de membres illustres et où l'on s'asseyait comme on arrivait à l'une des six tables, d'une trentaine de mètres de long, qui s'alignaient jusqu'à une estrade.

Le décor avait beau être d'époque, il faisait pastiche, mais peut-être n'était-ce que par l'effet des élus qui s'y retrouvaient. Ils s'installèrent en face d'un ogre qui mâchait avec des mouvements de maxillaires de grand ruminant.

— *Hello Howard*, lui dit Rumpert, *you seem to appreciate. May I introduce mister Journiac, a french prosecutor.*

Le géant essuya une de ses mains puis la présenta à Journiac, lui montrant de l'autre qu'il avait la bouche encombrée.

— Sir Howard était mon associé, mais maintenant il est président à la cour d'appel, continua Rumpert. Et avant, il était au Special Air Service. Est-ce que les magistrats sont comme ça en France ?

Journiac ne savait pas s'il s'agissait de la carrière du juge ou de l'huile de sa salade qui brillait sur ses lèvres.

— C'est difficile de comparer, répondit-il.

Le géant fit un geste signifiant qu'il désapprouvait d'avance ce qu'allait dire Rumpert.

Il y a des gens qui disent qu'Howard a toujours dans sa bottine un petit poignard... une habitude du SAS.

— Il n'y a aucune preuve de cela, put enfin répondre Sir Howard. N'écoutez pas cet avocat, monsieur le procureur. Mais il doit savoir que je peux en effet lui trancher la gorge à la prochaine audience. Ne bois pas trop Ben, il faut être à jeun pour la bagarre, mon amour.

Sir Howard avala d'un trait son verre de vin et fit des lèvres un baiser à Rumpert, puis un clin d'œil à Journiac.

Le fusil. Alors qu'il rentrait de Londres, il ne pensait qu'au fusil. Ensuite lui venait toujours le regard de l'adjudant Gerdon lorsqu'il lui avait demandé s'il y croyait. Après le récit de Johns, il ne pouvait plus se contenter d'être sceptique. Il faisait maintenant le constat que sans témoignage ses doutes ne seraient jamais des preuves.

À qui parler ? Ce que lui avait dit Johns n'avait aucune existence. Journiac n'était qu'un procureur qui avait pris un congé en Angleterre où il avait enquêté illégalement sur un dossier dont il était dessaisi. Un obscur, un zozo qui requérait des acquittements, un tordu, pas fiable, compliqué, célibataire, sûrement vicelard, pas bien noté, dégueulasse potentiel. Voilà ce qu'il devait être pour tous. Voilà ce que considérerait Fleurote s'il s'ouvrait à lui de cette histoire. Fleurote l'écouterait, puis arbitrant entre le risque que cela fût vrai et que cela vienne de Journiac, il classerait la chose dans le tiroir des informations qui ne pouvaient lui servir.

Il avait pourtant, en laissant Johns et son avocat, insisté sur le fait qu'un homme encourait la peine de mort.

— Je sais, lui avait dit Johns, mais c'est un problème français. Je vous souhaite une bonne fin de séjour.

Sur le trottoir d'en face, le passage d'un groupe de jeunes avec les cheveux colorés et des vêtements déchirés écourta leurs adieux.

— *What do you mean exactly by punk?* entendit-il demander Rumpert.

38

L'aéroglisseur avait quitté la Manche pour le ciment de l'hoverport de Boulogne-sur-Mer. Les hélices perdaient de la vitesse. L'engin dont les coussins d'air s'amollissaient s'était rapproché du sol. Les passagers se levèrent. Par le hublot, Journiac vit qu'on approchait d'une passerelle. Un membre d'équipage ouvrit une porte latérale. Le froid de l'extérieur vint griffer tous les visages.

Il pleuvait. Journiac marcha jusqu'au bâtiment sur pilotis où l'on passait la police et la douane. On lui fit ouvrir sa valise. Dehors, un homme dans un trois-quarts en cuir marron attendait sous un parapluie. Journiac ne le reconnut que lorsqu'il poussa la porte de sortie. C'était Flavien.

Ils se serrèrent la main sans rien se dire et se pressèrent jusqu'à l'Alfetta du flic qui sentait le neuf. La radiocassette Blaupunkt dernier cri était restée allumée. Flavien baissa le son, puis attrapa une pochette qu'il tendit à Journiac. Il démarra. Quittant le parking, ils passèrent devant une 504 bleue qui stationnait.

— Bon, vous savez, après l'autre soir, je m'en suis vraiment voulu de vous laisser tomber. J'ai pas choisi ce boulot pour faire les choses à moitié.

Flavien cherchait le regard de Journiac par intermittence ; lui, avait passé les doigts dans l'élastique de la pochette pour l'ouvrir.

— Mais ce n'est pas ça qui m'a fait bouger. Même si j'étais gêné vis-à-vis de vous. On a essayé de me sonder. Vous voyez ce que je veux dire.

L'Alfetta arrivait très vite sur l'arrière d'un camion qui, malgré la pluie, et l'affaissement rapide du jour, roulait sans feux de position. Flavien déboîta et d'un coup nerveux passa le rideau de flotte qui accompagnait le poids lourd.

— Les routiers sont sympas, mon cul, commenta Flavien.

Journiac ramassa la pochette qui lui avait échappé dans l'accélération. C'est lui maintenant qui cherchait le regard de Flavien.

— Vous disiez qu'on vous a sondé, reprit Journiac.

— Ouais, un divisionnaire des RG. Ceccaldi. On ne le voit jamais d'habitude et là, il passe une tête à mon étage, ça va, toi ça va et toi ça va... Voyez le genre. Et puis là, il me dit: «Dis donc, si tu as des infos sur le dossier Mezziane, ça nous intéresse.» Il me dit: «C'est du sensible, alors partage, on te revaudra ça. *Ciao.*» J'ai même pas pu répondre, ce fouille-merde était parti. La *chouchouka connection*, si vous voyez ce que je veux dire. Les anciens d'Algérie. Ils sont recasés à tous les échelons. Ceccaldi était à la Sûreté d'Oran. J'ai pas aimé son «on te revaudra ça». Quand je pense à tous les mecs qu'il a dû zigouiller. Du coup, ça m'a relancé.

— Vous avez parlé à quelqu'un pour que ce Ceccaldi vous questionne?

— Personne, je vous assure. La seule chose, c'est que mon patron m'a demandé pourquoi Ceccaldi était passé. J'ai esquivé. Le lardu m'a juste dit: «Je ne sais pas ce que vous foutez Flavien, mais je n'aime pas que Ceccaldi débarque dans mon service. Je préfère me passer des remontées d'égouts.» Mais ça m'a pas empêché d'aller voir la femme du toubib d'Hirson. Elle m'a laissé chercher dans les archives de son mari. C'était bien rangé, j'ai tout de suite trouvé le dossier de Mezziane. Et ça colle de moins en moins.

Il faisait maintenant presque nuit. La pluie s'était arrêtée. Très loin sur la droite un dernier ruban de soleil attendait l'effacement. Flavien roulait vite, plein phare. Journiac alluma le plafonnier et ouvrit la pochette.

— Mezziane a eu un accident sur une machine agricole, il y a deux ans. Il a perdu la mobilité de trois doigts de la main droite. Ça ne rend pas impossible qu'il ait tiré, mais bon.

Journiac examina les documents parmi lesquels se trouvaient des radios. Tout est dans la procédure, lui avait dit l'adjudant Gerdon. Il éteignit le plafonnier. Flavien avait ralenti et mis un clignotant.

— Nous n'allons pas à Abbeville ?

— À Arras. Chez un gardien de la prison de Saint-Quentin. Je vais vous expliquer. Ça ne vous dérange pas si je mets un peu de musique ? Vous connaissez *Give a Little Bit* de Supertramp ?

Journiac fit signe que non. Il avait arrêté d'écouter de la musique en 1960.

— C'est sorti il y a plusieurs mois, mais je ne m'en lasse pas.

La chaleur dans l'auto, l'image noire de l'asphalte qu'animaient seulement les variations signalétiques de la bande blanche, la musique du Tramp s'emparèrent de sa fatigue. L'importance de ce que devait lui dire Flavien ne put l'empêcher de s'endormir.

L'arrêt de l'Alpha le réveilla. Ils étaient à Arras.

— On y est, dit Flavien.

— On va voir qui, déjà ?

— Un ancien gardien de la prison de Saint-Quentin. C'est moi qui l'ai contacté, mais en fait c'est vous qu'il voulait voir. Il va vous expliquer. On a plus trop le temps. Il doit prendre son service à minuit à la maison d'arrêt de Douai.

Ils sortirent de la voiture et traversèrent la place des Héros dont même la nuit ne pouvait effacer la silhouette flamande.

« C'est pour ça que j'ai mis le papier dans la poche à votre manteau. »

Journiac lisait en même temps le message que lui avait laissé le gardien : « J'étai gardien à Saint Quentin. Je veu vous parlé de Mezziane. » Suivait un numéro de téléphone.

— Vous avez fait ça à quel moment ? lui demanda-t-il.

— Ben quand on était tous au greffe. Après la décapitation. C'est moi qui portais le plateau à café.

— J'ai trouvé le mot dans le bouquin que vous m'avez prêté, ajouta Flavien.

Ils étaient assis dans le salon d'une maison à un étage. Journiac faisait face à un meuble télé sur lequel étaient posés des trophées sportifs. La femme du gardien leur préparait un *triquet* et avait envoyé son *coco* chercher des bières.

— On peut pas faire ça à un homme. Même après tout ce qu'il a fait.

La porte d'entrée s'ouvrit et se ferma.

— Apporte ici, mon Juju, dit la femme depuis la cuisine. Je vais y ouvrir.

Le maton avait la quarantaine, la coiffure blond ondulé de chanteur suédois, des yeux bleu atoll, un sourire constant d'une gentille bêtise. Le salon, où l'humidité de la maison avait fait des taches, était en moquette jusqu'aux murs.

Le gamin leur apporta les bières sur un plateau Manufrance.

— Bon ben santé, dit le gardien.

Journiac leva sa bouteille. Il aurait voulu lui poser des questions, mais le type les recevait chez lui et avait quelque chose à leur révéler : il fallait le laisser aller à sa manière.

Donc, ils écoutèrent son tableau de carrière, le traitement pas revalorisé, les conditions de travail, le prix de l'essence, Giscard qu'il pouvait pas saquer, rapport à la poignée de main à un détenu en 1974 et la fistule de madame.

C'était un mécontent volubile. Journiac, d'un mouvement de poignet, finit par regarder sa montre.

— Vous ne deviez pas prendre votre service ? demanda-t-il.

— Je devais, mais comme je vous reçois, j'ai changé avec un collègue.

Ils avaient fini le casse-croûte.

— Juju, va chercher la bouteille à papa.

Le gamin, qui jouait par terre avec une miniature de camion Simca, se leva et courut vers la cuisine.

— Maman, la bouteille à papa, la bouteille à papa ! cria le gamin.

Journiac comprit que ce serait long.

C'est la femme qui revint cette fois-ci avec des verres et une bouteille de genièvre. À l'arrondi de sa robe-blouse à motifs floraux orange, elle était enceinte.

— Goûtez-moi ça, pendant que j'm'y mets à raconter.

Flavien le déposa tard dans la nuit à son appartement d'Abbeville. Il lui restait quelques heures avant de devoir rejoindre Amiens où se tiendrait dans la matinée la rentrée de la cour d'appel.

Comme il avait à nouveau dormi dans l'Alfa, Journiac n'avait plus sommeil. En se préparant un café, il évalua les éléments qu'il avait réunis au cours de sa contre-enquête. Flavien retournerait à Arras dans la matinée pour formaliser la déposition du gardien.

Mezziane n'était certainement pas le tueur des époux Chardeau. Même s'il eût préféré que le témoignage de Frédéric Johns vînt compléter ce qu'il avait collecté, il possédait normalement de quoi lui éviter la peine capitale.

La déclaration du gardien excluait qu'il la communique à Béresse. Le procureur général s'était déjà montré trop allusif pour ne pas être classé suspect. Il l'aurait, en toute hypothèse, écartée. Mais avec le récit qu'il rapportait d'Arras, il y avait maintenant au moins une présomption, certes simple, dont il faudrait qu'il se dépoisse.

C'était maintenant Fleurote qui avait la charge du dossier, mais il était courageux comme un lapin de garenne et ne ferait rien sans l'autorisation de son mandant, Erlinger, qui le tenait en laisse.

Il restait Monchalin, dont le valet Pierson lui avait fait des avances. Si Journiac ne s'illusionnait pas sur l'importance qu'ils accorderaient au sort particulier de Mezziane, l'accusé pourrait être indirectement le bénéficiaire de l'utilisation qu'ils feraient de son enquête. C'est donc le premier président qu'il aviserait. Dans la partie qui se jouait entre Béresse et Monchalin, Journiac lui offrait peut-être l'avantage. Il verrait bien.

Il mit feuilles et carbone dans son Olivetti pour taper une note blanche en double exemplaire.

39

Journiac arriva en retard. Monchalin, le premier président, finissait son discours. L'huissier lui désigna la place restée libre, qui de toute façon l'attendait, et que personne n'aurait prise : les sièges étaient numérotés. Le chiffre indiquait le rang, et plus il grimpait, plus le rang était bas.

La rentrée de la cour d'appel, qui se voulait un peu dans l'héritage des assemblées de parlements sous l'Ancien Régime, avait rarement l'esprit à la rébellion, car presque tous ceux qui s'y trouvaient souhaitaient servir l'État, même s'ils ne s'accordaient pas sur qui devrait en être le maître. Aussi, cette cérémonie servait à rappeler aux tribunaux de la cour qu'elle était le centre. Habituellement, seuls les magistrats d'appel tenaient séance devant un parterre de représentants d'administrations, d'élus de tous ordres, surtout de seconds, de membres du barreau, et d'un ou deux égarés, permissionnaires d'asiles. Mais cette année, sous couvert de démocratisation, le président Monchalin avait, une première, convié tous les magistrats des tribunaux du ressort, dans une sorte d'états généraux où il ne manquait que la noblesse et les cahiers de doléances, les quelques figurants de la basoche y faisant le tiers état. La libéralité soudaine du premier président Monchalin ne trompait personne. Il voulait simplement montrer ses troupes à l'ennemi Béresse.

Alors qu'il remontait le rang jusqu'à son numéro, qu'il essayait de n'écraser aucun pied, de ne cogner personne avec sa sacoche, il parut à Journiac que ce n'était pas les spectateurs qu'il dérangeait, mais qu'il avait détourné sur lui-même le spectacle. La grande chambre, où se tenait l'événement, s'était prise d'un murmure de cour qui, gênant l'orateur, provoqua son silence. Une soixantaine de magistrats l'examinaient. Mais était-ce lui qu'ils regardaient ? Ou bien ce qu'il s'était permis pour la première fois de sa carrière : l'insolence de porter sur sa robe de magistrat une Légion d'honneur dont tous rêvaient, mais que la plupart n'avaient pas.

Il aurait dû s'asseoir, mais il resta encore un instant debout, comme en réponse. Il en connaissait un certain nombre de puissants imbéciles qui s'étaient hissés à des postes où pouvait s'épanouir leur médiocrité.

Devant lui, Isabelle Defrancheville. Ambitieuse, très méchante, bourgeoise, mariée à la filature en déclin. À ses côtés, Jean-Yves Lacombe. Tout aussi ambitieux que sa voisine, plus méchant encore. Avait raté l'ENA, mais son diplôme de la rue Saint-Guillaume suffisait à son arrogance. Sur sa droite, le nom lui échappait. Sérieux. Plus loin, Morel, son procureur. Au-dessus, un conseiller de la cour d'appel, surnommé « Hagard », connu pour lire des journaux de modélisme pendant les audiences. La juge Tresquel, magistrate de bibliothèque, remplaçante de carrière, mariée à un médecin qui la tabassait, sous médicaments. Folle. Mais assesseur aux assises.

L'assemblée était figée dans une immobilité d'animal surpris.

Journiac tenait à deux mains sa sacoche dans laquelle se trouvait la note qu'il avait tapée dans la nuit. Sur la droite, Béresse était le seul qui n'avait pas regardé vers lui.

Il s'assit entre Tréviec et Lecoutre, le représentant du Syndicat de la magistrature. Le premier président reprit son discours.

— Tu n'as rien raté, lui glissa Lecoutre. M'est avis cependant qu'on va avoir quelques surprises.

— Tu es au courant pour Mouchardier ? lui demanda Tréviec.

Journiac fit signe que non.

— Il s'est suicidé. Pendaison.

— Chuchpenchion, ricana Lecoutre.

La voix de Monchalin s'amplifiait. Ce n'était donc pas seulement l'imposteur décoré qu'ils avaient dévisagé, mais le fratricide, celui dont l'attitude avait poussé un collègue à l'irréparable, le Caïn moral.

— Mais notre institution, disait Monchalin, ne serait rien si dans tous les corps qui la composent elle ne se montrait pas unie dans le seul but qui doit être le sien, rendre la Justice, une Justice sereine, exempte d'arrière-pensées. Une Justice qui soit de son époque et qui ne serve que l'intérêt de la Justice. Pour cela, nous avons besoin d'harmonie, de respect.

On toussa rauque.

— Vous savez quelle perte immense vient de frapper notre communauté. Un grand magistrat, un ami pour beaucoup d'entre vous, Léon Mouchardier, nous a tragiquement quittés. Méditons ce drame et sachons en tirer les enseignements nécessaires afin que cette année 1978 voie progresser l'œuvre que nous avons choisi de servir. Je veux dire la préservation de ce fil invisible de la vie, dont nous sommes les gardiens, qui nous relie dans la société et qu'on ne doit pas trancher.

On crachota.

Monchalin se rassit.

Il n'avait pas précisé pas que l'enrôlement du jeune Mouchardier à la LVF, après le meeting de Doriot au Vel' d'Hiv' en 1943, n'avait été refusé qu'en raison d'un asthme qui le rendait inapte à lutter dans le froid contre le bolchevisme.

« Amen », commenta, le nez relevé, Lecoutre.

Il y eut des applaudissements. À mains plates, lorsqu'il fallait être courtois. À paumes empoignées avec mouvements d'épaules, si l'on était supporter, comme Fleurote ou Pierson. Morel commença avec discrétion puis passa à la seconde manière à mesure que son ouïe lui signalait que le camp de Monchalin était nombreux.

Béresse se leva, pas tellement plus haut que son pupitre, la tête sortant comme une touffe de son hermine.

Combien de fois ce qu'avait dit ou écrit Béresse avait-il conduit un homme à ne plus vivre ? Journiac avait fait son propre décompte, duquel il excluait Mouchardier, mort au mieux d'avoir découvert la vérité de sa bêtise.

Béresse : serment prêté à Pétain, commence déjà un peu sale une carrière faite ensuite de besognes : chancellerie à la Libération, commissionné ensuite dans l'Empire pour y maintenir l'ordre public, confondre des Africains qu'il trouvait pathétiques, voleurs et menteurs, faciles à faire condamner, mais pareils aux Blancs devant l'échafaud : affolés. Deux à Abidjan. Promotion. Dakar. Un seul. Un Corse. Retour en France au début des années cinquante. Parquet d'Orléans. Trop jeune en métropole pour requérir aux assises. Deux exécutions comme invité. Promotion. Paris. Direction des affaires criminelles et des grâces. Mais de grâces, assez peu. Chancellerie sous Schuman et Mitterrand. Algérie. Pleins pouvoirs.

« À ceux qui dans un moment d'égarement en auraient douté, je répondrai que le parquet est bien là pour faire appliquer la loi, toute la loi, et s'assurer de la répression des crimes. »

Sous les griffes de Béresse, qui lacéraient sa charte de l'union judiciaire, Monchalin demeurait impassible et reptilien.

Monchalin : 1947, juge d'instruction à Madagascar. La Sûreté lui amenait les insurgés après la torture pour qu'ils confirment devant lui leurs aveux. Date de prestation de serment : 1943. Comme le préfet qui, casquette sur les genoux, écoutait Béresse et, deux heures plus tard, dicterait son rapport au ministère de l'Intérieur. Le général Touzette, commandant la Région de gendarmerie, son voisin, la toile de sa vareuse remplie comme une voile par grand vent, incendiait en 1951 des villages en Annam. Collecte du renseignement dans le Constantinois, 1956-1957. Très efficace.

— Beaucoup voudraient nous faire croire qu'une certaine affaire a, *de facto*, aboli la peine capitale en France. Ils se trompent. Aussi longtemps qu'elle restera gravée dans notre Code pénal, je donnerai les instructions à mon parquet pour qu'on la requière pour les criminels qui la méritent.

Les deux tiers des conseillers de la cour d'appel d'Amiens avaient prêté serment à Pétain ou servi comme supplétifs judiciaires dans l'Empire français. Aucun de ceux qui composaient cette majorité ne montra de désapprobation à l'écoute du rappel à la loi du procureur général. Ils n'étaient plus à l'âge des applaudissements ; ils opinèrent en silence.

Comme sous Vichy, la magistrature pénale avait pendant la décolonisation courbé l'échine sous le poids de sa révérence à la loi du moment, aidée par son appétence naturelle de la répression. La vieille pulpe de violence tapissait encore le fond de la bouteille. On avait accepté le plus grave, on pouvait donc s'accommoder de rester brutaux. L'ancien juge de l'État français et le vieux colonial, qui cohabitaient à tous les étages des institutions républicaines, toléraient qu'un niveau de cruauté latente se maintienne.

Aucun des jeunes magistrats, qui avaient ovationné Monchalin, ne quitta cependant son siège.

Après, tout le monde se pressa vers le buffet dressé dans le vestibule de la grande chambre. Il y avait beaucoup d'invités. On se précipita. On voulait être sûr d'être servi.

Journiac, qui souhaitait entretenir Monchalin, était sorti dans les premiers et s'était placé sur le côté de la porte, de manière à ce qu'on ne le vît pas. Béresse passa avec le général de gendarmerie. Les serveurs offraient des flûtes de champagne ; des groupes se formaient. Certains magistrats avaient enlevé leurs robes ; d'autres ne faisaient que relever leurs manches pour qu'elles n'avalent pas de petits-fours.

Entouré de vibrions et de complimenteurs, parmi lesquels se trouvait Giraud, le journaliste, Monchalin ne pouvait être atteint. Journiac changea de place, mais l'essaim partit dans un autre sens. Il vit que Béresse, qui parlait maintenant avec le préfet, l'observait.

Il se détourna et chercha s'il apercevait Claire Devois. Il ne la trouva pas.

— Tu le connais ce Journiac à Abbeville ?

Deux magistrats de la cour d'appel, en robe, s'étaient installés, en bout de buffet, lui tournant le dos : Françoise Ribonet, deuxième chambre correctionnelle de la cour, Edmond Palin, président de la chambre d'accusation.

— Comment veux-tu que je connaisse un substitut d'Abbeville ? répondit la présidente Ribonet. Enfin, si c'est lui qui nous a débarrassés de ce crétin de Mouchardier, je lui lève ma coupe.

— C'est toi qui récupères les assises, alors ? demanda Palin.

— J'ai fini par y arriver. Débuter avec un dossier de peine de mort, je ne pouvais pas mieux tomber.

— Tu as vu, tout à l'heure, ce collègue qui est arrivé en retard ?

— Avec la Légion d'honneur ?

— Oui. Il a quel âge ?

Le valet de Monchalin, Pierson, qui repartait avec un air de sérieux et de devoir vers la première présidence, tout en cherchant des mains à poisser, se trouva sur Journiac quand après avoir fait sa révérence aux deux conseillers qui le cachaient, ces derniers s'écartèrent.

Un voile de stupeur passa dans les yeux du secrétaire général qu'il fit glisser jusqu'à sa bouche pour le transformer aussitôt en sourire, présentant dans le même mouvement cette main qui lui servait à tout.

— J'ai quelque chose que je voudrais que vous remettiez au premier président.

Journiac sortit l'enveloppe de sa sacoche et la lui tendit. Mais Pierson ne la prit pas.

— Vous pouvez peut-être m'en dire plus mon cher Journiac ?

— C'est une note que je vous transmets. Mais si vous voulez que cela soit plus officiel, je peux appeler des témoins.

Pierson, qui avait remarqué que les deux conseillers qu'il venait de saluer s'étaient retournés, attrapa l'enveloppe.

— Voilà qui doit être fort intéressant, dit, aigu, Pierson.

— Vous me trouverez au « Jules Verne », ajouta Journiac.

— Nous verrons.

Pierson continua vers les dépendances de la première présidence et Journiac fit demi-tour pour rejoindre la sortie.

Il passa devant Tréviec qui discutait avec une jeune collègue plutôt gracieuse.

— Tu ne restes pas ? lui demanda Tréviec qui semblait à son affaire.

— Non, je rentre.

Derrière Tréviec, il aperçut Monchalin et sa petite écurie qui s'avançaient vers eux.

Le premier président arborait la décontraction de l'hôte feignant de croire ne compter que des amis à sa réception. Il aurait eu une croix et une mitre qu'on aurait pris les « au revoir » qu'il lançait pour des bénédictions. Il devait encore être sous les effets des applaudissements qu'il avait reçus et qui, après quelques coupes de mousseux, devaient tenir pour lui du triomphe.

Sur sa gauche, à quelques mètres, il y avait un autre groupe assez compact, duquel émergeaient un képi de gendarme et une casquette de préfet. Ce noyau s'ouvrit d'un coup et en sortit Béresse qui vint se porter sur le passage de Monchalin, avec la rapidité préventive d'un mâle dont on s'approche trop près du troupeau.

L'escorte de Monchalin se disloqua, laissant son champion isolé. L'énorme Monchalin fit encore un pas, en même temps que l'écaille de sa peau faisait se tourner ses yeux jaunes sur Béresse.

Deux animaux non répertoriés se trouvaient face à face : c'était les Galápagos. Mais il n'y avait pas de danger immédiat : ces deux espèces ne frappaient que dans le dos.

D'ailleurs, Béresse s'approchant de Monchalin lui tendit la main. Lequel, d'un pas lourd, avança et donna à son tour la sienne. Ils étaient maintenant l'un contre l'autre. Ils se parlaient à l'oreille. Ils étaient amis en réalité ? L'assistance n'y tenait plus. On applaudit. Cette réconciliation... Ah ! les vaches ! Les terribles !

L'accolade fut brève. Une fécondation avec giclée immédiate.

Les mâles secondaires se regroupèrent autour de leur alpha pour qu'il pût reprendre sa déambulation. Le groupe frôla Journiac qui constata que la mine de Monchalin avait comme changé de saison, pour passer à l'heure d'hiver.

Béresse, Pierson, Monchalin, Fleurote, Morel... Il avait sous les yeux la preuve de l'imposture, la statue de la justice, le glaive, la balance... Tous portaient un masque sous lequel se dissimulaient leurs intérêts, leurs opinions profondes, quand il ne s'agissait pas de leurs tares, de lâchetés ignobles, ou d'une indifférence que les années avaient durcie jusqu'à en faire une sorte de métal qu'aucun sentiment ne pouvait fendre, qu'aucune misère humaine n'atteindrait plus.

Lui, Journiac, connaissait l'indignité de son état, il savait que la cause de la mystification était logée en lui, à un endroit précis, dont il sentait, jour après jour, l'odeur de décomposition; cette charogne le narguait, comme un cancer permanent qui ne voudrait pas encore l'emporter.

Du «Jules Verne», il appela chez le gardien, où il avait renvoyé Flavien pour qu'il prenne sa déposition.

Le gamin du maton décrocha.

— C'est qui?

— Tu peux me passer le monsieur qui est avec ton papa?

— Le commissaire?

— Oui.

Il attendit.

— Oui?

— Journiac.

— On vient de finir.

— Il a confirmé?

— Tout.

— Lisez-moi.

— Un moment.

Journiac regarda l'annuaire des pages jaunes qui était resté ouvert sur la tablette à «Voyance». Il compta qu'il y avait sept voyants à Amiens, dont un Africain. Un encart précisait: «Tarots – Méthode espagnole».

— Bon, commença Flavien, j'ai fait court, comme vous me l'avez dit. Je vous passe la grande identité et les affectations. Donc, je lis: «Dans la nuit du..., j'étais de ronde à la prison de Saint-Quentin. Comme il faisait très froid, au milieu de mon parcours, je me suis arrêté dans la rotonde qui commande l'entrée des différentes divisions de la maison d'arrêt. Il faisait vraiment froid et avec les collègues, on y laisse toujours une bouteille de remontant pour le cas où. C'est pas autorisé normalement. Le couloir de la deuxième division comporte une autre porte d'accès qui donne sur les locaux administratifs. Il était vers une heure du matin. Je n'avais pas allumé la lumière dans la rotonde, rapport à la bouteille. Comme je buvais un coup, j'ai remarqué que le voyant électrique qui signale l'ouverture de la porte du fond à la rotonde s'est allumé. J'ai reconnu le directeur de la prison, M. Duclosot, qui était suivi de deux hommes.

Le directeur et les deux hommes se sont avancés jusqu'à la cellule du dénommé Mezziane. De là où je me trouvais, je pouvais bien distinguer le visage des deux hommes qui accompagnaient le directeur, car le couloir était bien éclairé et je serais parfaitement en mesure de les reconnaître.

L'un d'entre eux était blond, élancé, environ un mètre quatre-vingts, dans les quarante ans. L'autre était trapu, même gros, dans le mètre soixante-dix.

Le gros tenait un grand sac long.

Vous me demandez si ce sac aurait pu contenir un fusil de chasse démonté, je réponds que oui certainement.

Le directeur a ouvert la porte de la cellule de Mezziane et ils sont entrés. Il ne s'est d'abord rien passé, puis j'ai entendu comme des bruits de lutte, mais pas des cris. L'Arabe depuis qu'il est ici n'a jamais parlé. »

Falvien s'interrompit.

— J'ai mis « Arabe », c'est plus passe-partout. En fait, il disait « le crouille ».

— Continuez.

— Oui : « Enfin, ils sont sortis et ont emprunté le même itinéraire qu'à l'aller. Je précise que la présence de ces deux personnes ne figure sur aucun registre.

Par la suite, comme je m'inquiétais de ce qui était arrivé à l'Arabe, je suis allé jusqu'à la cellule. Il était assis sur son lit. Par l'œilleton, je lui ai demandé s'il allait. D'abord il n'a rien dit puis il m'a répondu : "Maintenant ils vont me guillotine". Je lui ai demandé pourquoi. Il m'a répondu : "Le lieutenant il est sadique."

Quand le détenu m'a dit cela, je me suis dit qu'en effet les deux personnes qui accompagnaient le directeur pouvaient être des militaires à cause de leurs coupes de cheveux.

Je n'ai parlé à personne de ce dont j'ai été témoin, car comme je vous l'ai dit je n'aurais pas dû être dans la rotonde ce soir-là pour boire un coup et je ne voulais pas m'attirer des ennuis et être rétrogradé. C'est quand l'exécution s'est passée que j'ai changé d'avis.

À la pénitentiaire, on lave son sale linge en famille. C'est pas un boulot comme les autres.

Le jour de la décapitation à Perrot à la prison de Douai où j'ai été muté, j'ai… »

— Bien, interrompit Journiac, je connais la suite. Et sur la rencontre, qu'est-ce qu'il a dit ?

— Oui, c'est à la fin. Donc : « Quelques jours après l'exécution de Perrot à Douai, je suis allé à Saint-Quentin pour disputer un match de foot de la pénitentiaire contre les P et T. Après, j'ai fait mon tiercé au "Jean Bart" où j'avais mes habitudes quand j'étais en poste. En face se trouve un restaurant, "Le Bœuf couronné". De là où j'étais, c'est-à-dire à l'intérieur du "Jean Bart", j'ai vu sortir le directeur de la prison de Saint-Quentin, l'avocat général qui était à l'exécution et un des individus qui avaient nuitamment pénétré dans la cellule de Mezziane. Je suis sûr que c'est l'avocat général, car il a un physique spécial qui ne s'oublie pas. » Voilà.

La veille, le gardien n'était pas encore certain d'accepter de signer une déclaration. Flavien avait su le convaincre.

40

« Tout est dans le dossier, monsieur le procureur. » Cette phrase lui revenait maintenant chaque fois qu'il pensait à l'affaire Mezziane. Tout avait été dissimulé sous couvert de ces quelques mots.

Un autre aurait éprouvé de la révolte, mais Journiac ne ressentait qu'une tristesse rehaussée de dégoût. La lassitude lui épargnait de croire que ce témoignage pourrait faire plus que sauver Mezziane. Il avait trop vécu dans l'indifférence de la procédure pour ne pas avoir appris que ce n'était pas la peur d'être taché par l'injustice qui conduisait aux acquittements, mais celle d'être taché tout court. Les introspections simulées, les résipiscences suivies de promesses d'améliorations du système pénal ne suivaient que les affaires estampillées « grande erreur judiciaire ». Le vulgaire devait s'en remettre au bénéfice du doute.

— Pendant que j'y suis, monsieur le procureur, je pensais retourner dans la foulée à Hirson prendre le témoignage de la vieille. Celle qui m'avait parlé du toubib de Mezziane.

— Vous pensez que c'est vraiment nécessaire ?

— Ça bouclera la boucle, comme on dit. En tout cas, ils pourront pas faire autrement que rouvrir l'information judiciaire.

— Bon alors, allez-y. Mais apportez-moi tout demain en fin de journée.

Le propriétaire du «Jules Verne» avait dû un soir finir au Pub Renault sur les Champs-Élysées, car la décoration de sa brasserie en avait quelque chose, en plus réduit, tout en se voulant dans l'esprit de l'auteur, pour le côté *Nautilus*.

Journiac était assis dans une sorte de boxe évoquant un bathyscaphe, sous le faisceau orangé d'une lampe de mouillage en laiton qui éclairait moins qu'une veilleuse, mais assez pour qu'il pût lire la presse.

Il était question de la visite, la veille, de Jimmy Carter et Valéry Giscard d'Estaing à Omaha Beach et à Bayeux.

La lumière appliquait aux photos un filtre marronnasse. Derrière lui, un type vociférait contre tout le pognon qu'on filait aux immigrés, alors que les charges patronales augmentaient. La serveuse lui apporta une saucisse Morteau-purée qui avait un goût de boîte en fer.

Des magistrats descendus de la cour d'appel cherchaient une table. Il finissait un éditorial de Max Clos lorsqu'une ombre vint en obscurcir le texte. C'était la tête de Pierson.

«Venez», lui dit-il.

Il eut à attendre sur un banc recouvert de moleskine verte, comme celui sur lequel il avait stationné en septembre dans le couloir du parquet général.

Même ainsi convoqué, on n'entrait pas directement chez un chef de cour. Il fallait ce temps à l'extérieur, cela faisait partie de la punition d'usage, les comédiens de l'autre côté de la porte n'étaient pas encore prêts pour la représentation.

Le décor, derrière, ne prêtait pourtant pas à la variété.

Reçu de part et d'autre du bureau: hiérarchie.

Au petit coin salon dont s'agrémentait le cabinet d'un haut magistrat: nécessité d'un terrain d'entente.

Dans les deux cas, il ne fallait jamais oublier qu'on était chez l'ennemi.

Lorsque ce fut Fleurote, et non Monchalin, qui vint le chercher, et quand passant dans la pièce, il ne trouva que Pierson évitant son regard en ajustant une tasse à café posée sur une table basse, quand Fleurote lui donna l'accolade, il ne sut définir aussitôt s'il était en danger ou s'ils avaient l'intention de se servir de ce qu'il leur avait remis.

Pierson étant déjà en place, Journiac et Fleurote s'assirent.

— Pierre, lui dit Fleurote, à qui on avait sans doute laissé l'introduction, tout d'abord je dois te remercier. Ce que tu as fait est formidable. C'est d'un grand magistrat.

La cuillère de Pierson glissa de la soucoupe de sa tasse. Il essuya la larme de café qui risquait de tacher. Il opina sans que Journiac pût savoir s'il approuvait ou signifiait à Fleurote de continuer.

Pierson était à sa gauche, sur une banquette Napoléon III ; Fleurote lui faisait face sur un siège de ce style.

Aucun des deux n'avait occupé le fauteuil crapaud du même rouge un peu brillant que le reste du salon ; il serait revenu à Monchalin, s'il avait été là. Sur sa droite, après le passage d'un tapis qui servait de transition colorée, se trouvait le bureau du premier président, où il n'était pas non plus, un beau meuble, luisant d'entretien, qui finissait de donner à la pièce une allure de vestibule d'agent de change.

— Enfin, ta note témoigne d'une force et d'une intuition. Parce que personne ne l'a vu, et pas moi d'ailleurs. C'est quand même un dossier de mon tribunal et je suis passé complètement à côté. Évidemment, c'est une instruction de Ricard. Ce n'est pas la peine de dire ce que j'en pense, tout le monde le sait.

Fleurote avait un phrasé tout en élocution, une voix trop grave, gagnée au prix d'années d'efforts, empruntée au genre de certains avocats pénalistes ; si bien qu'en toutes circonstances son ton était faux.

Journiac se souvenait que c'était Fleurote qui avait fait en sorte que Ricard ait le dossier Mezziane.

— En tout cas, c'est un sacré pavé dans la mare, ce que tu as trouvé. Et très franchement, je suis prêt à monter au créneau pour faire tomber des têtes. Gendarmes ou pas gendarmes.

— Si c'est avéré, intervint Pierson.

— Moi, je n'ai aucun doute, reprit Fleurote. Je n'étais pas loin de m'interroger sur cette affaire d'ailleurs.

Peut-être pour donner de la force à ce qu'il allait dire, Fleurote s'était levé. Les yeux de Pierson accompagnèrent un instant le mouvement, puis revinrent se ficher dans ceux de Journiac.

— Il est impossible que le procès ait lieu dans ces conditions, continua Fleurote. Vous vous rendez compte de l'incompétence de son avocat ? C'est quand même son job de trouver ce genre de chose ?

Aucun d'eux ne répondit. Le bâtonnier Varengo était très apprécié des magistrats, car il n'ouvrait jamais ses dossiers.

L'indignation de Fleurote ressemblait déjà à celle de quelqu'un qui prépare sa défense. Elle n'était sincère que pour la partie de l'enquête de Journiac qui pouvait lui faire grief. Il montrait une excitation que n'aurait pu expliquer chez lui le remords d'avoir été près de faire condamner un innocent. Le constat que c'était peut-être par l'effet d'une fraude de gendarmes sous sa tutelle devait lui picoter le cul. S'il ne les avait pas cette fois couverts, il les avait désignés.

— Le président Monchalin n'est pas là ? demanda Journiac.

— Il le regrette, mais avec la rentrée, il ne pouvait pas, expliqua Pierson. Il a lu votre note cependant, et souhaiterait que nous en parlions.

Fleurote les avait quittés pour atteindre l'une des fenêtres et regardait dehors.

— Trop dangereux, disait-il. Trop dangereux.

Pierson, le front plissé, prit de sa main droite des feuilles posées à côté de lui sur la banquette. Ce n'était plus le Pierson de cour qui était à l'œuvre, aimable, insinuant, mais une de ses subdivisions, plus obscure, tendue, celui des sales boulots. Fleurote était revenu s'asseoir.

— Il faut que toute la lumière soit faite, c'est évident, déclara Fleurote.

— Nous sommes là pour ça, dit Pierson.

Pierson était par habitude aussi insincère que Fleurote, mais contrairement à lui, il ne se croyait pas lorsqu'il affirmait montrer de la franchise.

— Et justement, mon cher Journiac, nous souhaiterions quelques réponses à des interrogations que nous avons eues avec le président Monchalin. Vous me comprenez, n'est-ce pas ?

— Oui.

— Nous sommes tous ici des magistrats avisés, n'est-ce pas ? Personne dans cette pièce n'est né de la dernière pluie.

Fleurote prit un air entendu.

— En un mot, et je vais être direct, n'est-ce pas ? Quelles garanties nous donnez-vous ? J'admire aussi le courage de votre note, mais tout cela manque de preuves. Si je résume, vous nous dites que ce Mezziane, handicapé, n'aurait pu tirer ; qu'un témoin indirect vous a dit que le défunt n'utilisait pas le calibre 12 et enfin que les empreintes de l'accusé, retrouvées sur l'arme du crime, qui ne serait plus l'arme du crime, y auraient été apposées en forçant l'accusé au cours d'une expédition nocturne... Ai-je bien résumé ?

— C'est bien cela.

— Vous déduisez aussi, si je vous comprends bien, de mises en garde successives que vous aurait faites M. le procureur général sur votre enquête, ainsi que d'une réunion qu'il aurait tenue à Laon, que vous qualifiez de suspecte, que M. Béresse aurait su, en tout cas voulu couvrir les agissements des gendarmes. Je ne trahis pas vos conclusions, mon cher ?

Tout à la condescendance qu'il se figurait pouvoir tirer de la situation, Pierson posait sur Journiac un regard de maître d'école qui prépare un effet.

— Vous avez bien lu, répondit Journiac.

— Mais je n'ai pas lu où étaient les preuves. Et c'est là que le bât blesse, n'est-ce pas ? C'est là que le bât blesse, répéta-t-il, pour être deux fois cuistre.

— C'est vrai Pierre, renchérit Fleurote. Ça ne change rien à ce que j'ai dit tout à l'heure, mais c'est vrai qu'avec des preuves ce serait mieux. C'est vrai que le dossier est mal ficelé, mais...

— Vous disiez tout à l'heure que la tenue du procès était impossible, ironisa Journiac.

— Avec des preuves je voulais dire, bien entendu. On ne peut détruire un dossier d'assises sur des on-dit. Aussi sérieux soient-ils, répondit Fleurote.

Pierson acquiesça.

— Vous voyez, mon cher Journiac, avec des pièces, les choses seraient très différentes pour votre petit protégé.

— Mon petit protégé ? demanda Journiac.

— Oui, ce Mezziane, que vous voulez absolument sauver. Vous pensez bien que le président Monchalin ne va pas monter au créneau contre Béresse dans des conditions de fragilité. Tout cela n'est qu'une note blanche, pour le moment. Si vous voulez qu'on vous aide, il vous faut nous aider. Sinon, la justice suivra son cours.

— C'est ce que je crois, approuva Fleurote.

Maintenant qu'ils avaient annoncé le prix de leur chantage, avec une impudence de truands, Pierson et Fleurote attendaient qu'il leur fît une offre.

— Si je vous communique des pièces, que ferez-vous ? demanda Journiac.

— Le président Monchalin en prendra connaissance et appréciera, mon cher. Il est évident que si elles correspondent à votre rapport... Nous parlons bien évidemment de procès-verbaux de police judiciaire qui font foi, n'est-ce pas ?

Journiac ne répondit pas.

— Mais dites-moi, mon cher Journiac, si je comprends bien, ces pièces, vous ne les avez pas encore. Sinon, vous nous en auriez montré, ne serait-ce qu'un petit bout, n'est-ce pas ?

Journiac se rendit compte que pendant que Pierson lui parlait, celui-ci s'était déplacé sur la banquette par reptation de la fesse. Il était maintenant tout près de lui.

— Vous aurez demain un des exemplaires originaux de mon enquête complémentaire.

— Un des exemplaires originaux ? s'étonna Fleurote. Vous voulez dire qu'il y a plusieurs originaux ?

— Par sécurité, monsieur le procureur.

— Une menace ? demanda Pierson.

— Je vous préviens, c'est tout. Si vous laissez la justice suivre son cours, comme vous dites, ces originaux sauront trouver des destinataires.

— Peut-être, mon cher Journiac, peut-être, mais vous savez avec moi qu'une histoire comme celle-ci peut très bien ne pas aller tellement plus loin que les gendarmes.

Les élastiques invisibles, qui maintenaient toujours Fleurote en état de sourire, s'étaient rompus sous l'observation du secrétaire général.

— Et vous-même, n'est-ce pas ? êtes-vous vraiment en situation ? En situation de force ? Tout cela fait beaucoup d'incertitudes.

41

Les vagues recouvraient par endroits le chemin qui longeait la Manche.

Il avait laissé sa voiture à la pointe du Hourdel et courait depuis une heure. Quatre de ses chiens étaient loin devant. Régulièrement, Journiac les rappelait à lui pour qu'ils ne s'habituent pas à divaguer.

Il lui avait fallu quelques kilomètres pour que le froid, l'air, le sel, la violence de cette mer de janvier, son souffle, le rythme devenu léger de sa course, le désinfectent de son entrevue avec Pierson et Fleurote.

Ce n'était pas seulement cette euphorie temporaire qu'il éprouvait toujours dans la course qu'il ressentait maintenant. Ces deux pantins de l'absurde, coquin et coquin, concierges de leur propre servitude, l'encourageaient à devenir lucide. Il se prenait à sourire de se voir ainsi poussé hors du tombeau par les jambes.

Une R14, la très laide poire de Renault, stationnait devant chez Journiac. Comme la ferme était isolée, son conducteur ne pouvait être venu que pour lui. Il passa la main sur le capot. Il était chaud.

Journiac laissait toujours ouvert. Il entra sans prendre de précautions et trouva la journaliste du *Républicain picard*, Claire Devois, assise dans le salon. Elle sursauta.

— Vous m'avez fait une de ces peurs, lui reprocha-t-elle.

Puis elle se mit à rire, alors qu'il restait interdit, et qu'elle réalisait peut-être l'incongruité de sa remarque.

Jamais d'autre femme que Mme Ovald, sa femme de ménage, n'était entrée ici.

— Vous ne m'en voulez pas trop ? lui demanda-t-elle.

— Non, répondit-il.

S'il avait été en état d'essayer de la séduire, il aurait pu lui tenir rancune de s'être installée chez lui en son absence et d'avoir eu le temps d'observer la solitude dans laquelle il vivait.

— Bon, reprit-elle, souriante, avant que vous ne me mettiez dehors, ce qui serait parfaitement votre droit, je vais essayer de vous expliquer. Vous n'auriez pas un truc à boire ?

— Certainement.

— J'aime la cuisine comme vous avez fait. À l'américaine.

Il nota la diversion domestique et sortit une bouteille de Valstar de son frigidaire.

— Vous savez pour moi, ce n'est pas facile d'obtenir ici quelque chose des magistrats. J'ai bossé quatre ans à Paris, là c'est tout juste s'il ne fallait pas distribuer des tickets tellement vos collègues veulent qu'on parle d'eux. En plus, ils veulent bouffer avec nous, enfin qu'on les invite. C'est marrant comme les magistrats sont radins. Quand ils veulent pas, en plus, baiser.

La bouteille de Valstar avait moussé à l'ouverture. Journiac épongea.

— Mais à Amiens, tout se passe derrière la porte. On ne parle pas. On s'observe. On chuchote.

Journiac revint avec la bouteille et deux verres. Il s'assit.

— C'est compliqué de travailler avec toute cette vertu.

Journiac fit signe qu'il comprenait.

Bien qu'assise face à lui, ce n'était pour le moment qu'une image qui lui parlait, une jeune femme aux vêtements colorés, dont la chevelure venait en vaguelettes châtains couvrir la laine pelucheuse d'un pull à col roulé. Mais elle n'arrivait pas vraiment à s'incarner dans la femme qui était là.

Il n'était encore capable que de réminiscences, et comme lorsqu'il s'était trouvé à côté d'elle à la buvette du Palais, le parfum qu'il respirait d'elle se confondait avec le souvenir de celui des deux seules femmes qui avaient compté pour lui.

— Vous non plus, vous ne parlez pas.

Elle avait pris le verre qu'il lui tendait. Elle but.

Journiac, qui commençait à refroidir, l'accompagna. Il essayait de chasser cette nappe qui faisait écran avec ce qu'elle avait à lui dire.

— Vous saviez que j'étais avec Tréviec à la fac à Lille avant que je réussisse le CFJ?

Il mentit.

— Non, j'ignorais.

Journiac se dit aussi qu'il s'était maintenu dans le veuvage par facilité.

— Il m'a dit qu'on pouvait vous parler. Que vous n'étiez pas un pharisien. Je ne sais pas ce qu'il a voulu dire, mais en gros, j'ai compris que vous ne deviez pas être complètement nul.

Elle eut un petit rire qui appuyait la conclusion. Elle écarta une mèche qui venait frisotter devant ses yeux verts.

— Vous voulez parler de quelque chose? lui demanda Journiac.

Les songeries qui avaient paralysé son attention s'étaient retirées.

— Oui, vous avez raison, concéda-t-elle, quittant le masque juvénile qu'elle avait depuis tout à l'heure. Alors que d'habitude, c'est le désert, j'ai un confrère, qui prépare un livre sur la magistrature, qui m'a appelée. Évidemment, il va sortir quelques cadavres du placard, vous imaginez.

Journiac se souvint de cet éditeur avec qui il avait dîné chez Salder.

— Je vois oui.

— Cela fait deux ans qu'il travaille et il a des sources dans la magistrature. Des collègues à vous qui balancent. Dont un de la cour.

— Amiens?

Elle balaya l'air de son bras gauche. Cela n'avait pas d'importance ou ne le regardait pas.

— La cour ou ses tribunaux, il ne m'a pas précisé. Bref, cette gorge profonde avec qui il n'a pas été en contact depuis des mois lui a téléphoné cet après-midi pour lui dire qu'elle allait lui envoyer deux nouveaux dossiers.

Journiac essayait de trier rapidement les informations qu'elle lui donnait.

— Si vous permettez, j'ai noté exactement.

Elle attrapa par terre un sac à main en cuir rouge, rapporté sans doute du Maroc, et en tira un calepin à couverture en toile avec un dessin de Sarah Kay.

— Voilà, son contact lui a dit « deux magistrats d'Amiens qui ne se sont pas très bien distingués pendant nos guerres ».

— Nos guerres ou la guerre ? demanda Journiac.

— J'ai noté « nos guerres ».

J'en fais partie, aurait-il pu lui dire.

— Cela peut concerner beaucoup de mes collègues en poste.

— Je sais, mais voyez-vous, mon confrère a bien suivi ce qui se passe à la cour d'appel : la guerre Monchalin-Béresse, le suicide de Mouchardier, l'affaire Mezziane la semaine prochaine... Tout ça, quoi. Alors ces deux dossiers qui pourraient lui arriver en ce moment, vous comprenez, le lien...

Elle s'y prenait comme il avait vu faire souvent les juges d'instruction. Elle lui laissait une chance de parler avant de continuer à mentir, en l'alertant par sa décontraction, et des signaux très faibles, qu'elle était cependant renseignée.

Un de ses chiens s'était mis à aboyer. Par réflexe, Journiac tourna la tête vers la porte-fenêtre. Mais il faisait nuit.

— Il faut que je m'occupe de mes bêtes, lui dit Journiac.

Peut-être, parce que cette réponse était étrange au regard de la tension qu'elle avait voulu faire naître, elle sembla hésiter.

— J'ai presque terminé, reprit-elle Mais je voudrais savoir une chose : pourquoi le contact de mon confrère a dit que vous pourriez confirmer l'existence d'un de ces dossiers ?

Le chien gueula encore.

— Monchalin ou Béresse ? lui demanda-t-elle.

— Monchalin ou Béresse ? répéta Journiac,

— Oui, le contact, Monchalin ou Béresse. Vous devez bien avoir une idée.

Le téléphone s'était mis à sonner.

La visite de la journaliste pouvait être du Monchalin, pensa-t-il. Pierson lui avait demandé tout à l'heure s'il se sentait en situation. Lorsqu'ils s'étaient rencontrés en catimini à l'automne, il se rappela que Pierson avait fait allusion à l'Algérie. François Erlinger avait pu en parler à Fleurote, qui lui-même avait pu informer Pierson, et ils avaient fait des recherches.

C'était leur riposte à la menace que Journiac avait faite d'une diffusion élargie de son enquête. Ils voulaient voir les procès-verbaux, mais Journiac ne pouvait poser de conditions sur ce qu'il en ferait. Ils neutralisaient d'avance les velléités qu'il pourrait avoir de changer de camp, ou de faire un usage dont ils ne voudraient pas, à un moment qu'ils n'auraient pas choisi, de son dossier. Ils avaient assez dans leurs archives pour envoyer Béresse par le fond, et Journiac pourrait le suivre, s'il ne jouait pas leur jeu. Claire Devois, à son insu, était là pour lui faire comprendre le caractère très concret des contre-mesures qu'ils pouvaient prendre : elle était la réalité violente à laquelle il s'exposait s'il refusait de se soumettre.

Mais Béresse pouvait tout autant être le contact de ce supposé confrère qui aurait affranchi Claire Devois. Vu sous cet angle, l'un des dossiers continuait là aussi à être le sien et l'autre était cette fois celui de Monchalin. Pierson ou Fleurote, égaux en fourberie, avaient trahi Monchalin, et fait connaître à Béresse les minutes de la réunion d'après-déjeuner, dans le bureau du premier président.

La rapidité de la réaction et le choix du messager l'inquiétèrent : que Béresse se montre aussi serein en lui faisant savoir, par interposition de journaliste, qu'il était au courant, dévoilait qu'il considérait n'avoir rien à redouter de sa contre-enquête. Surtout, le fait que Béresse ait pu trouver en Fleurote ou Pierson un informateur, annonçait probablement que le transfuge avait consulté entre-temps, qu'on l'avait vite convaincu d'abandonner Monchalin au profit du procureur général, et que les investigations de Journiac ne devaient pas finir dans les mains du premier président. Bien que les deux Judas potentiels aient eu l'opportunisme en partage, Journiac voyait mieux Fleurote être allé chercher ailleurs une confirmation, non par incertitude sur ce que le devoir lui aurait commandé de faire, mais par besoin de recevoir des instructions. À l'étage supérieur se trouvait François Erlinger. Au-dessus de lui, Journiac ne savait pas. Dès lors, ce n'était peut-être pas le seul avertissement de Béresse qu'il recevait ici, mais une sommation plus chargée.

Le téléphone sonnait encore. Journiac s'aperçut qu'elle ne parlait plus. Il revint des calculs dans lesquels son esprit s'était échappé.

« Vous ne répondez pas ? », lui demanda-t-elle.

Il décrocha.

42

Lorsqu'ils eurent dépassé Amiens, il avait presque achevé de lui expliquer son enquête parallèle dans le dossier Mezziane. Il s'était décidé en raccrochant, sans avoir tranché si elle était venue comme agent d'influence ou si elle ne faisait qu'exercer sa liberté de journaliste.

L'appel de Flavien l'avait mis dans un état de suracuité qu'il n'avait plus connu depuis l'Algérie.

« Vous m'accompagnez ? lui avait-il demandé. Je répondrai à vos questions. »

Il s'était changé. Il avait pris le 45 qu'il gardait dans un chiffon huileux, sous une pile de *Chasseur français*.

Depuis, il avait conduit en parlant, poussant sa CX break au-delà de ce qu'elle aurait dû donner.

— Il était affolé quand vous l'avez eu ? demanda-t-elle.

Ils traversaient maintenant un village de bord de nationale, planté seulement de lampadaires et de panneaux « Attention enfants », alors que c'est aux enfants qu'il aurait fallu indiquer où fuir.

— Non, Flavien n'est pas quelqu'un qui panique. Il a identifié un danger. Il m'avait déjà parlé de cette 504 bleue lorsqu'il était revenu d'Hirson.

— Et ça ne vous avait pas alerté ?

— J'ai minoré la chose.

— Et maintenant.

L'attention de Journiac s'était portée sur les feux arrière de voitures qui devant semblaient immobilisées. Il ralentit.

— Ma question est con, excusez-moi.

— J'ai dit à Flavien de planquer la procédure dans la station-service d'où il m'appelait. J'ai pris une arme que je n'avais jamais retouchée. Voilà. Pour le reste, je ne vais pas appeler les gendarmes au secours.

Ils étaient à l'arrêt. Quelque chose bloquait la circulation. Elle ouvrit la fenêtre et alluma une cigarette. Ils ne parlèrent plus pendant un moment.

— Je vais aller voir ce qui se passe, finit par dire Journiac.

Le vent avait nettoyé le ciel. Il remonta la file d'autos sous un chaos d'étoiles.

La voiture de tête, une Mercedes 240 D, jaune, avait heurté un sanglier. L'avant de la routière était enfoncé. Deux jeunes en smoking, dont l'un avait en main un démonte-pneu, se tenaient près de l'animal. Sur l'accotement, une jeune fille en tenue de soirée, tremblotante, les regardait.

— Maxence, il bouge encore, leur dit-elle.

Allongé sur le flanc, les pattes arrière du cochon envoyaient des coups secs qui ne rencontraient aucun appui. Celui qui devait s'appeler Maxence assena un coup de démonte-pneu à la bête. L'animal ne bougea plus. Puis, ses arrières ruèrent à nouveau.

Journiac ferma les yeux.

Maxence armait son bras pour un nouveau coup.

— Arrêtez ! lui dit Journiac.

Le jeune homme se retourna, et abaissant son ustensile, montra à Journiac un visage de minet pris en faute. Journiac avait sorti son 45 et fit monter une balle dans la chambre. Les deux jeunes reculèrent.

— C'est vous, dit Journiac.

Il tendit l'arme à Maxence. Le garçon la prit et resta un instant ne sachant quoi faire. Puis il pointa l'animal et fit feu. La douille s'éjecta sur le capot de la Mercedes ; son bras emporté en l'air par la puissance du tir redescendit.

— Donnez, lui dit Journiac en désignant le pistolet.

Journiac ne regarda que les pattes du sanglier qui ne bougeaient plus. Il reprit l'arme.

— Enlevez l'animal et garez la voiture sur le côté, ordonna Journiac.

Ils ne répondirent pas. Ils le fixaient. Il retourna à la CX.

Les voitures avancèrent. Il dépassa et put reprendre de la vitesse.

— C'est vous qui avez tiré ? lui demanda Claire Devois.

— Non.

Ils traversèrent encore des bourgs, dont un qui avait un café d'ouvert. Elle lui demanda de l'arrêter cinq minutes. Quand elle fut à l'intérieur du troquet, il sortit pisser sur le terre-plein où il s'était garé. Elle revint. Ils repartirent.

— Vous ne m'en voudrez pas si je ne vous ai pas tout dit ?

Journiac fit signe que non, mais il trouva qu'elle avançait un peu à coups d'excuses.

— Les dossiers, je pense que l'un vous concerne. Il y a quelque chose qu'on sait de vous et on vous menace. Vous avez fait quelque chose, ou alors, on vous prête d'avoir fait quelque chose et on l'agite pour que vous en restiez là dans le dossier Mezziane. Mais cela ne vous arrête pas. Vous vous en foutez.

Elle disait cela d'une voix différente de celle qu'elle avait eue jusque-là, comme si une autre femme s'était substituée à elle.

— L'autre dossier, je ne sais pas qui il vise, mais je sais ce qu'il y a dedans. Une femme m'a écrit au journal. Je suis allée la voir dans sa maison à Chatou. Elle m'a remis un texte sur l'histoire de sa famille pendant la guerre. Elle a le même nom de famille que ma grand-mère, Kahn. Cette femme s'appelle Rolande Kahn. Pendant la guerre, elle était réfugiée à Annecy où son père avait une maison. C'était un ingénieur et il était très riche avec les brevets qu'il avait déposés. Quand les Allemands ont envahi la zone libre, ils ont obtenu de Suisse des documents pour passer la frontière. Ils ont été dénoncés et poursuivis à Annecy pour faux et usage de faux. Tous les meubles de leur maison ont été saisis. Pendant qu'ils étaient détenus, leur maison a été vidée. Les parents sont morts en déportation. Elle a pu s'en tirer. Il y a plusieurs mois, elle a fait saisir en vente aux enchères deux tableaux de la collection de ses parents. Elle est aussi en procès avec la Caisse des dépôts. C'est sorti dans la presse. Et puis, elle a reçu un courrier qui l'informait qu'un magistrat d'Annecy s'était fait un joli patrimoine pendant la guerre avec le mobilier de ses parents. Dont un bureau Louis XVI signé Riesener. Unique. La lettre était assez précise pour dire que c'est aujourd'hui un magistrat en poste à la cour d'appel d'Amiens. C'est lui qui les avait poursuivis pour faux et usage de faux.

Il n'eut pas le temps de lui demander si elle savait où était le meuble. Devant, la rotation de plusieurs gyrophares ajoutait des touches de bleu au halo jaune et rouge d'une station Shell qui, à lui seul, suffisait déjà à défigurer la nuit.

Journiac comprit ce qu'il allait trouver là-bas. Il pensa faux et usage de faux.

Il montra sa carte professionnelle à un gendarme posté à l'entrée de la station-service. Il compta une estafette et une voiture sérigraphiée, garées côté sortie. Il en arrivait d'autres en provenance de Laon, car il entendait au loin leurs sirènes.

Il marcha sur du verre. Il n'y avait que les vitres de la porte d'entrée qui restaient sur leur châssis, bien que perforées : deux impacts non groupés en partie haute, un en bas. Petit calibre.

L'Alfetta n'était pas là. Il eut de l'espoir.

Il présenta à nouveau sa carte à deux gendarmes qui se trouvaient à l'intérieur, près du comptoir. Ils s'écartèrent.

L'homme était comme assis, adossé au mur, les pieds dans la direction de l'entrée, un cratère sur la face gauche du visage. Les projections de sang et de matière cérébrale indiquaient un tir à tuer, mais avec une autre arme, plus puissante que celle utilisée pour la porte.

Dehors, le bruit des sirènes avait disparu.

Il écrasa des confiseries et marcha sur des journaux. Tout ce qui devait être sur des présentoirs était au sol. La porte des toilettes était également perforée. Il trouva à l'intérieur encore un autre gendarme.

« Il y a un macchabée derrière », lui dit le militaire en désignant, sur la gauche, une sortie de service.

L'éclairage était moins fort que côté pompes, mais suffisant pour observer que l'Alfetta avait reçu plusieurs rafales. Il y avait donc une mitraillette, en plus des deux autres armes.

Les quatre portes et le coffre de la voiture étaient ouverts. Autour, des objets avaient été éparpillés, parmi lesquels Journiac identifia des cassettes audio.

Contournant l'Alfetta, il entendit la voix de Max Meynier, l'animateur des « Routiers sont sympas ». La radio était restée allumée.

À une trentaine de mètres, là où devait finir l'emprise de la station, la lumière des néons aplatissait au sol un corps habillé d'une veste que Journiac savait être celle de Flavien.

Le bruit des sirènes était revenu.

Il s'arrêta. Mécaniquement, il ferma les yeux. Il était en sueur. Il devait partir, mais son corps opposait un refus, comme pour l'obliger à regarder ce cadavre. Sa salive avait tourné. Il en cracha le liquide acide.

Il fallait récupérer le dossier.

Mettant la main dans la poche de son manteau, elle vint s'accoupler à la crosse de son arme. Il la retira.

Il chercha le caisson à sable que Flavien lui avait indiqué être contre un mur, sur le côté droit de la station, en regardant depuis les pompes. Il se dirigea vers cet angle qui était dans l'obscurité. Il y buta presque sur deux autres pandores.

« Parquet », leur dit-il.

Malgré la pénombre, il vit que les deux cognes le saluaient.

Le caisson était là. Il hésita. Les deux hommes, dressés à cela, rendraient compte. Il plongea ses mains dans le sable. Il n'y avait rien. Il avança.

Le bruit de sirènes s'était arrêté.

À la sortie de la station, plusieurs voitures et deux cars de gardes mobiles s'ajoutaient maintenant aux autres véhicules. Les militaires de la gendarmerie installaient une herse sur la route, pour contrôler des automobilistes qui n'y seraient pour rien, pendant que d'autres hommes en uniforme restaient groupés autour d'un grand type que manifestement ils écoutaient tous.

Fleurote était d'autant plus reconnaissable que le projecteur d'un éclairagiste de télévision illuminait son visage grotesque.

Journiac en profita pour rejoindre sa voiture dans laquelle Claire Devois l'attendait.

Ils atteignirent Paris vers trois heures du matin. Ils prirent une chambre dans cet hôtel où Journiac avait déjà séjourné. Ils baisèrent, puis ils dormirent. Ils n'en discutèrent pas ensuite.

Dans la matinée, ils prirent un café au « Terminus Nord ».

— Vous savez de qui est la sculpture qui représente Laon sur la gare ? lui demanda Claire Devois.

— Non.

— Théodore Gruyère.

Il s'était réveillé avant elle. Il était resté allongé dans le lit à écouter cette respiration mitoyenne.

Alors qu'ils roulaient, elle lui avait dit : « Tout à l'heure, j'aurais pu rester à la station et faire un bel article. Personne n'aurait eu le droit de me demander comment je pouvais être là. Je ne sais pas ce qui vous pousse mais moi, c'est très simple. Ma mère s'appelle Kahn. Elle a le même nom que cette dame. Ce n'est pas tellement qu'un magistrat de plus ait échappé à l'épuration qui m'ulcère. Nous les Juifs, nous savons qu'il reste dans la société française une épaisse couche de salauds. Ce que je trouve encore plus dégueulasse, c'est l'utilisation d'un dossier sur des crimes contre des Juifs comme une menace. Parce que ça veut dire que sans le besoin de ce chantage il ne serait jamais sorti. Il serait resté dans une armoire. »

Il voulait se lever, mais il n'en avait pas encore la force. Il restait fixé sur ces rideaux qui lentement revenaient à leur vraie couleur à mesure qu'il faisait jour. Il n'était pas comme elle. Ses mobiles profonds lui échappaient et il doutait de l'authenticité de ceux qui se montraient en surface.

Dans la voiture, à un moment où ils ne parlaient plus, il s'était fait le reproche d'avoir procédé comme eux, avec cette enquête furtive qui avait conduit à la mort de Flavien. Il aurait dû requérir un supplément d'information : cela aurait suffi à faire reporter le dossier Mezziane et à ouvrir un doute sur sa culpabilité.

« Vous croyez qu'ils vont s'en prendre à vous ? », lui avait-elle demandé vers Nanteuil-le-Haudouin sur la N 2.

Cela ne paraissait pas nécessaire.

Les pièces de son enquête avaient disparu avec Flavien. Le gardien de prison penserait très vite à son travail et à sa femme enceinte : il se rétracterait. Lui-même, Journiac, dès l'origine suspect par comportement, ensuite honni pour son élévation inique, puis dégradé, renégat, aurait bientôt le brevet de crapule qui lui manquait encore lorsqu'on aurait fait fuiter son passé algérien.

Avant qu'elle ne lui pose cette question, il lui avait dit, plus très loin de Villers-Cotterêts :

« Demain je vais essayer de voir un collègue plus ancien à Paris. J'aurais dû le faire avant. »

Il lui avait dit aussi, mais il ne savait plus dans quel ordre :

« Moi, j'ai été mort pendant longtemps. J'ai cru que je survivrais, que je serais utile de temps en temps. J'ai pensé que je pourrais recommencer à vivre au nom de principes, que cela n'avait été qu'une interruption, une circonstance. Mais non. »

« Ce qui m'a fait souffrir, c'est la manière dont ça s'est passé. La tristesse de ce type. Mais longtemps la tristesse d'avoir perdu Jacqueline était plus forte. Surpassait tout. »

« Le remords que j'ai d'avoir tué cet homme est sans doute dérisoire face à l'habitude que j'avais prise de la torture. Cela m'est apparu récemment. »

Elle avait eu ce commentaire :

« Le Français a des mots pour ça, pour ne pas nommer les choses. On parle d'exactions pour ne pas écrire un crime. La torture est un interrogatoire poussé. Une guerre, des événements. »

Claire Devois lui avait aussi reparlé de l'histoire de Mme Kahn, mais cette partie de leurs deux monologues était maintenant moins nette dans son esprit, alors qu'il l'avait écoutée avec attention. Lui avait-elle vraiment expliqué que Rolande Kahn lui avait écrit à son journal avant qu'elle ne rencontre Giraud aux assises à Paris, qu'elle en avait parlé à son confrère parce qu'il lui avait dit écrire un livre sur la magistrature ? Monchalin et Béresse n'étaient pas les seuls à la cour d'appel à avoir servi Vichy, avait-elle précisé. Il y en avait encore partout dans toutes les juridictions françaises. Elle avait cherché dans l'annuaire de la magistrature et elle en avait dénombré plusieurs. Mais aucun d'entre eux n'avait été en fonction à Annecy pendant la guerre. Elle avait d'abord pensé au président de la chambre d'accusation, M. Palin, dont on lui avait rapporté qu'il avait été brièvement suspendu à la Libération. Il était alors en poste à Montluçon. Les maquis de l'Allier lui en voulaient. D'après d'anciens FTP de la région qu'elle avait contactés, Palin avait failli y passer.

Mais elle n'avançait à rien, et avec le conflit Monchalin-Béresse, les portes qui s'étaient parfois entrouvertes pour elle chez les magistrats s'étaient refermées, comme dans un village de Sicile.

C'était Giraud, qui par une remarque, avait fini par l'orienter. Peu avant Noël, ils avaient couvert ensemble un procès à Senlis ; ils avaient discuté de choses et d'autres, parmi lesquelles la guérilla entre les deux maires du palais d'Amiens, dont il lui avait dit : « L'un va arrêter l'autre, vous verrez. »

Elle avait voulu qu'il précise, mais il avait seulement ajouté : « Vous verrez, ce sera sanglant. »

Giraud l'avait appelée la veille, en fin d'après-midi, pour lui annoncer qu'il était sur le point d'avoir le nom du magistrat receleur de biens juifs qu'elle cherchait, mais qu'on lui avait aussi communiqué celui de Journiac, qui risquait d'être rattrapé à son tour par une vieille histoire. Comme il ne voulait pas se faire enfumer, il lui proposait d'aller sonder Journiac et ils se partageraient ensuite les informations. Elle n'avait pas cru à l'honnêteté des intentions de Giraud, mais elle avait accepté.

À propos des questions qu'elle avait posées à Tréviec, ses accointances avec Béresse, il l'avait trouvée évasive. L'affaire Mezziane l'avait intéressée d'abord pour la peine de mort, puis il lui était apparu, mais elle n'était pas la seule, qu'elle était devenue un enjeu. Elle avait appris que l'adjoint de Devilaire avait été muté. Le gendarme, sans être précis, s'était répandu.

Un flic, mais pas Flavien, était venu lui porter un peu de rumeurs. Assez pour qu'entre la prédiction de Giraud et les bruissements qui lui parvenaient elle ait pu conclure qu'il y avait un « contexte ». « Vous avez lu *Le Contexte* de Leonardo Sciascia ? », lui avait-elle demandé. Il en avait vu l'adaptation de Rossi avec Lino Ventura.

Il avait enfin semblé à Journiac qu'elle avait dit « maman » pour parler de Rolande Kahn, mais peut-être n'avait-elle fait que buter sur le mot « madame ».

Il s'était rendormi lorsque les rideaux de la chambre commençaient à révéler des nuances de bleu et de vert, compartimentées dans une géométrie complexe de ronds et de carrés, plus ou moins ronds ou carrés d'ailleurs.

Il la rejoignit au Terminus Nord où elle lui avait écrit qu'il la retrouve lorsqu'il se réveillerait.

— Je vais passer voir mon confrère à son journal, lui dit-elle. J'irai ensuite à Chatou chez Rolande Kahn. Appelez-moi chez elle vers dix-huit heures. Je vais vous donner son numéro.

Il regarda sur la façade de la gare la statue qui représentait Laon.

43

Journiac chercha dans les couloirs du Panthéon l'endroit où Leclerc lui avait donné rendez-vous. À l'entrée, l'appariteur l'avait dirigé vers un escalier, mais ensuite les chiffres étaient différents de ceux que lui avait indiqués l'avocat général. « Cette semaine, ce n'est pas en 105 mais en 212 », avait précisé le fonctionnaire.

Les numéros n'étaient pas aux bons étages, ou ne se suivaient pas, ou avaient été effacés. Il redescendit deux fois au rez-de-chaussée avant de tomber sur des étudiants qui sortaient d'un cours, laissant à l'intérieur leur enseignant, Leclerc, qui répondait aux questions des insuffisants habituels et des inévitables traînards.

On dut prendre Journiac pour un collègue, car dès qu'il entra, on comprit qu'il fallait couper court et on brisa là, en remerciant bien quand même M. l'avocat général : particulièrement l'échalas avec un nez à taches d'encre, qui ferait avoué comme son père. C'était bien une faculté de droit et forcément cela attirait les fayots.

Journiac résuma sans s'expliquer sur ses choix. Il présenta les faits et leur enchaînement. Il ne lui tut pas la menace d'une révélation le concernant. Leclerc finit par s'asseoir à sa table sur l'estrade ; Journiac poursuivit, debout, sans que Leclerc l'interrompe. Journiac voyait à ses yeux gris usés, qui paraissaient parfois plisser de tristesse, qu'il l'écoutait. Lorsque Journiac eut fini, Leclerc garda le silence, comme s'il délibérait.

— Je ne vois pas ce que vous attendez de moi Journiac, finit-il par dire. Vous venez me raconter cette histoire. Un flic est mort… On se croirait dans un film de Boisset. Il me semble que je vous avais prévenu en octobre, non? Mais vous aviez choisi l'autre camp. Vous n'êtes quand même pas assez naïf pour ne pas avoir compris que…

Une quinte de toux l'interrompit. Il crachota dans un mouchoir à carreaux et reprit, encore rouge d'étouffement ou de colère, d'une voix maintenant plus forte.

— Sur le terrain de la justice, nous sommes dans une phase d'intensification de la lutte contre ceux qui accaparent le pouvoir depuis vingt ans! Vous vous rendez compte: vingt ans qu'ils sont là. Alors oui, ils se défendent. Le meurtre d'un policier, c'est formidable. On abat des juges, des policiers, et nous sommes les propagateurs du laxisme et ils remportent la mise sur l'insécurité.

Journiac connaissait la ritournelle, mais il n'était pas venu pour l'interrompre.

— Vous avez entendu la conférence de presse de Fleurote à la radio?

— Non.

— Il n'exclut pas la piste terroriste. On a eu tout l'automne la bande à Baader. Maintenant l'Italie. Il y en a plein les journaux. Alors pourquoi pas en France? Tout le monde va gober ça. Vous voyez comme le système s'adapte, et il peut compter sur les opportunistes comme Fleurote. Les centristes…

Ses gros doigts jaunis sortirent une Fontenoy du paquet qui était posé sur la table.

— Des gens comme Béresse, et même Monchalin qui ne vaut pas mieux, sont prêts à tout pour maintenir l'ancien ordre des choses. Ils connaissent notre programme au Parti socialiste. Tout est dans *Libertés, libertés* d'ailleurs. Vous l'avez lu?

Journiac se souvenait avoir vu Badinter faire la promotion de l'ouvrage chez Pivot, mais il ne l'avait pas acheté.

— Non.

— Vous auriez dû. Mais tout n'y est pas.

Leclerc s'était levé, mais ce n'était plus là l'effet sanguin d'une exaspération qui était venue s'ébouriffer au-dehors. Son gros visage n'était plus empourpré. Il était dans cette position debout, acquise à force de prononcer des réquisitoires.

— On ne dit pas qu'en 1978 les assermentés à Vichy composent encore une grande partie de la haute magistrature en France. Vous savez, ceux qui ont levé la main en disant : « Je jure fidélité à la personne du chef de l'État. » C'est encore eux qui disent le droit aujourd'hui. Cela ne veut pas dire qu'ils ont tous livré des Français aux Allemands. Quelques-uns ont été de grands résistants. Mais les autres ? Ceux qui ont fait le serment qu'ils appliqueraient les lois d'un État fasciste et qui en sont restés là, ils ont bien accepté la possibilité légale de tout ce qui viendrait. Il ne suffit pas de dire qu'ils n'ont pas siégé dans les sections spéciales. En jurant fidélité, ils ont affirmé leur solidarité morale à l'égard des lois qu'il y aurait à appliquer, ou souvent pire d'ailleurs, leur indifférence.

Leclerc ouvrit la fenêtre pour se débarrasser de sa cendre.

— Comment peut-on être juge sous la République et le lendemain sous l'État français ? Vous voyez, ce n'est pas si compliqué d'être haut magistrat. Il suffit d'avoir souvent été médiocre pour ramper jusqu'aux sommets.

La cigarette de Leclerc se terminait. L'avocat général la jeta par la fenêtre. Elle atterrit sur le toit d'une 504 bleue qui stationnait en bas, rue Soufflot, mais le magistrat ne pouvait le savoir.

Journiac profita de cette interruption.

— Est-ce que Monchalin ou Béresse était à Annecy en 1943 ?

La question eut l'air d'amuser Leclerc.

— Vous avez regardé dans l'annuaire de la magistrature ?

— Moi non. Mais on m'a dit qu'aucun des deux n'y était.

— Que Béresse ou Monchalin soient des crapules, tout le monde le sait, mais ce n'est pas fiable. Vous avez regardé pour Palin ? Si l'on en croit cette fausse bible, il était au parquet de Bourges... Cela ne tient pas compte des détachements. Certains de mes collègues ont beaucoup bougé pendant la guerre. À la Libération...

Et Leclerc bifurqua cette fois-ci sur l'ordonnance du 2 février 1945 relative à l'enfance délinquante, dont il put lui réciter les deux premières phrases du préambule : « Il est peu de problèmes aussi graves que ceux qui concernent la protection de l'enfance, et, parmi eux, ceux qui ont trait au sort de l'enfance traduite en justice. La France n'est pas assez riche d'enfants pour qu'elle ait le droit de négliger tout ce qui peut en faire des êtres sains. »

Sans doute Leclerc s'aperçut-il, au bout d'un moment, qu'il perdait l'attention de cet auditeur unique, dans cette salle de classe vide. Il se rassit et prit encore une fois une cigarette dans son paquet de Fontenoy.

— Il faudra que vous alliez témoigner au procès Mezziane. C'est la seule chose que vous pouvez encore faire. Le reste n'a aucune importance. Le reste n'a jamais aucune importance. S'il n'y a pas de vérité de notre côté, il n'y a pas de justice. Les magistrats qui l'oublient ne la rendent pas. C'est ce que vous avez perdu de vue. Mais ça sera sans doute la fin de votre carrière.

Journiac haussa les épaules.

— Oui j'ai compris, vous n'y croyez plus. Moi non. Malgré tout. Malgré les Béresse, les Monchalin qui prolifèrent. Vous savez, avant la guerre, j'étais avocat. Et puis j'ai rejoint Libération-Nord. J'ai fait partie d'un réseau. J'ai été dénoncé, arrêté, torturé, incarcéré à Douai. Mon réseau m'a fait évader. Après la guerre, nous pensions changer beaucoup de choses. C'est pour ça que je suis entré dans la magistrature. Pour le pouvoir de faire évoluer la société. Je dois être un des seuls magistrats de ma génération encore en activité qui n'ait pas prêté serment à Pétain. J'y crois encore, mais il faut être humble et patient, voilà tout. Et c'est un vieux socialiste qui vous le dit.

Il fit une pause pour reprendre son souffle.

— Vous n'êtes pas obligé de me répondre, mais ce dossier qu'on a sur vous, de quoi s'agit-il ?

— J'ai exécuté un prisonnier en Algérie.

— Venant d'un Béresse ou d'un Monchalin, c'est l'hôpital qui se fout de la charité.

— C'était une exécution extrajudiciaire.

— Je ne dis pas ça pour vous, mais je ne considère pas que l'on puisse parler de tribunaux en Algérie. Il n'y a eu que des magistrats complices d'assassinats. Quoi que vous ayez fait, je considère que c'est plus excusable que d'avoir accepté de siéger dans une juridiction coloniale.

Journiac n'était pas certain de cette conclusion.

Leclerc ramassa sa sacoche, qui était posée contre un des pieds de la table. Il avait une réunion de la commission d'études Institutions-Libertés du Parti socialiste. Il tendit sa main droite à Journiac qui n'avait pas remarqué qu'il y manquait deux doigts.

— Bonne chance Journiac, lui dit-il. Et si je puis vous donner un ultime conseil, méfiez-vous autant de Monchalin que de Béresse. Des deux, je me demande si Monchalin n'est pas le plus ignoble.

44

Journiac acheta plusieurs journaux et s'installa dans un restaurant chinois, rue Monsieur-le-Prince. Il prit le menu «potage pékinois piquant, porc à la sauce aigre-douce, riz, fraise chinoise avec quart de rosé. Café en plus».

Chaque quotidien avait les mêmes photos d'agence: l'une où l'on voyait les impacts de balles sur la porte de la station-service, l'autre de Fleurote en gros plan, l'air grave. *France-Soir* titrait «Carnage sanglant à Frémancourt», *Le Parisien* «Massacre à Frémancourt», et *Le Figaro* «Tuerie de Frémancourt, la piste terroriste». Les articles avaient tous repris docilement en intertitre «Éventuelle piste terroriste», tiré de la déclaration de Fleurote, qui avait affirmé «ne pas exclure une éventuelle piste terroriste ou mafieuse», mais précisé que «les premières vérifications indiquaient que la présence d'un inspecteur de police sur place était fortuite».

Journiac trouva dans *L'Aurore* une interview de François Erlinger qui faisait son métier de politicien; consistant ici à venir se poser aux côtés du cadavre des autres.

Il indiquait au journaliste qu'élu il proposerait une loi visant à restaurer la sécurité des Français. Des faits comme ceux d'hier montraient que le pays n'était pas prêt pour l'abolition de la peine de mort dans certains cas.

Journiac relut, mais c'était bien le texte. Un peu plus bas, Erlinger fustigeait les artisans et les partisans du désordre.

Le serveur lui apporta le cadeau maison : une petite soucoupe remplie d'alcool avec au fond une femme asiatique nue qui paraissait emprisonnée dans un mini-aquarium.

Près de la fenêtre, une vieille dame déjeunait seule. Elle faisait des mots croisés. Il n'y avait qu'eux comme clients.

Journiac aurait aimé pouvoir crayonner sur la nappe en papier des noms et des idées qui, une fois entourés et reliés, auraient abouti à une conclusion. Mais il n'arrivait pas à la démonstration à laquelle il se serait contraint dans un réquisitoire. Il ne parvenait même pas à établir un plan.

Cela venait comme ça :

Gendarmes tueurs de Flavien – Note sur enquête/élément déclencheur. Celui qui lui a envoyé Claire Devois *via* Giraud savait au moment où il le faisait ce qui arriverait.

Giraud/courroie de transmission. Auteur « Les magistrats ». À paraître...

Monchalin, aucun intérêt contre-enquête disparaisse.

Journiac envisageait cependant cette possibilité :

Si Monchalin magistrat/passé pouvant ressurgir/négocier échange avec Béresse ? Archives de Vichy/contre investigation. Échec/Béresse liquider Flavien. Utilise Claire Devois pour faire savoir rien à redouter.

Monchalin négocier avec Béresse ? Connerie.

Il y avait aussi ça :

Monchalin + Pierson + Fleurote fuitent note gendarmes – provocation à agir – compromettre un peu plus Béresse. Claire Devois vient/information filière Monchalin : avec ce qu'on a maintenant contre Béresse, reste obéissant/Mezziane sacrifié.

Monchalin/grosse trouillarde. Dénonce – état civil collègue Colin à vérifier/pourrait s'appeler Cohen.

Pierson/chaussures neuves très cirées/marron/tournant jaune.

Présence Fleurote scène de crime/allié Monchalin + Pierson. Mais patron : François. Piste terroriste/plus gendarmes. Alignement Erlinger dans *L'Aurore*.

Béresse ?

Note à Pierson vers midi/Nautilus/de la merde, lent. Pierson + Fleurote deux heures et demie. Départ palais/trois heures. Dormi/chier/courir/les chiens. Nuit. Huit heures ou neuf heures maximum.

Bureau Louis XVI ? Signé Riesener.

Claire Devois.

Joui/Jacqueline/Pas comme cela avec Sonia.

Le patron du restaurant lui apporta une resucée d'alcool de riz sur femme à poil et lui laissa une petite porcelaine bleue avec laquelle il pourrait se resservir.

En réalité, Journiac flottait entre le désir d'être pris par l'idée de venger Flavien et l'inquiétude de ne pouvoir se soumettre à l'injonction de Leclerc, humilité et patience. Il pensait aussi au sexe de Claire Devois.

Ce qu'il essayait de déterminer, mais sans que sa pensée trouve un appui stable, c'était le moment où quelque chose était venu pratiquer en lui cette minuscule incision de sortie par laquelle avaient commencé à s'enfuir tous les liquides de lest qui l'avaient maintenu dans l'ordonnancement général.

Peut-être n'avait-il simplement fait qu'arrêter de tourner en orbite ?

Il se demanda si en voulant sauver Mezziane, ce n'était pas sa victime de la villa Mancini qu'il voulait racheter. Mezziane n'était-il que la manifestation de ses remords ? À part Ben Jelloul, ceux qu'il avait tués, qu'il avait vus torturés, n'avaient pas de noms.

Toutes les raisons qu'il ne se trouvait pas n'étaient pas plus honorables que la moyenne de celles qu'on aurait pu lui proposer.

Il irait témoigner au procès Mezziane. Après, il démissionnerait. Aucun « ensuite » ne lui venait à l'esprit.

Comme il lui restait du temps avant de téléphoner à Claire Devois, il chercha une séance. Dans un cinéma, on donnait un documentaire, dont l'affiche, en bas à droite, montrait la photo d'un manifestant qui tenait une pancarte : « Justice des flics = Justice du fric ».

Il y avait dans la queue les gens de l'après-midi : des dames du quartier qui voyaient tout, un étudiant avec un blouson de pilote en toile bleue trop court qui lisait *Libération*, deux Sud-Américaines, dont l'une avait forcé sur le côté Machu Picchu, et de la conversation desquelles il saisit ce nom qu'elles répétaient : « Chris Marqueres ».

Ce fut comme s'il assistait à la projection d'un résumé de son absence de presque deux décennies. Les images d'un monde où il n'avait pas vécu se succédaient : funérailles, défilés, funérailles, manifestations, baïonnettes, militaires casqués, grèves, usines, Vietnam, napalm, Castro. Les intellectuels que le réalisateur interrogeait se faisaient les interprètes de cette tension qui s'amplifiait d'après eux *dialectiquement, de façon inéluctable*. Leclerc en était une version fanée. Il suffisait à sa foi plus ancienne que le fond de l'air soit rose.

Rien sur l'Algérie : tout commençait après la dernière génération des obéissants, celle de Journiac.

Il s'endormit à la trente-neuvième minute pendant un discours du Lider maximo. Il retrouva ensuite la séance par espaces irréguliers, remontant par moments de son sommeil, pour attraper quelques images.

À un de ses réveils, en se retournant, il nota la silhouette d'un homme trop carré pour le public. Journiac eut l'impression qu'il ne regardait pas l'écran mais qu'il l'observait. Il aurait voulu le vérifier, mais il fut repris par les profondeurs.

Le film terminait par des loups qu'on abattait d'un hélicoptère. La voix off posait cette question : « Et devinez qui a les armes ? »

Le type costaud n'était plus là quand il sortit.

Il passa devant un disquaire. Le vendeur lui trouva la cassette de cette musique qu'il avait entendue au début du documentaire et qu'il lui dit être de Luigi Boccherini.

Il reprit la rue Monsieur-le-Prince et entra dans une cabine en face de l'École de médecine. Il composa le numéro que la journaliste lui avait laissé. Une femme avec une lenteur de préciosité dans l'expression lui répondit. Il se présenta. Il demanda si Claire Devois était là et s'il pouvait lui parler.

Il l'entendit l'appeler.
— Claire, ton magistrat au téléphone.
Magistrat. Sa chaire ne remplissait plus ce mot.
— Je vous le passe, le prévint-elle.
— Pierre, c'est vous ?
— Oui.
— Ça y est, on l'a le salaud.
Rolande Kahn, qui devait être à l'écouteur, intervint : « Dis-lui, l'avocat, Claire. »
— Oui, chez l'avocat. Le dossier est chez l'avocat finalement.
— Vous avez le nom ?
— Pas encore. L'avocat était en rendez-vous et la secrétaire n'a rien voulu dire.
Journiac ne la crut pas.
— Qui est l'avocat ?
— Maître Salder, boulevard Saint-Germain.
C'était Rolande Kahn qui avait répondu.
— Vous le connaissez ? demanda Claire Devois.
Il mentit :
— Non.
Le hasard lui montrait qu'il avait des préférences.
Par sincérité de convenance, ils se dirent qu'ils se rappelleraient dans la soirée. Il fit ensuite le numéro du cabinet de Salder. On lui dit qu'il ne serait là que lundi. Comme son hôtel particulier était rue des Saints-Pères, où se trouvait aussi son domicile, et qu'il s'en branlait maintenant de ne pas être attendu, il s'y dirigea.
Passant devant Saint-Volodymyr-le-Grand, Journiac vit sur le trottoir opposé, un peu plus bas, un grand type qu'il aurait cru à Laon, sortir de l'immeuble de Salder : Fleurote.
Il avait maintenant le nom du garçon de courses, il connaissait la maison pour laquelle il travaillait, Erlinger, mais cela ne lui disait pas à qui appartenait vraiment la marchandise qu'il venait sans doute de livrer.

Le valet le reconnut.
— Monsieur Pierre, madame est endormie, lui dit-il.
— Je suis venu voir Jean.

Salder était parti à Valincourt, la propriété des Erlinger. Fallait-il réveiller madame ?

Une petite fille, avec un manteau très coloré et qui tenait un chien en laisse, sortit du salon.

— Monsieur Pierre voudrait voir votre père, mademoiselle Christelle, lui dit le valet.

La gamine regarda Journiac. Elle avait des cheveux auburn, qui n'étaient ni de Salder ni de Sonia, et cette lumière de l'œil, qui disait gentiment merde, et qui vous souhaitait à bientôt, où il retrouva une trace de Christian.

— Papa est parti à la chasse, dit-elle, mais il a oublié son chien.

45

Souvent, Journiac reste de longues heures à attendre que Sonia se réveille.

Il pense que c'est l'alcool. Ou les stupéfiants, comme il aurait à l'écrire, s'il s'agissait d'une procédure.

« J'ai des horaires de taxi de nuit », lui dit-elle.

Il ne la voit pas pendant l'hiver 1967.

Il ne sort pas de Châlons-sur-Marne, sauf pour aller chasser chez Cartier-Brochard. Il n'a pas encore sa meute de chiens à l'époque. Ils viendront après.

Elle resurgit fin mars. Juste après la sortie de *Penny Lane* en single.

Il la trouve devant chez lui. Elle est maigre. Elle reste une semaine. Elle est venue sans valise.

Ils ne font pas l'amour, mais ils dorment ensemble. Sonia lui demande de lui tenir chaud et de lui parler de Christian.

Elle repart.

Cette fois, l'intermède est plus court. Il la revoit en avril. Elle a repris allure. Elle se montre charnelle et ne lui laisse aucun répit. Journiac n'est pas plus lucide qu'elle. Elle veut le présenter à Valincourt où il est reçu avec amabilité et distance.

Journiac n'a pas l'oreille pour comprendre qu'à certaines inflexions de la voix un « vous serez toujours le bienvenu » signifie « ayez la courtoisie de ne plus reparaître », ou encore que « notre fille semble vous témoigner une grande affection» sous-entend que ce sentiment n'est pas partagé et qu'on espère qu'il sera chez elle volatil.

Mais Valincourt, à chaque fois qu'il s'y rend, affiche complet de tous ces invités qui font qu'un château, même de style troubadour, ne paraît pas usurpé. La dilution par le nombre évite d'avoir à y être intime et de sombrer dans l'obscénité du huis clos.

Ce climat permet à la mère de Sonia, Geneviève Erlinger née Herson de Certigny, dont les quartiers ne sont pas de noblesse, mais de bêtise, d'éviter les rencontres où elle aurait l'occasion de manifester à Journiac le dégoût qu'il lui inspire.

Il chercha plusieurs fois, mais l'arme n'était plus dans la chambre d'hôtel.

Le ménage, qui n'avait pas été fait, lui fit penser qu'aucun employé de l'établissement n'était entré. Ce que lui confirma le concierge, avec une indignation de responsable de maison sérieuse.

C'est dans la salle de bains qu'il trouva l'explication. Elle avait glissé dans le montant de la glace une autre feuille déchirée de son carnet. Cette fois, il y avait écrit: «Pourquoi une journaliste n'aurait-elle pas un flingue?»

L'arme était donc avec Claire Devois. Elle allait s'en servir. La victime serait probablement un magistrat. Ce 45 n'avait sans doute pas été fabriqué pour les vengeances, mais certains objets ont une fatalité propre.

Il paya l'hôtel.

Il y avait une cabine dans le hall. Il appela chez Rolande Kahn. Bien qu'il eût appuyé sur les six touches poisseuses du téléphone, en sachant qu'on ne répondrait pas, il laissa sonner.

46

Cartier-Brochard, que François Erlinger avait invité à la chasse à Valincourt comme ami de Christian, l'avait prévenu qu'il dormirait près de Laon chez une vieille pratique. Ils avaient prévu de s'y retrouver pour partir ensemble le lendemain matin.

Avant de reprendre la route, Journiac décommanda.

Conduisant, Journiac écoutait et réécoutait la *Ritirata notturna di Madrid*, l'œuvre qui ouvrait le film de Chris Marker. Mais ce n'est pas l'orchestration de Luciano Berio qui lui fit prendre la direction d'Amiens. Aucun ensemble ne lui aurait joué à cette heure Boccherini dans la cathédrale.

Il voulait entrer chez Béresse pour constater si c'était lui le receleur des meubles de la famille Kahn. Il prendrait acte du crime et lui en notifierait les conséquences.

Il se demanda, aussi, si ce n'était pas le dernier tressaillement, le hoquet d'agonie de son cadavre d'homme de loi qui, dans une ultime insurrection, un rappel à l'ordre d'avant-crever, lui intimait d'informer Béresse qu'un flingue s'était donné une liberté de choix dont il pouvait être la cible. Il avait cette envie : lui annoncer qu'il était peut-être condamné à mort ; lui proposer en tout cas cette éventualité, ce phénomène qui s'approchait, mais qui pourrait advenir un autre ; sa visite aurait presque une forme légale : il ferait l'huissier.

Un peu avant Amiens, il alluma la radio. Le carnage de la station-service de Frémancourt continuait d'occuper l'actualité du week-end et de susciter les appels à la fermeté. Cela mordait bien à l'hameçon du terrorisme. Un chroniqueur voyait le pays bientôt dans une situation à l'allemande si l'on n'y mettait pas le holà. D'autant qu'un groupe, Rot Front 9 Oktober, avait revendiqué le crime comme une action et promettait une suite. Sur une autre station, où on laissait la parole au public, un auditeur expliqua que c'était des conneries, le 9 octobre, c'était la date de l'assassinat du Che et le guévarisme n'était pas un modèle de référence aujourd'hui dans une logique de lutte en Europe. « Merci Didier », lui dit l'animateur, on allait passer l'antenne à quelqu'un de Nevers qui voulait s'exprimer sur les appartements en temps partagé dans les villes balnéaires. Avant cela, il faudrait se cogner *Rockollection* de Laurent Voulzy. Il éteignit.

L'appartement de Béresse faisait face à la cathédrale d'Amiens, mais comme pour beaucoup de magistrats, ce n'était pour lui qu'un pied-à-terre. On était souvent en poste dans cette ville que pour être plus vite renommé à Paris. Étant procureur général, Béresse avait cependant plus de contraintes, et Journiac s'était dit que les circonstances avaient pu l'obliger à rester là, afin de ne pas perdre de vue l'ennemi, Monchalin, même un samedi soir.

Béresse occupait le deuxième étage d'une maison du XVIe. Journiac ignorait s'il y avait une Mme Béresse.

D'en bas, il semblait qu'un peu de lumière émanait de l'habitation, mais cela pouvait être aussi un reflet de l'éclairage municipal qui cernait la cathédrale. La porte d'entrée était ouverte, Journiac monta.

Au-dessus de l'avertisseur, glissé dans un porte-carte en cuivre passé au Miror, un bristol, tout en fioritures de gourmette, indiquait André Béresse. Un paillasson sortant d'usine annonçait qu'on entrait chez une vieille maniaque et faisait redouter l'usage des patins de l'autre côté.

Personne ne répondit. Journiac appuya plusieurs fois encore sur l'interrupteur. Derrière, la sonnerie se plaisait au vide qu'elle rencontrait.

Il redescendit. Il prit la direction de la place Notre-Dame où il avait garé sa voiture. Au bout de quelques mètres, il se retourna. Il y avait quelqu'un à la fenêtre. Mais ce n'était pas Béresse.

Journiac, qui pourtant n'était pas encore gauchiste, lui montra son poing.

Il était trop tard pour finalement rejoindre Cartier-Brochard. Il décida donc de dormir dans son studio à Abbeville, où il avait aussi des affaires de chasse.

S'il avait pris la rue Robert-de-Luzarches, qui longe l'entrée de la cour d'appel, il serait passé devant un camion de déménagement dans lequel trois hommes faisaient grimper un meuble protégé par des couvertures.

47

Dès qu'il posa le pied dans l'entrée du château, une salle en rotonde qui avait le volume d'un petit manège d'équitation, Alexandre Mérinchal tomba sur lui et l'embrassa.

C'était le cousin qu'il avait toujours vu chez Sonia. Il le reconnut immédiatement.

Journiac l'avait pris à l'époque pour un énergumène, ce qu'il était toujours. Mais il était depuis homologué par le concours qu'il avait réussi. Il était désormais détenteur de cette patente d'État qui autorise un nombre limité de fous à vibrionner à vie sur présentation de leur seul diplôme. Mérinchal était en ce moment quelque chose au ministère du Plan, où il travaillait surtout pour les affaires de la famille.

— Vous allez voir, François a réuni un monde, c'est absolument tordant. On est en campagne, alors c'est la foire du Trône. Je vais vous montrer.

Mérinchal le prit par le bras. Journiac comprit qu'on l'avait posté là en sentinelle pour lui faire escorte dès qu'il arriverait.

— Ça ne vous dérange pas au moins ?

Mais l'autre l'emmenait déjà.

Mérinchal avait la méchanceté des gens qui ont tout lu, auraient voulu être artistes, mais qui ne seront jamais que hauts fonctionnaires et lettrés. Avec ça, un débit de torrent de montagne, un cou d'oiseau, une calvitie de matheux qui vous regardait derrière ses culs de bouteille, tout en théorèmes et en notes de bas de page. Nourri au lait en poudre par une mère qui ne l'avait pas désiré, il fallait toujours qu'il vous tripote l'avant-bras.

« Vous allez voir cette faune de gens comptés qui ne sont au fond que des comptables. »

Mérinchal s'esclaffa de ce qu'il considérait comme un mot et poussa Journiac vers une grande porte derrière laquelle on entendait un grondement de réunion.

Journiac connaissait l'endroit. C'était ce qu'on appelait les « salons jaunes » : trois pièces de réception, vastes, en enfilade, que des portes pouvaient fermer les unes aux autres, et qui donnaient sur le parc du château. Le papier peint était moutarde, et le mobilier Louis-Philippe. Fauteuils crapauds et Voltaire, méridiennes et banquettes pour gros culs.

Il y avait aussi des portraits d'avant la monarchie de Juillet, qui ne pouvaient donc être des Erlinger, mais comme les sujets avaient l'œil intelligent, on pouvait douter qu'ils fussent des ancêtres de Madame.

Erlinger briguait un mandat. Il y avait un monde de buffet de gare, et sa mère qui lésinait sur tout avait quand même fait mettre le chauffage.

« François est au fond là-bas à recevoir les hommages. Vous verrez, il y a de tout. »

Un traiteur de Paris officiait dans chaque pièce. Bien qu'il ne fût que dix heures, les bouteilles de vin étaient vite renouvelées. On pouvait boire aussi du champagne, comme dans ces hôtels où l'on fait comme si on y accueillait encore des noctambules.

Mérinchal le fit servir au premier stand.

— Ça va Pierre ? Je vous sens un peu tendu.

La main sur l'épaule de Journiac, il le pitrogna et le guida vers l'avant.

— Alors sur votre droite, lui dit-il à l'oreille, le type avec les cheveux à la Paul Lombard, ce n'est pas Paul Lombard, c'est Melchior d'Éfremont, commissaire-priseur, avec sa maîtresse, Pauline Grimaldi, très grosse étude de syndic de faillite à Paris.

Du fric, mais hyperchic. Quand on les voit en ville, c'est qu'ils sont en liberté provisoire.

Il lui pressa l'épaule pour lui montrer qu'il retenait son rire.

— Sur votre droite, mais c'est normal, l'éditorialiste du *Figaro* avec deux jeunes confrères. Encore plus à droite que lui, mais trop jeunes pour avoir pu être nationaux-socialistes.

Les deux carrures se tournèrent vers eux.

— Bonjour messieurs, leur dit Mérinchal.

Le deux s'inclinèrent, puis reprirent leur colloque.

— Le problème des pieds-noirs, affirmait-on, c'est qu'ils n'avaient pas d'élite.

Ils passèrent au deuxième salon.

— Alors là, un attelage des plus amusants, continua Mérinchal, Jean Prévost, qui est directeur quelque chose chez Elf, ancien OAS cependant, qui parle avec Mohand Ben Zeroual, chargé d'affaires de Sa Majesté en France, jusque-là c'est normal, mais le grand type en tweed, avec une barbichette, c'est Durand de la Douve, un ami de Mitterrand, avec Charbel Frangié, qui nous arrive de Beyrouth.

Frangié, qui avait entendu son nom, leur fit bonjour de la main.

— Votre verre est vide. Il est temps de faire une pause. Allons voir ce qu'on peut attraper là.

Il força deux jeunes hommes d'allure internationale et en tenue de ville à s'écarter.

— Poussez-vous, leur dit Mérinchal.

— *Sorry*, répondit l'un d'eux, avant d'avaler un sandwich.

— Regardez, Pierre, il y a du saumon. Vous aimez ?

— Pourquoi pas.

— Vous parlez donc, Pierre, c'est rare.

Il demanda une assiette pour Journiac.

— Les deux qui viennent de partir, c'est Arthur Andersen. Ils sont là-haut. Pour le travail. On rachète la haute couture de Marcel Blessac. Enfin ce qu'il en reste. Le vieux est même là dans une pièce à côté. Quelle chute. Enfin quand vous verrez le père de François, c'est pas tellement mieux. Il n'est pas très en forme l'oncle Charles.

Journiac attendait la suite. Il savait que cette parade n'était pas la célébration de leurs retrouvailles.

Il cherchait Jean Salder, mais ne le voyait pas parmi les invités.

— Jean est là ? demanda Journiac.

— Je pense qu'il est avec les Andersen là-haut, pour la signature. Tenez, regardez à gauche. Non, pas le gros Francis, à côté de la secrétaire d'État et des parlementeurs, c'est le publicitaire qui fait la campagne de François. Ça ne l'empêche pas de travailler pour Chirac et les socialistes, d'ailleurs. Ah ! voilà le dernier fils de François, l'HEC. Maxence...

Journiac avait croisé ce visage encore adolescent dans la nuit au bord de la route.

— Je te présente Pierre. Un ami de ton oncle Christian en Algérie.

Le jeune homme lui serra la main et lui dit :

— Aujourd'hui, on ne tirera qu'à l'arme d'épaule, n'est-ce pas ?

Maxence les laissa sans attendre de réponse.

— Il est incroyable ce gamin. Il a un petit côté Christian, vous ne trouvez pas ? demanda Mérinchal.

Il n'avait rien de Christian. Aucun indice de générosité et rien de frivole.

— Vous avez invité Béresse, Alexandre ? demanda Journiac. Au lieu de me raconter toutes vos conneries...

Mérinchal ne parut qu'amusé.

— Je crois qu'en la matière, Pierre, nous pourrions jouer en double... Mais bon pour répondre à votre question, certainement, cette chasse-ci, nous avons mélangé personnalités et appareil local, vous voyez, la préfectorale, magistrats... Ils aiment bien, ça les flatte. Et puis ça leur rappelle les hiérarchies. On a même fait signe au petit juge révolutionnaire, comment l'appelez-vous ?

— Lecoutre ?

— Oui, c'est ça, le petit Khmer juge. S'il ne sait pas tirer, on lui donnera une fourche. Enfin, avec cette histoire de biens juifs, c'est quand même pas folichon votre corporation.

Journiac comprit qu'il était arrivé au moment prévu pour introduire qu'on avait des choses à lui dire.

— Qui vous en a parlé ? interrogea Journiac.

— Pierre, mon vieux, tout se sait très vite. Je crois que François veut vous en entretenir d'ailleurs. Enfin, c'est quand même très mesquin cette affaire. Ce ne sont pas les meubles à acheter qui manquaient sous l'Occupation. Regardez Melchior d'Éfremont, est-ce qu'on l'embête lui ?

— Qui est le magistrat ? demanda Journiac.

— François vous en parlera. Mais pas d'esclandre, Pierre. Ce n'est pas votre genre, de toute façon. Vous allez voir, les choses vont se remettre dans l'ordre souhaitable.

— Il faut que je me change, lui dit Journiac.

— Je ne vous indique pas. Vous savez où c'est.

Journiac rebroussa chemin ; il fallait se réenfiler les trois salons moutarde pour passer à la bibliothèque où, à son souvenir, on pouvait se mettre en tenue.

Il progressait moins vite qu'avec Mérinchal et se retrouva bloqué par un groupe qui s'était installé dans le passage.

— Nous payons notre laxisme. Nous n'avons pas fini de solder 68, affirmait un jeune type à frange blonde.

— Je trouve que François a très bien parlé. La sécurité va être un thème central dans la campagne, répliqua une femme qui faisait Anne-Aymone.

— C'est la faiblesse des socialistes. Il faut que Giscard marque le coup. Les Français sont en demande.

— C'est quand même horrible, la mort de ce jeune policier.

— À une station-service en plus.

— Il aurait pu y avoir des enfants.

— C'était évident qu'après l'Allemagne et l'Italie cela finirait par déborder chez nous. Mais nos services suivent de près ces groupuscules, conclut, technique, un jeune sous-préfet.

Un serveur lui proposa un verre de vin. Journiac hésita, car les deux que Mérinchal lui avait fait boire faisaient déjà effet. Il déclina et s'excusa en franchissant le groupe.

Il s'inquiétait de ne pas voir Cartier-Brochard. La fiesta à laquelle il l'avait invité, et où il n'avait pu se rendre, n'était peut-être que sur le point de se finir : Cartier-Brochard avait gardé le tempérament d'aller jusqu'au bout.

Il comprit, lorsqu'ayant enfin traversé le dernier salon, et que près d'atteindre l'entrée, il les vit, sur ce canapé.

Ils étaient là, contre le mur, assis, à ce niveau où dans les réceptions on rate parfois des vieux qu'on aurait voulu saluer, mais qu'on n'a pas été rechercher dans les coins où ils restent avec la poussière.

C'était Monchalin et Pierson.

Le petit valet s'était trouvé un costume pour l'occasion. Il était presque attendrissant de mauvais goût dans son habit de Robin des Bois. Il avait dû commander dans les pages « déguisements pour enfants » du catalogue La Redoute. Pierson avait les traits tirés d'un matin de défaite.

Mais l'autre, Monchalin, le président Monchalin, n'était plus qu'une énorme otarie grimpée sur banquette. De ces espèces qu'on n'enterre pas, il semblait déjà dans l'antichambre du crématorium. Il avait cette pâleur confite qui pousse à appeler les urgences et les paupières en pâte sablée d'un reste de vieille tarte. On était en deuil rien qu'à le regarder. Il devait déjà faire de ces pets de cadavre qui, pour la police scientifique, ne signaleraient qu'un mauvais cholestérol. Il y a un moment où, pour tout le monde, certaines personnes doivent savoir mourir, par accident ou de mort naturelle.

Journiac avait une partie de la réponse qu'il cherchait.

48

Après s'être habillé, Journiac pensa appeler chez Rolande Kahn à Chatou pour lui donner le nom. Mais, Cartier-Brochard apparut dans la bibliothèque. Il était encore en smoking. Il posa un gros sac militaire en toile sur le parquet et vint lui serrer la main.

— Vous auriez dû venir Pierre. Vous vous souvenez de ma duchesse à Oran ? Enfin, elle n'est pas plus duchesse que vous et moi. Elle avait réuni une bande que je n'avais pas vue depuis des années. On a fait une bringue... Autant vous dire que je suis plutôt en vrac. Bon alors, c'est comment ce pince-fesse ?

Avant que Journiac pût répondre, ils tournèrent la tête vers la porte d'entrée de la bibliothèque qui s'était ouverte sur un homme trapu, avec un nez épaté que surplombaient des arcades sourcilières dessinées au burin. Des filets de décoration sur le revers de sa veste signalaient que, s'il s'agissait d'un truand, il était gradé chez les Tontons Macoutes.

Journiac avait déjà vu sortir le personnage du bureau de Morel à Abbeville.

— Zob ! voilà une crapule que j'avais oubliée, dit Cartier-Brochard. Ange Ceccaldi, bordel de merde !

Le cogne vint jusqu'à eux avec un sourire d'hôtesse de bar montant.

— Mon commandant, si on m'avait dit. Je vous ai vu passer et je me suis dit, mais c'est Cartier-Brochard, mon Dieu, la légende.

— Salut Ceccaldi, toujours flic?

— Eh oui, commandant, mais commissaire divisionnaire maintenant. Je ne me suis pas laissé aller. Et vous? Vous étiez dans la porcelaine, on m'a dit.

— Je fabrique des pots de chambre.

— Ça fait loin des maquis hein? Mais toutes les choses ont une fin, n'est-ce pas?

— Oui, les maquis j'ai connu, toi moins je crois.

— Oh! commandant, vous êtes toujours aussi taquin. Mais en vous voyant passer tout à l'heure, je me suis dit que j'étais bien aise de ne pas vous avoir eu contre nous ensuite dans l'OAS. Vous vendez peut-être de la porcelaine aujourd'hui, mais au moins vous ne vous êtes pas compromis.

Cartier-Brochard éclata de rire. C'était un rire que Journiac ne lui avait jamais connu. Il répétait «compromis», «compromis» en imitant l'accent de Ceccaldi, plus marseillais qu'ajaccien. Puis, il s'arrêta et lui dit:

— Mais qu'est-ce que t'es con Ceccaldi.

Cartier-Brochard avait une vieille rancune d'Algérie contre ces policiers qui, héritiers de la Carlingue, s'en étaient pris, avec le même enthousiasme que rue Lauriston, au FLN puis aux militaires soupçonnés d'être OAS. Lorsqu'on donne à l'armée des pouvoirs de police, elle en utilise les méthodes, et de nombreux flics n'avaient pas aimé qu'elle fît mieux que ce que leur institution avait fait au service des Allemands.

— Et franchement Pagnol m'a toujours fait chier, ajouta Cartier-Brochard.

Le flic conservait son sourire contrefait de vieille maquerelle indulgente.

— Oh commandant, vous êtes toujours aussi taquin. Le pauvre Pagnol dans tout ça...

Le commissaire Ceccaldi était dans le genre affable, mais avec un vocabulaire limité, qui frôlait parfois l'exactitude. Il avait le timbre Canebière et le nom corse qu'il fallait à la maison Poulaga. Il était tout en sous-entendus, en pointillé, en renseignements qu'il ne pouvait dévoiler, mais toujours de première main, «confidentiel-défense» dans votre intérêt. Ceccaldi aurait été indic s'il n'avait été de la police ; il avait la raison d'État et la délation dans les gènes.

Cent cinquante ans d'industrie avaient appris aux Erlinger qu'il fallait aussi inviter des flics à la chasse. Il suffisait ensuite de ne pas coucher avec les putes avec lesquelles ils travaillaient.

Ceccaldi avait eu une carrière normale dans sa corporation, où, pendant la guerre, il s'était surtout occupé de lutter contre les communistes. Après avoir brillamment participé à la libération de la préfecture de Police de Paris, avec l'arme confisquée quelques mois plus tôt à un FTP étranglé rue Lauriston, il n'avait pas eu après-guerre à montrer de brevets plus authentiques de Résistance. La situation en 1947 et le départ des communistes du gouvernement Ramadier avaient fait sortir les rats de leurs caves, et il fallait avoir été imprudent comme l'inspecteur Bony pour finir radié des cadres dans un fossé à Montrouge.

Après avoir torturé sous la francisque, Ceccaldi avait continué sous la cocarde à la Sûreté de Saïgon, puis à celle d'Oran.

Il était maintenant commissaire divisionnaire aux Renseignement généraux. Les magistrats avaient besoin de ce genre de personnages pour que les rumeurs deviennent des aveux, et ces demi-flics profitaient de cette vague tutelle qui manque toujours aux malfrats ; ce timbre fiscal qui leur fait défaut.

— Bon, pendant que je vous tiens. Monsieur le procureur, je me présente, s'adressa-t-il à Journiac. Vous ne me connaissez pas, mais l'inverse n'est pas vrai. Commissaire divisionnaire Ceccaldi, des Renseignements généraux. Vous êtes là en pleines retrouvailles ; je m'excuse d'interférer ; mais je sais que vous êtes des camarades et des commandos de chasse, par surcroît. Il n'y en a pas un à côté qui saurait de quoi je parle, hein ?

— Charles Erlinger si, répondit Cartier-Brochard.

— Bien sûr, je ne comptais pas le papa de François. Un homme éclairé. Ce que je voulais dire, c'est qu'au nom de ce passé qui nous rassemble je peux dire devant vous certaines choses qu'on ne confierait pas et qu'on démentirait ensuite si on les disait. Vous me suivez ?

Il y avait toujours chez Journiac cette latence, cette mesure des conséquences qui freinaient ses réponses et qui faisaient douter l'interlocuteur. Cartier-Brochard savait mentir d'instinct.

— Ceccaldi, nous sommes entre anciens.

— C'est ce que je voulais entendre dire mon commandant. Bon, comme M. le procureur le sait, il y a cette rivalité venimeuse entre ces deux magistrats. Et chez eux – vous me pardonnerez monsieur le procureur – quand ils s'y mettent, ils se finissent à la pince à épiler. Oui, à la pince à épiler.

Ils hochèrent de la tête pour montrer qu'ils appréciaient la qualité de cette métaphore de la violence.

— Alors, de ce que je sais – entre nous soit dit –, et cela demande à être vérifié bien sûr, il y a eu cette réunion où vous étiez, monsieur Journiac. Une sorte de conciliation avec M. Pierson et M. Fleurote. Un dialogue un peu vif entre collègues, comme cela arrive.

Journiac le laissa continuer.

— Je ne vous demande pas confirmation d'ailleurs. Mais ce qu'il faut savoir – en tout cas, ce que je crois savoir de votre conciliabule –, c'est qu'en réalité il y a entre les deux magistrats, M. Monchalin et M. Béresse, cette histoire de la guerre. Le président Monchalin n'a semble-t-il pas été exemplaire. Comme beaucoup de Français d'ailleurs. Mais bon. Et il paraîtrait qu'il a voulu utiliser un dossier contre M. Béresse.

— Qu'est-ce qu'il a voulu utiliser Ceccaldi ? demanda Cartier-Brochard. Tu es toujours aussi imbitable.

— Commandant, je n'y étais pas, moi. C'est ce qui en a été rapporté. Il y a eu un charivari d'appels après le meeting. Parce qu'il y a derrière cette histoire de hauts magistrats, des gendarmes en dessous. Et l'histoire de gendarmes, je la sais depuis longtemps.

Journiac ne put s'empêcher de sourire.

— Vous voyez, commandant, M. le procureur sait de quoi je parle.

Il s'adressait à Cartier-Brochard comme s'il fallait qu'il apprenne à l'ancien officier une réalité opérationnelle avec laquelle il aurait à compter le lendemain.

— Il y a ici un dossier contre un raton qui est accusé, si je résume, d'avoir tué son patron et sa patronne. C'est ça le dossier monsieur le procureur, hein? Un Arabe de l'Algérie... Il y en a tellement qu'on fait venir... Bon, il n'y avait pas de preuves contre lui. Et puis les gendarmes, chargés de l'enquête, ont retrouvé le fusil... avec les empreintes...

Il interposa un petit rire de gorge.

— Mais moi, je sais, depuis longtemps, que ces empreintes, ne se sont peut-être pas trouvées là par hasard. Vous comprenez?

— Tu nous fais chier Ceccaldi, lui dit Cartier-Brochard. Je ne comprends rien à ton histoire. Sois plus clair.

— Commandant, M. Journiac il comprend, lui. Ça le concerne. Regardez comme il est tout blanc.

Cartier-Brochard posa sa main sur l'épaule de Ceccaldi.

— Pas d'allégations Ceccaldi.

L'autre fit un pas en arrière.

— Ce n'est pas ce que je voulais dire. J'ai su du directeur de la prison de Saint-Quentin... qui a commencé à Alger... ça facilite les choses... il était embêté le bonhomme, il m'a dit que ces empreintes étaient des empreintes *a posteriori*. Je vous montre.

Il brandit sa main droite, qui resta un instant immobile et tendue, comme contrainte, puis vint taper dans sa main gauche.

— Et voilà, des empreintes *a posteriori*, dit-il, fier de son latin de procédure.

— Je ne comprends rien Ceccaldi, s'agaça Cartier-Brochard.

— Commandant, les gendarmes ne pouvaient pas prouver que cet Arabe qui avait tué était coupable. Alors ils ont fait rejoindre sur l'arme du crime les empreintes qui devaient y être. Je ne leur jette pas la pierre. Il faut que justice se fasse. Et je l'ai dit à M. Béresse lorsqu'il est arrivé en poste qu'il y avait ce dossier avec cette finesse. Et c'est un magistrat de haute voltige, M. Béresse. Heureusement que des hommes comme lui étaient en Algérie.

Ceccaldi était envoyé en avant-garde. Journiac saurait à la fin s'il y avait une proposition.

— D'après ce que je sais, monsieur Journiac, quand vous avez eu l'affaire, vous avez commencé une contre-enquête. Il y a des choses qui se sentent dans les procès-verbaux. Hein monsieur Journiac ? Je le reconnais. Surtout chez les gendarmes. Ils ont encore à apprendre. Et M. le procureur a mis dessus notre jeune collègue, le regretté Flavien.

— Vous le saviez ? demanda Journiac.

— On ne s'espionne pas entre collègues, monsieur le procureur. C'est une règle. Mais on nous rapporte des choses. C'est notre métier et ça s'est su. Et je pense que les gendarmes aussi, ils l'ont vu passer sous le képi.

— Et Béresse ? demanda Journiac.

Journiac s'était rapproché du flic. L'attention de Cartier-Brochard semblait perdue dans les circonvolutions de la poulaille :

— Oh, monsieur le procureur, je ne fais que vous rapporter. Moi aussi, ça m'attriste la mort de ce petit collègue. Un jeune comme ça, plein d'idées. Un peu socialiste comme M. Defferre chez nous. Mais franchement, et je vous dis ma conviction, c'est un procès en sorcellerie que l'on ferait à M. Béresse, me semble-t-il. Moi, je crois que M. Monchalin a voulu lui faire un chantier.

— Vous comprenez ce qu'il raconte ? demanda Cartier-Brochard à Journiac. Tu ne peux pas parler normalement Ceccaldi ?

— Un chantier, commandant. Ça veut dire que M. Monchalin pensait que M. Béresse était pour quelque chose dans l'action des gendarmes. Enfin, on lui aurait suggéré. Et M. Béresse, à son corps défendant, lui a dégainé le dossier de la guerre pour qu'il arrête ses contre-vérités. Et peut-être même que M. Monchalin savait que M. Béresse l'avait ce dossier et qu ıl pouvait le sortir... ou même qu'il allait le sortir... pour en finir avec leur concurrence de promotion... et que M. Monchalin a voulu profiter de l'orientation de l'enquête dont M. Journiac avait parlé... lors du conciliabule... en quelque sorte.

— Misère, souffla Cartier-Brochard.

— Je sais que cela vous étonne, commandant, vous êtes un homme des grands espaces, mais cela se fait. Dans le jargon, on appelle ça « faire un chantier à quelqu'un ». Tout cela, autant que je sache, était infondé. Il semblerait que les gendarmes aient agi *proprio motu*. Vous pensez bien que M. Béresse ne ferait pas ce genre de choses. Pour quoi ? Un dossier d'Arabe alors ? Non, c'est du *proprio motu* cette affaire.

— Ils ont tué Flavien ? demanda Journiac.

— Ça monsieur le procureur, ce n'est pas encore écrit. Et actuellement, ce n'est pas le sens de l'enquête. Et il y a peu de chances qu'elle dévie, avec ce groupuscule de l'Allemagne qui s'en mêle. Tout cela n'irait nulle part. On n'accuse pas l'armée, même la gendarmerie. Par hypothèse bien sûr. Et ce n'est pas ce que je sous-entends. Mais ce n'est pas à vous que j'apprendrais... que ce ne sont pas des choses de notre ressort de décision.

L'alcool que Cartier-Brochard avait ingurgité dans la nuit devait avoir encore quelques zones d'irrigation. Il était maintenant exaspéré. Son apparence s'était d'un coup durcie.

Journiac se souvint avoir vu en Algérie Cartier-Brochard porter aux suffocations ultimes un douanier, ingénieur dans le maniement de textes qu'il était le seul à comprendre. Il est vrai que Ceccaldi, crapule d'État en service commandé, affectée au poste de messager dégueulasse, appelait au massacre.

— Alors, monsieur le procureur, pour conclure, ce dossier que cherchaient les gendarmes, il faut bien que l'on sache où il est.

— La mort de Flavien montre qu'ils l'ont, répondit Journiac.

— Ça, ce n'est pas sûr, monsieur le procureur. En tout cas, il semble que personne ne soit rassuré sur ce point. De partout, on demande. Comprenez, cela crée de l'inquiétude, et cette inquiétude, ce n'est pas bon. Alors de vous à moi, il serait mieux que je l'aie pour rassurer qui de droit. Et puis, entre nous, il y a quelque chose qui circule sur cet avocat raton qui avait été tué après la mort du frère de M. François. Tout cela pourrait se régler à l'amiable. Il faut rendre à César ce qui est à César, n'est-ce pas ? *Si vis pacem, para bellum*, comme on dit.

— Tu es vraiment une grosse raclure Ceccaldi. Et latinisante en plus. Tire-toi ! ordonna Cartier-Brochard.

— Commandant, on ne va pas refaire le passé. J'étais là pour avertir simplement. Mais les conseilleurs ne sont pas les payeurs. Ne vous mettez pas dans cette histoire, franchement, c'est de la haute volée, si je puis me permettre. Allez messieurs, *bona caccia*, ne put-il s'empêcher de dire en corse, qu'il ne parlait au demeurant qu'à peine.

Ils attendirent que cette carcasse insidieuse sorte de la pièce.

— Qu'est-ce que vous veut ce connard, Pierre ?

— Je ne vais pas vous ennuyer avec ça.

— Méfiez-vous, c'est la pire des véroles.

Cartier-Brochard enleva sa veste de smoking. Dehors, les trompes de chasse sonnaient *Le Point du jour*, quoiqu'il fût tard.

— Vous avez vu, Pierre ?

— Oui ?

— Il a les cheveux teints comme une vieille pute.

Ils sortirent sur le perron, en passant derrière les sonneurs qu'on avait fait venir pour le décorum. Le Débuché de Picardie en était maintenant au *Départ pour la chasse*.

Les invités, qui réclamaient un carnage, écoutaient avec étonnement cette sympathique fanfare qui retardait leurs ardeurs.

Pour la commodité de ce public, et pour se prémunir d'éclatements de varices, on s'était fait prêter par Matra-Simca des véhicules Rancho, destinés à emporter leurs cargaisons vers leur lieu de tir. C'était bien pour la chronique de *Paris-Match*, que François Erlinger avait préféré à *Point de vue* ; ce qui avait déçu sa mère.

Ils étaient tous, donc, devant ce château, avec ses fausses douves creusées pour les nénuphars, ou ceux qui souhaiteraient s'y noyer, et dont les quatre tours n'avaient jamais rien guetté, sauf les cours de la Bourse.

Les Erlinger d'avant la Grande Guerre avaient fait venir ici toute l'Europe, mais depuis, on ne recevait plus que des traitants. On tirait avec moins d'élégance et de naturel, mais on se refusait encore au lâcher de gibier, estimant que ceux qui voulaient des cocottes n'avaient qu'à aller au bordel ou chez le volailler.

C'était Paris qui venait chasser. On ne vérifiait pas les permis. Il ne s'agissait pas qu'ils tirent bien, mais qu'ils ne tuent personne. On était habillé à l'anglaise ou dans le genre autrichien, n'ayant jamais su qu'à la chasse on sent l'ail comme Henri IV, et que les chasseurs ont une déesse, Artémis, et non pour dieu Hermès.

Il n'y avait que Cartier-Brochard qui faisait dépenaillé. Il tenait une carabine dont le modèle était inconnu des préfectures et rangeait ses balles dans des boîtes à cigares.

Journiac identifia Béresse qui figurait à un bout de cette société. L'énorme Monchalin était à l'opposé. Au centre, hilare, le général de gendarmerie Touzette faisait prendre l'air à sa couperose.

Les trompes s'arrêtèrent.

François Erlinger faisait maintenant face à ses invités.

« Chers amis, je ne vais pas vous ennuyer avec des instructions. On vous expliquera vos postes dans les voitures. Vous pouvez tout tirer, à l'exception de vos voisins et de Winston. Winston est un cerf qui habite ici et qui est pratiquement préhistorique. Vous n'aurez pas de difficulté à le reconnaître, il est d'une beauté sublime. J'espère que vous n'aurez pas trop froid. Il y a de quoi vous réchauffer dans chaque voiture. »

Il fallait embarquer. Journiac s'apprêtait à prendre avec Cartier-Brochard le véhicule le plus proche, quand Mérinchal, maintenant habillé en bavarois, vint lui dire que François voulait lui parler.

L'entremetteur l'accompagna jusqu'à la voiture de tête.

— Salut Pierre. Monte, lui dit Erlinger. Je crois que nous allons avoir une belle journée.

Il était seul à l'arrière. Le tutoiement était nouveau.

— Allez-y Raymond, ordonna Erlinger.

Le chauffeur démarra.

— Tu as vu Ceccaldi ?

— À l'instant.

— Sache que je ne lui fais aucune confiance.

— J'ai cru comprendre qu'il parlait en ton nom.

— Absolument pas. C'est un policier. Il faut faire avec.

Ils passèrent la grille du château et bifurquèrent sur la départementale qui longeait l'enceinte.

On ne savait pas quelle taille faisait la propriété des Erlinger : il se disait trois mille hectares. Elle avait un équilibre parfait en variété de territoires, en tailles de cultures, dans la répartition des parcelles boisées, avec même un reste honnête de forêt traversée d'un cours d'eau, que jouxtaient plusieurs étangs.

— Vous prendrez le chemin de la Loge, Raymond.

— Oui monsieur.

— Bien, Pierre, jouons cartes sur table, si tu veux bien. Je ne voulais pas de cette affaire de peine de mort avant les législatives. C'est assez compliqué comme ça. Je me retrouve maintenant avec ce bordel dans ma circonscription et je n'ai pas envie d'un procès où tu viendrais porter des accusations contre la terre entière.

Il fixa Journiac.

— Évidemment que je suis au courant. Fleurote m'a appelé à la sortie de votre réunion. Cela n'a pas été très long de faire le tour de l'affaire. Et comme tu le sais, avec la mort de ce policier, les choses se sont encore compliquées. Prenez à gauche Raymond. Attention ça va secouer. Il faudra reboucher ici, je vous l'ai déjà dit à la dernière chasse.

— Oui monsieur.

Journiac frotta la vitre avec sa main pour enlever la buée.

— Qui a prévenu Béresse ? demanda Journiac.

— De quoi ?

— Du résultat de mon enquête avec Flavien.

— Ce n'est pas cela qui est important. Tu as déjà la réponse d'ailleurs. Fleurote m'a appelé. Cette histoire lui fout la trouille, c'est lui qui a saisi les gendarmes de l'enquête. J'ai passé des coups de fil.

— À qui ?

— Excuse-moi, mais tu n'es pas à un niveau que cela intéresse. Ce qui est important, c'est la situation telle qu'elle se présente maintenant. Le perdant, c'est Monchalin. Son histoire va sortir. C'est terminé pour lui et franchement, on s'en fout. C'est beaucoup plus grave que des gendarmes aient peut-être maquillé une enquête et peut-être tué un flic, qu'on découvre qu'un magistrat a été trop gourmand pendant la guerre. Le centre n'a pas de responsabilité politique. D'ailleurs, Monchalin a fait un passage à la SFIO. On ne risque rien du côté socialiste. En revanche, on va encore nous faire un procès en barbouzerie. Le SAC et ces emmerdeurs de gaullistes des Hauts-de-Seine.

La voiture passa dans un nid-de-poule. Ils s'accrochèrent aux poignées.

— Et toi Pierre, tu veux faire le justicier ? Si ce n'est que, pour l'histoire de Mezziane qui semble t'obséder, il y a des solutions. Fleurote peut demander le renvoi de l'affaire. La présidente de la cour d'assises serait d'accord. Tu sais que ce type était handicapé ? Il n'a pas pu tirer manifestement. Fleurote dit qu'il n'y a plus de dossier.

— Et les empreintes ?

— Les empreintes, ça ne veut rien dire, les empreintes. Les victimes lui faisaient faire le ménage. Le dossier va retourner chez un juge d'instruction et dans quelques mois il aura un non-lieu. Et la juge Ricard part outre-mer.

— Et Béresse ?

— Qu'est-ce que tu veux qu'on fasse contre Béresse ? Il a des dossiers sur tout le monde. J'ai cru comprendre qu'il en avait un contre toi d'ailleurs.

— Et alors ? demanda Journiac.

— Le fait que cela ait concerné Christian ne te protégera pas. Nous nous dissocierons et Béresse ira quand même à la Cour de cassation. C'est peut-être là qu'il sera le moins dangereux. Je ne demande pas ce que tu veux, je sais que tu le refuserais. Raymond, garez-vous près du chêne.

Le chauffeur se plaça devant l'arbre et coupa le moteur.

— Voilà Pierre, c'est ainsi que les choses vont se passer. Il n'en ressortira rien.

— Et Flavien ?

— Il est mort. Un peu comme Christian je trouve. Je pense que tu devrais y réfléchir, d'ailleurs. On pourrait croire que tu ne portes pas chance.

Erlinger ouvrit sa porte. Journiac était assommé.

— Ce serait bien que tu donnes ton dossier à Ceccaldi.

49

L'un des gardes l'avait placé à l'angle d'une haie qui fermait un taillis. Un autre tireur était à une cinquantaine de mètres. Le type s'était assis sur une canne-siège et l'odeur tourbée de sa pipe arrivait par paquets successifs jusqu'à Journiac.

Il avait maintenant récupéré du coup qu'Erlinger lui avait envoyé, et qui, éduqué à être méchant, avait su trouver là où Journiac aurait mal.

Mais pour le reste, sa leçon de cynisme n'était que le prolongement de cette pièce française où les décors sont toujours les mêmes : l'arrogance dans une égalité qui doit rester hiérarchique ; une liberté introuvable sans circulaires d'application ; une justice sans beaucoup d'exemples de triomphes, et que personne n'admire, car elle perd presque toujours, comme un vieux club qui n'est jamais sorti de troisième division.

Journiac n'arrivait pas à trancher si la demande que lui avaient faite, l'un après l'autre, Ceccaldi puis Erlinger, établissait que les tueurs de Flavien n'avaient pas trouvé le dossier de l'enquête.

Il n'était pas dans la caisse de sable. Il en était certain.

Il était douteux cependant qu'Erlinger lui ait parlé sans avoir eu au préalable une idée sur ce paramètre, car maintenant qu'il s'était engagé à faire voter une loi qui restaurerait la sécurité des Français, il aurait été scabreux qu'on découvrît que ceux qui étaient chargés de l'assurer maquillaient les enquêtes et zigouillaient de temps en temps un collègue.

Mais les pièces de l'enquête n'étaient pas à la station Shell.

En évaluant la situation, la proposition que lui avait faite Erlinger – un report du procès Mezziane – pouvait sauver un homme autrement promis à la guillotine. Mezziane sortirait de prison dans quelques mois, par la petite porte et sans excuses, mais il sortirait. La proposition contenait parmi ses aléas d'être l'engagement de personnes dont la parole était donnée pour être reprise. Mais à certains égards, Journiac considérait que le calendrier pouvait jouer pour lui : le procès commençait demain. Cela ne leur laissait pas beaucoup de temps pour se dédire s'ils trouvaient un meilleur avantage.

Ce parti qu'il pouvait prendre était loin du conseil que lui avait donné la veille Leclerc – la vérité –, et de la résolution qu'il avait prise – témoigner. S'il faisait le choix d'un arrangement, la mort de Flavien serait classée sans suite ; elle serait comptée pour perte.

Du trou de frelons, il y en avait encore un qui n'était pas sorti : Béresse. Et celui-là ne piquait qu'à la tête.

L'homme à la pipe lui tournait le dos. Journiac le visa pour évaluer la distance. Mais son arme était vide.

Comme le gibier proliférait, Journiac entendit beaucoup tirer. On les transportait de poste en poste en Rancho. À mesure que la matinée passait, les chasseurs montaient en excitation par le double effet de l'alcool à disposition dans les voitures et de l'abondance des bêtes qu'on abattait.

Journiac suivait les chiens au bruit. Les coups de trompe que donnaient les gardes annonçaient sans erreur, mais sa carabine n'était pas chargée.

En se déplaçant, il eut pour autre spectacle celui de tomber sur maître d'Éfremont qui, malgré le froid, faisait son affaire à maître Grimaldi contre un arbre. La dernière traque d'avant déjeuner prenait fin lorsqu'on sonna le cerf, et dans la suite immédiate, la fin de la battue. Il y eut un silence assez long, puis deux coups de feu. Journiac comprit qu'un con venait de se distinguer.

Il arriva dans les premiers au point de ralliement. Les gardes, et quelques rabatteurs, entouraient un cerf d'une taille exceptionnelle, et dont les bois immenses étaient comme deux grandes flammes. Tout autour de l'animal, les hommes montraient une gravité qui aurait pu devenir menaçante si Erlinger n'était arrivé.

— Qui l'a tiré? demanda-t-il.

L'un des rabatteurs désigna un homme fluet, qui tenait mal son arme et arrivait zigzaguant entre des flaques d'eau prises dans la glace. C'était Pierson.

— Monsieur, lui dit Erlinger, vous avez de la chance qu'on ne vous mette pas avec lui à côté d'autres massacres.

On déjeuna au «Pavillon», sorte de temple où les trophées d'empereurs de la forêt, dont chaque règne avait été très court, avaient remplacé la litanie des saints. L'architecte avait fait germanique, dans un style aussi léger que celui de la gare de Metz.

Le plan de table avait été étudié pour que Monchalin, Béresse et Journiac n'aient pas à voisiner. Fleurote était absent; sans doute occupé à rechercher les terroristes allemands qui avaient tué Flavien. Il n'aperçut pas Lecoutre, que pourtant Mérinchal lui avait annoncé. Salder demeurait invisible.

Le déjeuner fut rapide et ennuyeux.

En face de lui, Cartier-Brochard essayait de baratiner une jeune inspectrice des finances qui hésitait encore entre le parti socialiste et le poste qu'on lui proposait chez Rhône-Poulenc. Journiac était coincé entre un prodige français de l'électronique et un sénateur de cette droite du centre, celle des conservateurs d'alternance et de progrès, toujours prêts à faire alliance, incapables de gouverner, mais soucieux d'avoir des ministères.

Erlinger fit un bref discours de remerciements. Le sénateur demanda à Journiac s'il pouvait prendre son dessert qu'il n'avait pas touché. Au moment où l'on allait partir, Cartier-Brochard leva son verre à la tablée: «Zob et que le cul vous pèle!»

Les convives se dispersèrent dans l'incrédulité.

Journiac ne chargea pas son arme de tout l'après-midi. Les animaux passaient devant lui et ailleurs. On tirait de partout. N'eût été les chiens et les annonces à la trompe, tout se jouait à l'oreille, comme en embuscade.

50

C'est Béresse qui l'aborda.

Comme après chaque battue, Journiac marchait jusqu'aux voitures qui les conduisaient au prochain poste.

Béresse était enveloppé dans une pelisse vert-de-gris, en drap de laine, qui montrait de l'usure. Il affichait son habituelle décontraction narquoise, proche de l'insulte. Il avait entre les mains une carabine express Holland & Holland que, même à crédit, son traitement de magistrat n'aurait pas dû lui permettre.

— Vous n'avez pas l'air de beaucoup vous amuser Journiac, nasilla Béresse. C'est pourtant un magnifique spectacle cynégétique, tous ces crétins qui tirent ensemble comme à la foire.

— Les crétins et les ordures, répondit Journiac.

— Je les compte parmi les crétins.

— Et vous vous comptez dans quoi? demanda Journiac.

— J'allais vous poser la question, dit Béresse, que l'échange semblait réjouir.

— Beaucoup de mots me viennent à l'esprit, mais je n'arrive pas à choisir.

— Oui, c'est exactement ça votre problème, Journiac, se raidit Béresse. Vous ne savez pas choisir. Vous n'avez que des émotions. Vous vous êtes entiché de cette affaire, alors que vous deviez faire condamner cet Arabe.

Journiac s'était arrêté. Le groupe qui les précédait avait pris de l'avance et celui qui les suivait, était encore loin. Journiac dépassait Béresse de deux bonnes têtes.

— C'est un Kabyle, crapule.

La fourrure de la pelisse de Béresse se hérissa, mais dans l'instant, le poil retrouva sa souplesse.

Ils se remirent en marche.

— Je n'ai jamais bien compris ces distinctions dont ils se targuent. Les Kabyles, les Arabes... Il y en a qui sont mieux que d'autres ? Peu importe. Cette affaire aurait été la bonne réplique aux abolitionnistes...

Ils contournèrent une flaque gelée.

— Sur le fond, reprit-il, je suis d'accord, d'ailleurs. On n'empêchera jamais un dégénéré d'étrangler une gamine. Mais ce n'est pas à eux que l'on parle. On prévient les autres, les déviants, les révoltés. On ne tue pas son patron ni un flic, c'est tout. C'est peut-être ça que vous n'avez pas compris. Notre rôle est d'éradiquer les menaces. Leclerc, que vous avez vu, je le sais, n'est pas si différent du reste. On verra bien quand lui et ses socialistes arriveront au pouvoir. Peut-être qu'ils aboliront, mais pour le reste, ils se serviront de gens comme moi, c'est-à-dire comme lui.

Deux chevreuils traversèrent devant eux.

— Vous en avez tué combien Journiac ? Vous les avez tués mieux que moi ?

— J'étais militaire.

— La belle excuse. Militaire...

Il haussa les épaules.

— Et quand vous avez exécuté ce Ben Jelloul ? Vous étiez quoi ?

Journiac ne répondit pas.

— Vous vous êtes vengé. Comme la société se venge.

L'attention de Journiac se détourna vers un bruit sur sa gauche. Le canon de l'arme de Béresse lui passa devant les yeux. Puis il y eut deux détonations, presque simultanées.

— Touché, affirma le procureur général. Les chiens le retrouveront.

Il ne leur restait qu'une cinquantaine de mètres avant la rotonde où les Rancho les attendaient.

— Vous pouvez essayer de me mettre en cause, Journiac, mais c'est vous qui perdrez. Vous irez témoigner ? Allez-y. Vous aurez votre effet. Cela va créer un peu de remue-ménage. Vous aurez bien un ou deux journalistes qui vont fouiller là-dedans. Le procès Mezziane sera reporté, très bien. Il sera peut-être même acquitté, vous savez. Et alors ? Il y en aura d'autres. Ce n'est pas le gibier qui manque. Mais moi ? Que peut-on me reprocher ? Je n'étais pas encore à Amiens lorsque les gendarmes ont tripoté leur enquête. Vous ne m'avez fait aucun rapport. N'est-ce pas votre rôle ? Rapporter, comme les chiens ici ?

Comme Monchalin que les événements avaient modifié dans son apparence physique par une sanction immédiate, il lui sembla que le teint de Béresse avait tourné blanchâtre. La verticalité de la futaie le long de laquelle ils avançaient donnait aux gestes dont Béresse était pourtant économe des allures de gesticulation.

— Vous n'avez pas l'air de comprendre ce qui va se passer. Votre histoire d'Algérie va sortir. Ce n'est pas que cela soit si grave. Il y a un rapport d'enquête de l'époque où vous êtes cité. Ce n'est pas une preuve, mais c'est suffisant et votre problème, c'est que le type que vous avez liquidé avait des amis en France. Vous auriez tué un paysan, tout le monde s'en foutrait, mais là vous devenez symbolique. On va sabler le champagne pour Ben Jelloul chez Maspero. Bien sûr, à l'époque, vous ne saviez pas. Mais vous serez emporté avec Monchalin. Quelle jolie paire, le spoliateur et le tortionnaire. Vous avez un casier avec cette histoire. Je vois bien un article de Régis Debray. Vous aurez peut-être les honneurs de Sartre ?

Le débit du procureur général avait pris une vitesse de tribun près d'éructer.

— Qui vous écoutera quand vous aurez votre photo dans la presse de gauche ? Le gardien dira que vous l'avez harcelé ; l'adjudant de gendarmerie que vous avez montré un comportement erratique ; il y aura pléthore pour témoigner de votre instabilité. J'ai en outre demandé une enquête discrète sur vous, à votre procureur Morel. Je me suis inquiété, voyez-vous, il y a quelque temps, de votre attitude. Je ne vous ferai pas tout le détail, mais croyez-moi, personne ne vous écoutera.

Ils arrivèrent au lieu de rassemblement.

— Le plus cocasse, c'est que les plus emmerdés, ce sont Fleurote et Erlinger. Fleurote à cause de gendarmes. C'est lui qui les a désignés, et même si ça ne va jamais nulle part, ce n'est pas bon pour une carrière. Et puis il a fait cette conférence de presse absolument ridicule. Quant à Erlinger, je pense que c'est votre proximité avec sa famille qui l'ennuie au fond. Vous devriez vous en méfier.

Béresse cassa sa carabine express pour en extraire les deux étuis percutés.

— Vous n'êtes qu'un petit étron Journiac, ajouta-t-il.

Puis il s'éloigna.

51

C'était le dernier amusement de la journée. Erlinger offrait une passée du soir. On avait échangé les carabines pour des fusils. Cartier-Brochard et Journiac étaient derrière un affût en branches tressées pour se cacher des oiseaux.

Une neige fine venait strier en diagonale leur champ de vision. Les autres chasseurs étaient répartis sur le pourtour de cette pièce d'eau dont on ne pouvait embrasser l'étendue à l'œil. Les canards connaissant le piège passaient haut. Ceux qui faisaient l'erreur d'espérer se poser dans les parties encore épargnées par la plombière étaient mitraillés.

Journiac avait pris les jumelles de Cartier-Brochard, mais ce n'était pas cette fois une mechta de l'Oranais qu'il observait.

Malgré la distance, et l'obscurité qui commençait à aplatir les contours, il reconnut la forme à son ampleur, Monchalin, qui ne tenant pas compte du conseil qui avait été donné, progressait avec lenteur sur un de ces pontons qui enjambaient l'étang.

— N'essayez pas d'aller chercher votre gibier; tout glisse; les gardes s'en occuperont, avait averti Erlinger au départ de cette dernière ribouldingue.

Journiac chercha sur l'étang, et en effet, un oiseau désailé, œuvre du magistrat, faisait une tache noire encore nerveuse au bout de l'avancée.

Remontant avec ses jumelles sur la gauche, Journiac distingua une autre silhouette, plus tranchante, qui avançait vers le premier président.

L'éléphant de mer parut se mettre à genoux. Voulait-il attraper son canard ? Avait-il vu sous la glace un poisson ?

Il n'était plus là l'instant d'après. La structure en bois cachait à Journiac l'autre côté de l'eau. En remontant encore une fois vers la gauche avec les jumelles, il n'y avait que cette tige, verticale, immobile, Béresse.

Le décès de Monchalin apporta la gêne qu'aurait faite une grosse crevette qui serait tombée sur la table en se passant le plat : cela ne dura pas. Il y avait du personnel pour laver en cuisine et il restait des crevettes si l'on manquait.

On appela bien sûr les secours. Avec leurs habits colorés, on croit toujours mieux à l'accident. Puis vinrent les gendarmes du coin qui constatèrent que leur procureur général témoignait que le président de leur cour d'appel avait glissé.

Pendant que tout cela se formalisait, Journiac remonta au château.

Il voulait voir Salder.

On avait dressé dans le premier salon jaune un dernier buffet où l'on servait des sandwichs et du vin chaud à la cannelle. Il n'y avait personne de la maison qu'il connaissait. Il entreprit de chercher dans les autres pièces du bas si l'avocat s'y trouvait. Il se souvenait que la bibliothèque donnait sur un petit salon de style Napoléon III. La décoration de la bâtisse s'était adaptée à tous les régimes. Cette salle était l'antichambre du bureau de Charles Erlinger, lui, d'époque Mac-Mahon.

À l'automne 1967, le dernier week-end où Sonia l'avait emmené à Valincourt, il s'était déjà trouvé dans ce lieu d'attente, après une chasse où l'on était allé au perdreau et au lièvre. La porte du bureau de Charles Erlinger était ouverte. Il avait entendu :

— Vous n'allez pas laisser Sonia se faire mettre le grappin dessus par cet huissier, Charles.

— Il n'est pas huissier Geneviève, il est procureur.

— Vous jouez sur les mots Charles. Il est vulgaire.

— Vous m'emmerdez. Et je vous signale que ce n'est pas le seul avec qui elle couche.

— C'est vous qui êtes vulgaire, Charles. Ce Salder est quand même un peu mieux. Malgré des origines israélites, dit-on.

— Ce que vous pouvez être con, Geneviève. Sonia a perdu son frère. Il faudra un jour que vous le compreniez.

— Ce n'est pas parce que ce Journiac, avec sa tête d'ouvrier agricole, était un ami de Christian qu'il sera mon gendre. Je crois que la situation est assez urgente, si vous voyez ce que je veux dire.

— Foutez-moi la paix. Vous n'avez d'ailleurs pas le droit d'entrer ici.

— Si vous ne faites rien, j'en parlerai à François.

La porte du bureau était entrouverte, mais cette fois au lieu de quitter les lieux avec une blessure supplémentaire, pour ne plus revenir, il s'avança.

Le souvenir de Charles Erlinger était assis à son bureau. Il portait une cravate qui cheminait parfaitement au milieu d'un costume bleu nuit à doubles rayures, taillé à Savile Row, qui faisait quelques concessions à son époque, tout en restant élégant. Mais ce n'était plus maintenant qu'un vieillard qu'on habillait encore, un Gabin, vingt ans après *Les Grandes Familles*, qui aurait cette fois perdu la partie. Les vieux patrons allaient disparaître avec leurs ouvriers.

À l'un des murs : les fanions des unités où Christian avait servi et des photos de lui avec ou sans uniforme. Journiac figurait sur l'une d'elles avec Cartier-Brochard et Christian. Un autre cliché que celui que lui avait donné Sonia après leur rencontre à Camerone. Ils posaient heureux près de la piscine de la villa Erlinger à Canastel. En arrière-plan, Jacqueline et la duchesse de Cartier-Brochard.

Un autre pan de ce mémorial était consacré à Sonia, avec ou sans Christian.

Le vieillard ouvrit les yeux. Il lui sourit.

— Vous m'apportez des nouvelles de Christian et de ma petite pute ? Ils ne m'écrivent plus. Je suis sûr que Geneviève et François me piquent leurs lettres.

Journiac opina.

— J'ai écrit à son colonel de le laisser venir en permission pour une fois. Vous connaissez Sonia, elle ne vient que si Christian est là.

Le menton du vieillard rejoignit le centre de sa poitrine. Journiac attendit. Bientôt, la tête fit un mouvement inverse. Les yeux étaient à nouveau ouverts. Étonnés et tristes.

— Et ma petite Christelle, vous n'amenez jamais ma petite Christelle ? C'est ma petite-fille quand même.

Encore une fois, son menton vint se poser sur le haut de son torse pour ne plus s'en dissocier.

Journiac resta un moment. Son regard retourna à la photo de la villa Erlinger. Considérant que ce souvenir lui appartenait, il le décrocha.

Il remarqua sur le bureau de Charles Erlinger un autre cliché, qui devait être de la petite fille qu'il avait aperçue chez Salder, mais vers sa sixième année. Elle avait quelque chose de sa mère enfant. Il préféra décider que ce portrait ne lui appartenait pas.

52

Le château s'était vidé d'un coup. Le traiteur remballait. Journiac repassa par l'entrée et sortit sur le perron.

Des gens en costume, qu'il n'avait pas vus à la chasse, montaient dans des berlines immatriculées à l'étranger. Il y avait les deux géants anglophones que Mérinchal lui avait présentés comme étant d'Arthur Andersen, et avec eux, Jean Salder, qui embarquait aussi.

— Jean ! cria Journiac.

Salder dit quelque chose au chauffeur et revint vers le château.

— Pierre, lui dit-il, tendant la main.

Il avait toujours à son égard cette intonation qu'on a envers un type avec de la température.

— Rolande Kahn ? lui demanda Journiac.

— Quoi Rolande Kahn ?

— Dis-moi.

— C'est simple, Pierre. Fleurote est venu porter le dossier à mon cabinet. Mon collaborateur m'a lu les archives Monchalin au téléphone ce matin. Un procès-verbal de saisie annoté de sa main, avec mention « m'informer » et sa signature. Édifiant. Mais il y a extinction de l'action publique, si j'ai bien compris. Rassure-toi, Mme Kahn est aussi informée pour Béresse.

— Pour Béresse ?

— Oui Pierre, pour Béresse. Ce n'était peut-être pas au programme de nos amis, mais elle est en droit de savoir, non ?

C'est quand même un peu paradoxal qu'ils m'aient choisi comme dépositaire de cette crapulerie, non ? C'est assez ignoble même.

— Oui, convint Journiac.

— Alors, le reste relève du libre arbitre et de l'imprescriptible.

Journiac comprit quel était son choix. Il n'y avait rien à objecter.

— Écoute, je suis désolé, je n'ai pas le temps de te parler. On raccompagne les vendeurs. Viens me voir à Paris. Ce serait peut-être bien que tu connaisses Christelle.

Il lui serra la main et fit demi-tour pour rejoindre cette sorte de convoi qui attendait. À mi-chemin, il se retourna :

— Au fait, François te cherchait. Il était tendu, ce con.

Il retrouva Cartier-Brochard qui se changeait dans la bibliothèque. Son ami sortait de son sac de chasse une tenue de ville.

— Ceccaldi, qu'on a vu ce matin, lui dit-il. Il a évoqué Ben Jelloul tout à l'heure ?

— Oui.

— Ceccaldi était à Oran à la Sûreté. Il remontait les fells à la villa Mancini. À un officier, Devilaire.

— Devilaire ? Le gendarme ?

— Ça mon vieux, je ne sais pas ce qu'il fout aujourd'hui ; c'est possible qu'il soit gendarme ; il y a des officiers qui se sont recasés là-dedans.

— Devilaire et Ceccaldi se connaissaient ?

— Ceccaldi arrêtait des suspects et Devilaire les traitait.

— C'était ça le dossier dont parlait Ceccaldi tout à l'heure.

— Quel dossier ?

— L'enquête sur Ben Jelloul.

— Quelle enquête ? Il n'y a pas eu d'enquête, Pierre. Je m'en suis occupé sur ordre du chef de corps. Vous croyez qu'on allait se laisser emmerder par une enquête ? Ceccaldi vous bluffe mon vieux.

— Mais la villa Mancini ?

— La villa Mancini, ça n'a duré que deux mois. Je ne dis pas que cela n'a pas existé, mais on a fait fermer ce cloaque. Devilaire a été commander ailleurs. L'existence de ce centre d'interrogatoire n'est jamais sortie, d'après ce que je sais.

Cartier-Brochard finit de s'habiller avant lui. Il s'assit sur une des banquettes rouge claque de la pièce et alluma un clope.

— Bon, Pierre, qu'est-ce que vous foutez ? lui demanda-t-il au bout d'un moment.

Journiac essayait d'enfiler son pantalon, tout en faisant le récapitulatif de la journée.

Erlinger lui avait offert un arrangement dont il avait compris que les termes étaient la remise de son enquête contre le dossier qu'il pensait que Béresse détenait contre lui et un report de l'affaire Mezziane. Ceccaldi l'avait précédé pour lui faire part de ses impressions sur un climat où l'inquiétude relative à des choses qui n'avaient jamais eu lieu, et à d'autres qui pourraient advenir, sans qu'on sache vraiment si elles étaient déjà écrites, faisait qu'il valait mieux qu'il se montre disposé à collaborer très vite.

Béresse ne lui avait pas fixé de rendez-vous pour procéder à un échange. Comme si, quoique Journiac fasse, ce serait sans conséquences.

Il ne lui avait décrit que l'impasse où il voulait que Journiac croie qu'il se trouvait. Béresse savait cependant, tout en ignorant que Journiac le savait maintenant aussi, qu'il avait les mains vides. Or, le procureur général ne prenait jamais de risques. Son assurance reposait donc ailleurs que dans l'affirmation de cette déchéance qu'il avait promise à Journiac, s'il s'aventurait à faire du ramdam. Cela pouvait être quelque chose comme un face-à-face définitif avec ce nouveau Rote Front 9 Oktober, une de ces conneries dont avait parlé la veille l'auditeur à la radio.

Malgré les avances ou les menaces qui lui avaient été faites, Journiac se confirma qu'il irait le lendemain aux assises pour demander à déposer. Entre l'exigence de vérité rappelée par Leclerc et l'arrangement d'Erlinger, le renvoi supposé de l'affaire contre son enquête, il avait finalement déjà bien choisi. Il serait dans la salle d'audience avant l'ouverture des débats. Il n'y a rien de pire que l'arrivée d'un fou à la barre des témoins, que les jurés peuvent trouver sincère. Il n'y aurait pas de remise de cause.

53

L'ancien cogne oranais avait garé sa R16 à côté de la voiture de Journiac. Il était ainsi certain qu'il ne partirait pas sans avoir pu lui parler. Le plafonnier de son véhicule de fonction jaunissait sa tête de faisan et le RG baissa sa vitre à l'approche de Journiac.

— Ah, monsieur le procureur, vous tombez bien. J'allais partir, dit le commissaire.

— Vous voulez ma réponse ? demanda Journiac.

— Avec ce froid, oui. Je n'attendais plus que ça pour me ranger dans mes pénates.

Cartier-Brochard, que Journiac pensait déjà à sa voiture, passa devant lui et s'adressa au policier :

— C'est zob Ceccaldi. T'as compris ? Zob.

Le bruit du moteur de la R16 montra que le flic avait mis le contact.

— Alors messieurs, les choses sont dites.

La R16 recula et sortit du parking.

Cartier-Brochard mit sa main sur l'épaule de Journiac.

— Venez, Pierre.

Ceccaldi roulait vite, mais Cartier-Brochard conduisait mieux.

Le flic put faire le mariole pendant quelques kilomètres qui laissèrent à Journiac le temps de remonter le fusil de Cartier-Brochard et d'extraire sa carabine de son étui. Ils finirent par le dépasser et l'obligèrent à se garer sur le côté de la départementale.

— Il doit avoir une arme, prévint Journiac.

Ils sortirent de la voiture et se placèrent en dehors des phares de la R16 afin de rendre un tir de Ceccaldi plus compliqué. Journiac sauta le fossé pour progresser sur la bordure du bois qui longeait la route. Ils avancèrent chacun d'un côté avec le policier dans leur ligne de mire. Les réflexes avaient ressurgi. Il y avait un peu de neige, mais ça ne tiendrait pas.

À l'intérieur de l'habitacle, Ceccaldi avait les mains en l'air.

— Sors, lui dit Cartier-Brochard.

Le flic s'exécuta.

— Tourne-toi, les mains sur la bagnole, continua-t-il.

Ayant fait le tour de la Renault, Journiac arriva par l'arrière, tenant en joue Ceccaldi pendant que Cartier-Brochard le fouillait.

— Oh, on a un petit flingue de poulette Ceccaldi. Un Walther PPK. On se prend pour James Bond.

Cartier-Brochard le tira par l'épaule, et lui faisant faire demi-tour, lui assena une gifle qui l'envoya au sol.

— Relève-toi, lui ordonna-t-il.

Sonné, le flic n'y parvenait pas : Cartier-Brochard l'attrapa par le col.

— Viens, on va parler. Il y a une torche dans la voiture, Pierre.

Ils entrèrent dans le bois et marchèrent quelques minutes pour s'éloigner de la route. Ceccaldi avançait devant.

Ils arrivèrent près d'un trou d'eau gelé, et d'un coup de pied, Cartier-Brochard y poussa le flic. Ceccaldi atterrit sur la glace qui ne céda pas. Il essaya de se mettre debout, mais il glissait à chaque fois en grognant.

Journiac et Cartier-Brochard attendaient en silence. Cartier-Brochard éclairait la fosse où Ceccaldi finit par tenir sur ses jambes.

Ce n'était plus le Ceccaldi goguenard et patelin de la matinée, mais un homme essoufflé, dont le visage n'exprimait plus que de la frayeur. Qui avait connu Cartier-Brochard lorsqu'il était militaire, et c'était le cas du cogne, savait que les réponses aux questions qui seraient posées devraient être rapides et justes.

— Bon, connard, commença Cartier-Brochard, évite les adjectifs et les adverbes. Allez-y Pierre, il va répondre maintenant.

— Qui vous a informé de mon enquête Ceccaldi ?

— C'est M. Béresse.

— Quand ?

— Les gendarmes que vous avez vus à Hirson se sont plaints à Devilaire qui l'a dit à Béresse.

— Après ?

— Ensuite, quand vous avez envoyé mon collègue Flavien, pareil, Devilaire s'est plaint à M. le procureur général. Et là il m'a dit de suivre de près.

— Sois précis ! tonna Cartier-Brochard, tu t'apprêtes à divaguer.

— Je vous ai mis sur écoute et Flavien. Nous au RG, on peut.

— On sait ça fouille-merde, après.

— Vous avez dit quoi à qui ? demande Journiac.

— J'ai dit à M. Béresse sur votre enquête.

— Et les gendarmes ?

— Plus tard.

— Soit précis Ceccaldi ! réitéra Cartier-Brochard.

— Quand vous étiez en Angleterre, j'ai fait le bureau de mon collègue...

— Ça veut dire quoi « j'ai fait le bureau » ? Traduit, Ducon.

— J'ai fouillé. Et j'ai trouvé le rapport médical de l'Arabe. J'ai fait des copies que j'ai données à M. Béresse.

— Et puis ? dit Journiac.

— Et puis, je pense que M. Béresse a communiqué avec les gendarmes.

— Pourquoi le pensez-vous ? demanda Journiac.

— M. Béresse ne me l'a pas dit lui-même, mais j'ai croisé Devilaire à une réunion à la préfecture et il m'a dit : « Il commence à me faire chier votre inspecteur ». Il a ajouté : « Mais ne vous inquiétez pas, on le suit à la trace. » Ils ont dû poser des émetteurs sur sa voiture. Je sais aussi qu'ils étaient au débarcadère quand vous êtes rentré d'Angleterre.

— Très bien, reprit Journiac. La réunion avec Fleurote et Pierson. Qui vous a informé ? Qui a informé Béresse ?

— Vous me demandez beaucoup monsieur Journiac.

— Ceccaldi ! l'interpella Cartier-Brochard.

Une branche, qu'avait lancée Cartier-Brochard, atterrit au pied du policier qui fit un mouvement et chuta. Il lui fallut à nouveau plusieurs tentatives avant de se retrouver droit.

— Tu veux te noyer ? demanda Cartier-Brochard.

— Qui a informé Béresse ? reprit Journiac.

— Ce que j'en dis, monsieur Journiac, je n'ai fait que le recoller. Mais d'autres pourront le démentir, vous comprenez.

— Ça va Ceccaldi, t'es pas en train de passer l'agrég. Raconte ton rapport de flic.

— Bon, tout s'est déclenché à la rentrée solennelle. Il semblerait que M. Béresse a dit à l'oreille de M. Monchalin quelque chose qui l'aurait gêné. Beaucoup de gens ont noté ce moment... sans comprendre de quoi il retournait... Il paraît qu'il était ensuite tout blanc et qu'il aurait fait un malaise vagal.

— T'es toubib en plus ?

— C'est le secrétariat qui me l'a dit.

— T'as des mouchards partout.

— J'en ai déduit que M. Béresse lui avait fait une hostilité et que c'était le dossier d'Annecy. Vous savez de quoi je parle monsieur le procureur. C'était comme le baiser de Judas, en quelque sorte.

— Ne deviens pas biblique Ceccaldi.

— Mon commandant... je parle comme je peux.

— Poursuis, Ange.

— Après votre réunion, M. le président a envoyé à M. Béresse le petit Pierson, qui serait un peu son giton, selon la rumeur...

— Ça, vous aimez bien. Je suis sûr que t'as des photos.

— ... pour lui faire passer le message qu'il avait le contrepoison.

— On est à Rome !

— Mais ce que n'avait pas anticipé M. Monchalin, c'était M. Fleurote. Car avec cette histoire de gendarmes... vous lui avez mis une trouille du diable, monsieur le procureur. Il a été négligent, M. Fleurote. Pas parce qu'il savait, mais parce qu'il n'a pas voulu savoir. Et ce n'était pas la première fois... c'est lui qui avait saisi les gendarmes... il a bien vu le tort que cela lui ferait. Et comme il fonde des espoirs sur M. François pour être à son cabinet s'il est à la Justice... M. François l'ambitionne, allez savoir pourquoi... il l'a appelé au secours... M. François... qui se cherche des avantages... il fait de la politique et M. François a pensé faire une fleur aux gendarmes en les appelant. Il a eu le général Touzette, de la Région. Et puis... comme on se parle d'homme à homme, il m'a appelé aussi.

— Qu'est-ce que vous voulez dire, par « d'homme à homme » ? demanda Journiac.

— Monsieur le procureur, j'ai la fonction de surveiller la politique. Alors soit on se parle pas... comme avec les communistes... Soit on se parle... avec les socialistes. Soit on se parle d'homme à homme. Il m'a fait le topo... Je lui ai dit que je le rappellerai. Après, je lui ai proposé une rencontre avec M. Béresse et le général. On s'est vus dans l'après-midi au domicile de M. Béresse.

— Pourquoi Béresse plutôt que Monchalin ? dit Journiac.

— Monsieur Journiac, M. Béresse je le connais depuis l'Algérie... Mais j'ai pris mes instructions, comme il se doit... et je les ai eues vite. Dans l'intérêt de l'État, bien sûr... là, je vous en dis beaucoup trop, messieurs.

— Oui, mais c'est toi qui es interrogé pour une fois, alors continue.

— C'est bientôt les élections, mon commandant... même si c'est une histoire de gendarmes... et que nous sommes neutres... à l'Intérieur, on ne va pas mettre en difficulté le Président. Sinon, c'est les communistes.

— Et..., relança Journiac.

— Et il y a aussi qu'on préfère M. Béresse à la Cour de cassation, plutôt qu'un soi-disant abolitionniste... Si bien que... M. Béresse et M. François ont dit qu'ils s'occupaient de vous... laissant le reste à la gendarmerie. Mais cela a été discuté vaillamment. Car le général Touzette, il voulait faire la totale. Vous connaissez la suite.

— Pas tout, justement, dit Journiac.

— Vous me poussez... M. François, mais ça n'engage que lui, a dit que vous étiez fragile et que cette histoire de l'Algérie, c'était votre honte et que ça vous bloquerait. C'était une appréciation personnelle... sur laquelle je n'ai pas renchéri... mais M. Béresse a opiné. Voilà.

— Pourquoi m'avoir envoyé la journaliste ? C'était risqué.

— Soit c'était vous qui l'appeliez... soit c'était nous. En vous l'envoyant avec un début d'histoire sur vous, vous deveniez moins crédible pour elle... si vous lui racontiez votre enquête. Elle pouvait croire que vous vous défendiez. Et puis M. François, il disait que comme ça... vous comprendriez qu'on rigolait pas... que vous reculeriez devant le scandale. « Il préférera vivre avec son fantôme... » C'est son *verbatim*.

— Et ?

— Monsieur Journiac, je vous jure que c'est tout. Les gendarmes s'occupaient de Flavien. Avec les émetteurs, ils pouvaient savoir où il se trouvait. Ils sont pas si cons.

— Te mets pas en valeur Ceccaldi, enjoignit Cartier-Brochard.

— Et puis ?

— Devilaire a trouvé Flavien, mais pas le dossier.

— Pas le dossier ?

— Pas le dossier. Devilaire m'a appelé dans la nuit. Il était fumasse. Il m'a dit que vous étiez venu à la station et que vous étiez à Paris avec la journaliste. Ils vous ont logés.

— Quel vocabulaire de merde, commenta Cartier-Brochard.

— D'initiative ?

— Non, j'ai appelé M. Béresse. Je lui ai expliqué. Il m'a dit qu'il me rappellerait. Et quand je l'ai eu à nouveau, il m'a juste dit : « Tenez-moi informé. »

Debout sous la lumière jaune de la torche, Ceccaldi semblait exténué.

— Continuez.

— Ce matin, avant que vous arriviez, M. François a vu M. Béresse, le général Touzette avec M. Fleurote. Et M. Fleurote est parti. Ensuite, ils m'ont fait venir et m'ont dit d'aller à votre rencontre pour vous dire ce que je vous ai dit. Voilà, c'est tout ce que je sais.

Une souche d'arbre arriva au pied du flic. Mais cette fois il ne tomba pas.

— C'est maintenant que tu commences à mentir, connard.

— Commandant ! cria Ceccaldi, vous m'en voulez !

— Ceccaldi, parle, ou noyade.

Sur cette injonction, le policier reprit :

— Tout à l'heure, quand je vous ai demandé votre décision au parking, c'était une feinte. Je savais que vous ne le donneriez pas… le dossier… monsieur le procureur. Devilaire avec l'autre gendarme, ils vous attendent chez vous. Pour que vous le donniez ou pas. Vaille que vaille.

— Pas d'expressions Ceccaldi.

La lampe n'éclairait maintenant plus l'ornière, mais les chaussures de Cartier-Brochard et Journiac.

— Pourquoi on a envoyé Fleurote chez Salder ?

— C'est que Giraud, c'est un coquin. Avec lui, on n'est pas à l'abri de fanfreluches. Les documents, il pouvait les revendre.

— Mais Salder ?

— Maître Salder… comme ça, la famille Kahn ne pourrait pas trop dire d'où cela venait. M. Fleurote, c'est M. François. Cela aurait mis en difficulté leur avocat… qui est un peu israélite aussi, à ce qu'on dit. M. Béresse s'est ménagé un coupe-circuit. M. Erlinger était d'accord.

— Et la journaliste ? reprit Journiac.

— Mlle Devois ? La fille de Mme Kahn, épouse Devois ?

— Comme vous dites.

— C'est M. Béresse qui s'est renseigné et il a trouvé. Il a su par Giraud, qui a ses défauts, mais qui est quand même un ancien grand reporter de *L'Écho d'Alger*.

— Grand reporter de *L'Écho d'Alger* ? Mes couilles.

— C'était pas de chance pour M. Monchalin qu'elle soit dans ce journal, cette fille. M. Béresse n'allait pas rester à Amiens les mains vides.

— « Amiens les mains vides », commenta Cartier-Brochard. Trou du cul. Vous le comprenez Pierre ?

— Vaguement. Qu'est-ce que vous voulez dire ?

— Monsieur Journiac, il a su ce qu'elle cherchait par Giraud. C'est des journalistes, ils se parlent… M. Béresse s'est renseigné. Il m'a demandé aussi, mais c'est lui qui a retrouvé la pièce d'Annecy. Il m'a dit de surveiller la fille… je l'ai branchée elle aussi. Comme ça, on a vu que c'était une affaire personnelle. En rapport avec sa famille. Mais est-ce que je sais toutes les combinaisons ? M. Béresse a des ressources que moi, à mon humble niveau, je n'ai pas. Il l'avait bien détronché M. Monchalin, voilà tout. Le pauvre n'était pas de taille. Et pourtant, il était courtois le bonhomme, et bon vivant quand il était encore en vie. Nous qui avons été en Algérie, on sait ce que c'est un ennemi.

— Ça, Ceccaldi, c'est assez discutable, interrompit Cartier-Brochard. Tu as lu Pierre Vidal-Naquet ?

— Pierre qui ?

— Et *Surveiller et punir* ?

— Oui, surveiller, oui.

— *Des Souris et des hommes* ?

— Vraiment, commandant, je ne vois pas. Pourquoi vous parlez de souris ? Cela n'a rien à voir avec la prostitution.

— Vous avez ce que vous voulez Pierre ?

Journiac hésita. Il pouvait lui demander ce qu'il savait sur le prisonnier de la villa Mancini qu'il avait tué en Algérie. Il ne le fit pas.

— Oui ça ira.

— Et lui ? interrogea Cartier-Brochard.

Le rond de la lampe torche se porta à nouveau sur Ceccaldi. Ils le retrouvèrent à la même place. Il les regardait avec l'inquiétude de ceux qui ont renoncé.

Journiac ne répondit pas.

— Remonte, dit Cartier-Brochard.

Ils marchèrent jusqu'aux voitures. Arrivés, Ceccaldi fut dans l'instant qui suivit à terre. Cartier-Brochard l'avait assommé.

— Ouvrez le coffre, dit Cartier-Brochard, qui avait pris Ceccaldi par les pieds.

— À l'arrière plutôt, si ça ne vous dérange pas.

Journiac n'aimait plus les coffres.

— J'ai lu un bouquin qui s'appelle *Et on tuera tous les affreux*, lui dit Cartier-Brochard, quand ils eurent chargé le poulaga.

Ils laissèrent la R16 de Ceccaldi plus loin, derrière une ruine.

54

Le commandant Devilaire et l'adjudant Gerdon, son gros complice con, celui avec un souffle au cœur qui avait accompagné Journiac sur la scène de crime, trépassèrent dans les circonstances qui suivent.

Béresse mourut aussi. Mais différemment. Quoique ce fût aussi d'une manière violente qui déplut dans certains milieux.

Cartier-Brochard s'arrêta à cinq cents mètres de la ferme de Journiac.

En s'approchant de la côte de la Manche, ils avaient laissé derrière eux la neige et la pluie. Le ciel était d'une lune glaciale qui faciliterait leur approche.

Journiac lui avait expliqué qu'ils pourraient passer par la porte de la chaufferie qui donnait sur son bureau. Le problème était le voisinage, si l'on tirait, ainsi que les chiens, les ânes et les chèvres.

— Vos chiens sont morts, avait observé Cartier-Brochard. Les clébards, je les ai toujours fait buter en premier. Le reste de la ménagerie, c'est plus aléatoire. On essaiera de faire vos gendarmes au couteau, dans la mesure du possible, mais je ne peux pas vous garantir le sommeil du prolétariat.

Il avait ajouté :

— Vous avouerez que c'est pas très glorieux de finir en prenant d'assaut une ferme dans la Somme. Pour zigouiller des gendarmes en plus.

La voiture de Claire Devois était toujours là, mais ils trouvèrent en plus une 4L immatriculée en Espagne, garée devant le portail de la maison. Ce qui les laissa perplexes.

Journiac avait pris le bord gauche de la route et Cartier-Brochard marchait à l'opposé, une dizaine de mètres devant. Retour des habitudes de ratissage. Les chiens n'aboyaient pas. Cartier-Brochard avait vu juste.

Tout en cherchant un indice dans le silence, Journiac se demandait ce qu'était venue faire cette voiture espagnole devant chez lui. Les volets qui donnaient sur la route laissaient passer un rien de lumière. Journiac franchit le muret au droit duquel donnait la porte de la chaufferie. Il prit l'arme de Cartier-Brochard pour qu'il fût plus à l'aise pour enjamber l'obstacle. Mais son ami s'y reprit quand même à deux fois pour son escalade.

Puis, Cartier-Brochard lui montra qu'il enlevait sa veste. Il la posa au sol et sortit de son étui sa dague de chasse qu'il glissa à l'arrière, entre ceinture et pantalon. Leurs vêtements pourraient les gêner s'il fallait tuer à l'arme blanche. Journiac l'imita. Il faisait froid.

Cartier-Brochard lui désigna un des bâtiments, perpendiculaire à la grange qui faisait face à la maison, un établi. C'était éclairé, mais avec l'intermittence d'une lampe qui visitait l'obscurité.

Journiac lui fit comprendre de la main qu'il entrait le premier.

La chaleur sèche de la chaudière et l'odeur du fioul les empoignèrent.

Journiac entrebâilla la porte qui donnait sur son bureau. La pièce était vide mais portait au sol la trace de ses visiteurs. Ils passèrent l'un derrière l'autre et rejoignirent le mur opposé. Il y avait un ancien passe-plat aménagé d'étagères, par lequel on pouvait voir au salon.

Depuis l'autre côté parvenaient des bruits d'objets qu'on faisait tomber, mais cela s'arrêta. Il y eut un raclement de gorge.

L'homme était de dos, penché. Il fouillait une cantine placée au pied d'une fenêtre. À la carrure, Journiac reconnut l'adjudant-chef Gerdon. Il fit comprendre à Cartier-Brochard qu'il prendrait la partie droite du salon pendant que son ami avancerait vers la porte d'entrée en le couvrant. Cartier-Brochard fit non de la tête : ce serait l'inverse.

La dernière chose que vit l'adjudant Gerdon fut un homme qui, le tenant en joue avec une carabine, se déplaçait très vite. Essayant de se relever pour agir, le sous-officier réalisa qu'une main était venue lui bloquer la bouche, mais que ce n'était pas celle de l'homme qui le visait. Il comprit sans doute alors que ce n'était pas d'une balle qu'il mourrait, mais de la lame qui venait de lui percer le dos et qu'il avait maintenant dans la gorge.

Quittant l'image de Gerdon que Cartier-Brochard faisait couler à terre pour que sa chute se fît sans bruit, Journiac se plaça contre la porte d'entrée, restée ouverte. Il remarqua un corps sur le seuil, dont un très léger mouvement montrait qu'il respirait encore. La tête du bonhomme était dans l'obscurité.

Dans l'atelier, le va-et-vient de la lampe repéré en arrivant avait cessé. Ils ne pouvaient traverser la cour. Ils seraient à découvert. Il leur fallait donc reprendre le même chemin et passer par l'arrière, dans le champ, le long de la grange, avec le risque que cette fois les ânes et les chèvres les annoncent. Sauf extermination préventive à l'identique des chiens.

Cette fois-ci, Journiac marcha devant. Cartier-Brochard avait récupéré le pistolet prolongé d'un silencieux de l'adjudant, un Beretta 92, idéal pour un *Mozambique Drill*, tir couplé au torse, puis tir à la tête.

La lune givrée éclairait au blanc la campagne. Ils firent un arc de cercle dans le pré pour se retrouver loin de la grange. Arrivés à l'angle du bâtiment, une balle vint frapper la pierre à quelques centimètres du crâne de Journiac. Devilaire devait avoir la même arme que le défunt Gerdon et c'est pour cela qu'il avait attendu qu'ils soient suffisamment près : il ne les aurait pas atteints en plein champ. Aussitôt, les animaux se réveillèrent dans la grange. Il y eut d'abord les chèvres, puis l'un des ânes se mêla à la protestation.

Journiac murmura à Cartier-Brochard : «Je prends par l'intérieur.»

Il y avait une porte à l'arrière qu'il ouvrit. Il entra dans l'enclos des chèvres. Elles se mirent à courir dans tous les sens. Il se fit encorner à la cuisse, mais malgré la douleur, il ne lâcha pas son arme ; il traversa la grange et sortit par la porte qui donnait sur la cour.

La lumière qui venait de l'entrée de la maison projetait un carré jaune où ne se trouvait plus maintenant le corps qui était allongé sur le seuil, tout à l'heure. La carabine à l'épaule, Journiac avança sur une courte distance en direction de l'établi. Il essayait de déceler quelque chose, mais le décor ne répondait pas. Devilaire avait dû se déplacer. Il avait pu s'extraire par l'arrière de l'établi et faire comme eux, remonter la route pour les prendre à revers. Journiac allait regarder derrière lui lorsqu'il sentit juste au-dessus de l'occipital un anneau froid.

— Lâche ta carabine.

Journiac obéit.

— Recule maintenant.

Devilaire le tira vers la maison. Ils traversèrent la cour en crabe.

Journiac se dit que c'était peut-être là qu'il serait tué, mais il n'avait pas envie de cette mort.

L'officier de gendarmerie n'avait pas vu le poignard que Journiac avait glissé à l'arrière de sa ceinture sur les conseils de son ami. À cette erreur, le pandore ajoutait celle d'avoir une main sur son épaule pour l'entraîner en marche arrière. Journiac pouvait ainsi évaluer sa distance. Il était trop près. Comme les aides du bourreau qui avaient conduit Perrot à la bascule.

Cartier-Brochard déboucha au bout de la cour.

— Dites-lui de poser son arme, lui intima Devilaire.

Journiac resta silencieux. L'autre appuya avec force le canon de son arme.

— Pose ton arme ! gueula Devilaire.

Cartier-Brochard se baissa. Journiac se dit que c'était maintenant. Il avait commencé à remonter sa main droite le plus imperceptiblement qu'il pouvait vers le manche de sa dague, estimant que l'attention de la pouille s'était portée vers Cartier-Brochard. Mais de nouveau le métal de l'arme de Devilaire appuya sur son crâne et sa main lui broya l'épaule. Journiac regarda son ami qui à trente mètres lui faisait face.

Subitement, la sensation du canon et de la main disparut. Derrière, un choc avait interrompu la tension de l'emprise de Devilaire. Cartier-Brochard s'était mis à avancer.

Journiac attrapa le manche de son arme. Il pivota pour poignarder Devilaire. Mais celui-ci lui faisait face, avec un air idiot de type mort : une pointe de pioche lui traversait le crâne.

Le gendarme s'écroula, supprimant l'écran qu'il faisait avec l'homme qui se tenait derrière lui.

Malgré les années, Journiac n'hésita pas lorsque le type lui sourit : c'était Belkacem.

« Bordel… Belkacem ! », entendit-il s'exclamer Cartier-Brochard.

55

Il fallut d'abord s'occuper des macchabées. Journiac trouva la voiture des gendarmes en contrebas et la conduisit dans l'enceinte de la ferme. Ils roulèrent les deux grippe-coquins dans des bâches et les chargèrent dans le coffre de la 504.

— Cette fois-là, on ne peut pas faire autrement Pierre, lui dit Cartier-Brochard.

Ils convinrent de conduire la voiture dans un bois pour la brûler. Journiac alla chercher deux jerricans d'essence dans la grange.

— Avec ce que nous a raconté Ceccaldi, ils ne risquent pas d'être réclamés, observa Cartier-Brochard.

Belkacem avait une plaie au crâne que Journiac soigna. Cartier-Brochard prépara du café. Ils s'assirent autour de la table de la cuisine.

— Vous n'auriez pas un truc sérieux, Pierre ?

Journiac sortit une bouteille de prune offerte par son voisin et servit. Il était schlass.

— Alors qu'est-ce que tu fous là Belkacem ? demanda Cartier-Brochard. Je croyais qu'on t'avait coupé les couilles.

Il raconta qu'à l'Indépendance il avait réussi à passer au Maroc depuis Port-Say. Sa mère était une Rifaine d'Ajdir, alors il avait eu les papiers. Ensuite, il avait travaillé sur un bateau de pêche à Al-Hoceima, après dans la construction, et puis des Espagnols l'avaient engagé à Melilla pour surveiller un entrepôt. Maintenant, il vivait à Alicante.

— J'ai une bonne place. C'est bien payé.

— Et ta femme ?

— Ça va, *Al Hamdoulilah.*

— Et les enfants ?

— Grâce à Dieu, ça va aussi. J'ai les petits-enfants même.

— Et la France ? ironisa Cartier-Brochard.

— J'ai pas eu beaucoup de nouvelles, répondit Belkacem.

Journiac n'était pas encore tout à fait délivré de la violence qu'il venait de vivre. Mais la repartie de Belkacem parvint à le faire sourire.

— Qu'est-ce que tu viens foutre dans ce pays de merde ?

— C'est pas un pays de merde, mon capitaine. C'est la France.

Il expliqua que Mezziane était du village de sa femme et qu'à Alicante où il y avait quelques milliers de pieds-noirs, un kiosquier lui donnait les journaux français invendus. Il avait lu un article sur l'affaire où on parlait du procureur Journiac.

— J'étais sûr que c'était toi mon lieutenant. Nous, on t'appelait *al kadi.*

Il en avait parlé à sa femme et ensuite tout le village en Algérie avait été au courant que Belkacem connaissait le juge. Mezziane avait depuis la prison fait passer des lettres à sa famille par des sortants. Il disait que ce n'était pas lui.

— Ils appelaient tout le temps d'Algérie pour que je te parle. Je leur disais que c'était pas comme ça avec les frankaouis et que toi t'étais pas comme ça, mon lieutenant. Mais tu sais comment ils sont, ils écoutent rien. Comme le lieutenant Youcef, tu te souviens. Alors je suis venu.

Cartier-Brochard resservit un coup de gnole. Journiac essayait de trouver ce qu'il pourrait expliquer à Belkacem sur le dossier Mezziane. Mais c'était tellement absurde.

— En France, mon capitaine, tu cherches dans l'annuaire des PTT, tu trouves. C'est organisé. La Somme, Pierre Journiac, voilà, je te trouve mon lieutenant.

— Et les mecs dehors ? demanda Cartier-Brochard.

— Je l'ai reconnu tout de suite, mon capitaine. Je me souvenais même de son nom : Devilaire. Je suis rentré. Je l'ai vu. Ils avaient mis le souk. Je me suis dit, c'est mauvais ça. Et le gros, il m'a tapé d'un coup.

Journiac lui fit cette proposition, quelque chose d'immédiat qui lui était venu :

— Tu veux qu'on aille voir Mezziane ?

Ils dormirent trois heures. Enfin pour Journiac, ce ne fut pas vraiment du sommeil. Il essaya de déterminer ce qu'il ferait le lendemain. L'audience aux assises commençait à quatorze heures. Et puis Belkacem le secoua.

« Il faut y aller mon lieutenant. Le capitaine, il est levé. »

Journiac chercha la tiédeur de la nuit et l'action qui les attendait dehors. Mais il était en France. En 1978.

Cartier-Brochard leur avait préparé un café. Journiac prit une douche, se rasa et mit costume et cravate.

Dans le salon, il s'aperçut que le voyant de son répondeur à cassette clignotait. Il appuya sur « *play* » :

« C'est Flavien encore. Finalement j'ai mis le dossier dans le plafond des toilettes femmes. C'est plus sûr. Je vous attends. »

Cartier-Brochard prit la Peugeot des gendarmes et suivit Journiac et Belkacem.

À mi-chemin de Laon, ils traversèrent une forêt. Journiac avertit qu'il tournait et prit une allée. Ils s'arrêtèrent au centre d'une rotonde.

« Laissez, lui dit Cartier-Brochard. Vous n'aurez de part à rien cette fois. »

Les deux bidons de trente-cinq litres assurèrent une combustion rapide. Cartier-Brochard avait ouvert le coffre et arrosé aussi à l'intérieur.

À la station Shell qui était fermée depuis la tuerie, ils fracturèrent la porte arrière, avec bris de scellés. Journiac trouva le dossier à sa place.

Puis ils bifurquèrent pour Saint-Quentin où Mezziane était détenu à l'« Hôtel des quatre boules ».

Il était trop tôt. Ils trouvèrent un rade-bureau de tabac-journaux. Ils se firent préparer un sandwich pain-Vache qui rit, c'est tout ce qu'il y avait, avec un demi. Journiac fit remarquer à Cartier-

Brochard la facilité avec laquelle ils avaient brutalisé un flic, tué deux gendarmes qu'ils avaient ensuite brûlés.

— Je sais, lui répondit Cartier-Brochard. Il y a toujours des récidives. Au moins, on n'a pas fait ça pour changer la société.

— C'est mieux pour vous ?

— Je ne sais pas. Mais je l'ai suffisamment fait au nom de la Patrie. Tout n'est pas encore compréhensible pour moi, voilà tout. On m'a parlé d'un très bon psychanalyste argentin à Paris.

À l'entrée de la maison d'arrêt, Journiac montra sa carte. Le chef ne posa pas de questions à la vue des trois bandes bleu-blanc-rouge ; d'autant qu'il y avait écrit ministère de la Justice, qui est celui des magistrats et des matons.

Journiac demanda à voir Mezziane. On s'inquiéta si ça ne les gênait pas d'être mis au parloir avocat. Ils comprirent ensuite pourquoi : la pièce était immonde.

Ils patientèrent.

En détention, il faut toujours le temps de trouver un gardien qui voudra bien faire quelque chose et celui qui ouvre et referme les portes. Il y avait le bruit de la prison qui attendait son petit déjeuner. Comme à l'armée ou à l'hôpital, on n'y met debout les gens dès six heures du matin que pour qu'ils n'aient ensuite rien à foutre de la journée. On leur apporta du café pour se faire bien voir. Ce n'était pas celui des détenus, on précisa.

Enfin, un homme d'une soixantaine d'années, chétif, émacié, se présenta.

Belkacem se leva et lui parla. Ils s'étreignirent. Ils discutèrent un bon moment en kabyle.

Cartier-Brochard dit à Journiac : « Vous vous souvenez de Kermadec ? Au 1er REP. Il a été OAS. Je suis allé le voir à Fresnes. C'était dégueulasse comme ici. Après ils s'étonnent. »

« Il est d'accord pour te parler », dit Belkacem au bout d'un moment.

Mezziane les remercia d'abord d'être venus puis il expliqua :

— L'avocat, je l'ai presque jamais vu.

Journiac aurait pu lui répondre que maître Varengo n'avait pas la réputation de voir ses dossiers non plus.

— Les gendarmes, ils m'ont tapé, mais j'ai rien dit.

Il y eut une phrase en kabyle, mais comme personne ne la traduisit, on ne peut pas en connaître le sens.

— Moi, je n'ai pas tué Chardeau et madame. Jamais je les ai tués. Mon fils oui. Moi non.

— Votre fils ? demanda Journiac.

— Oui. Le grand, Hamza. Chardeau, il a touché sa sœur.

Il y eut une autre phrase en kabyle qui ne devait pas être en faveur de Chardeau. Mezziane s'était mis la tête entre les mains. Il ne parlait plus.

— Dis à Journiac, lui enjoignit Belkacem.

Mezziane sortit de ses mains. Il avait les yeux humides.

— Il a touché sa sœur. Après Hamza, il avait la tête... Il avait la tête frappée par le ciment. Je lui ai dit non Hamza, il faut faire la plainte au juge. Mais Hamza, il voulait pas comme ça. Voilà, c'est comme ça. J'ai fermé la gueule. C'est normal.

Maintenant Journiac savait. Il avait d'ailleurs pensé à quelque chose de cette nature. Il devait maintenant expliquer à un type en prison qu'il allait le sauver. Il n'avait jamais fait ça.

Il lui dit que ce n'était pas lui qui serait à l'audience, mais un autre magistrat. Il lui dit que ce procureur avait découvert que ça ne pouvait pas être lui qui avait tué et qu'il allait le dire au jury. Il ajouta qu'il irait voir ce procureur avant l'audience pour qu'il demande son acquittement.

— Il sait Hamza le juge ? demanda Mezziane.

— Non.

— Alors, lui dis pas.

Journiac lui répondit qu'il ne révélerait rien, qu'il avait le droit de se taire et que c'était à la justice de faire son travail.

Quand ce fut fini, Mezziane se leva. Il les embrassa tous.

— Merci maître, dit-il à Journiac, qui était déjà inquiet de ce qu'il venait de laisser espérer.

56

Ils avaient plusieurs heures encore à attendre avant l'audience. Ils rejoignirent Laon et prirent deux chambres dans un hôtel en face de la gare. Cette fois-là, Journiac dormit.

Ils montèrent vers une heure au palais de justice. Derrière la cathédrale, posé sur les remparts, l'ancien palais épiscopal dominait la plaine qui entourait la ville.

Il y avait déjà du monde qui attendait devant la salle des assises; les habitués qui voulaient être sûrs d'avoir une bonne place, les désœuvrés, les curieux, les mateurs qui salivaient d'avance de ce spectacle gratuit et public, impatients de vivre ce moment où l'accusé entre dans le box et où les corps s'étirent pour bien voir sa tête et jauger s'il va y aller ou pas.

Le fait divers de Frémancourt n'avait pas aimanté les organes d'information vers cette affaire de double homicide provincial. Comme si les médias n'avaient pas voulu faire cette association qu'on leur avait proposée. Il n'y avait qu'une seule équipe de télévision. Journiac reconnut le localier qui, avec Claire Devois, faisait la chronique judiciaire au *Républicain picard*. Il discutait avec un petit groupe qui devait être composé de confrères. Même Giraud, l'ancienne plume de *L'Écho d'Alger*, recyclé à *Crimes* et ailleurs, était absent.

Sur le côté, l'huissier d'audience accueillait les jurés. Journiac lui fit signe de venir. C'était comme souvent un ancien gradé de la police. Il s'approcha en boitillant.

— Bonjour Pradin, lui dit-il.

— Bonjour monsieur le procureur. C'est vous qui prenez les assises finalement ?

— Non, c'est Fleurote.

— Ah, c'est bien ce que je me disais. Je l'ai entendu tout à l'heure qui répétait son réquisitoire dans son bureau.

— Son réquisitoire ? s'étonna Journiac.

— Oui, on va finir ce soir.

Il est vrai qu'il n'était pas prévu qu'il soit encore là aujourd'hui et que le procès de Mezziane n'aille pas jusqu'à son terme.

— Comment s'organise l'audience ?

Pradin sortit un papier de la poche de sa robe.

— Après la lecture de l'arrêt de renvoi, interrogatoire de l'accusé. Enfin interrogatoire, il paraît qu'il ne répond pas. Ensuite, les témoins. D'abord les enquêteurs, le commandant Devilaire et l'adjudant Gerdon, ensuite l'ouvrier agricole, le vétérinaire, le directeur de l'agence bancaire, la balistique, l'expert pour les empreintes...

Journiac ne précisa pas que Devilaire et Gerdon devraient être excusés.

— Et pour la défense.

— Rien. Maître Varengo a envoyé son associé, maître Garnier.

— Celui qui fait des baux commerciaux ?

— Ça, je ne sais pas monsieur le procureur, mais je ne l'ai jamais entendu aux assises ou en correctionnelle.

— Après ?

— Réquisitoires et plaidoiries. Ça devrait nous conduire à vingt-deux heures.

— Le procureur est dans son bureau ?

— Oui, je l'ai vu à l'instant.

— Merci Pradin.

Cartier-Brochard et Belkacem l'attendaient à l'écart. Il se dirigea vers eux pour les prévenir qu'il allait voir Fleurote.

— Monsieur Journiac.

L'accent était britannique.

Il se retourna. C'était Frédéric Johns, accompagné de son avocat, Benjamin Rumpert.

— Monsieur Johns ? s'étonna Journiac.

— Oui, c'est une surprise, n'est-ce pas ? J'ai changé d'avis. J'ai pensé à ce pauvre *Arabic*. Ce n'était pas *fair* de ma part.

Rumpert lui tendit la main.

— Nous avons réservé dans un restaurant magnifique, Pierre, annonça Rumpert. Je serais très heureux que nous dînions ensemble. Il y a des escargots et des cuisses de grenouilles dégueulasses à la carte. Et la tarte tatin, comme la patronne.

— Avec plaisir. Mais je dois vous laisser un moment ; je dois prévenir mon collègue que vous êtes là.

Il emprunta le couloir du parquet jusqu'au bureau de Fleurote, dont la porte était ouverte.

La pièce donnait sur cette plaine qui vient mourir devant Laon et qui permet toujours aux Teutons de prendre de la vitesse lorsqu'ils ont brûlé les Ardennes. L'ameublement marquait les limites du grade de Fleurote. Il y avait certes de la dorure et de la torsade, mais c'était le faubourg Saint-Antoine qui imitait le mobilier national. À cette faiblesse venait suppléer une frénésie d'encadrements de photos de Fleurote, seul ou avec quelqu'un, afin que nul n'ignore qu'il ne manquait pas d'occasions de se faire tirer le portrait lors d'événements où il était un personnage.

Le magistrat était en robe, debout, une feuille à la main : « C'est pourquoi, mesdames et messieurs les jurés, notre société ne peut pas... »

Fleurote était emprunté comme un ordonnateur indifférent qui répète ses condoléances. Journiac entra sans frapper. Fleurote s'interrompit dans sa déclamation.

— ... tolérer en son sein des hommes comme...

— Continue, lui enjoignit Journiac.

— Qu'est-ce que ça veut dire Pierre ?

— Je veux savoir si la société ne peut tolérer des hommes comme Mezziane ou comme toi ?

Journiac sortit le Beretta 92 avec silencieux, anciennement propriété du commandant Devilaire.

— Assieds-toi, lui ordonna Journiac.

Fleurote s'exécuta.

— Qu'est-ce qui te prend ?

Journiac ferma la porte du bureau à clé et s'assit à son tour en face de son collègue.

— Je croyais que tu devais demander le renvoi ?

— Absolument pas.

— Tu as le rapport médical pourtant.

— Quel rapport médical ?

Fleurote souffrait de la maladie de Pinocchio, il bandait du nez. Et comme il le faisait par habitude, cet appendice était toujours chez lui en érection.

— Appelle François, lui dit Journiac.

Au prénom de son maître, Fleurote sembla hésiter. Mais il résista.

— Le rapport n'est pas au dossier. Ce n'est pas concluant.

— Oui, mais tu vas le communiquer à la défense et à la cour.

— Si ça peut te faire plaisir.

L'arme de Journiac était tenue par sa main droite, et reposait posée sur sa cuisse. Il était à une distance suffisante de Fleurote pour que le magistrat pût continuer à être inspiré par sa forme convaincante.

— Ça fera plaisir à l'accusé.

— Bien.

— Je n'ai pas terminé. Dehors, il y a le fils de Mme Chardeau. Frédéric Johns. Tu vas demander qu'il soit entendu.

— Il n'a pas été cité.

— La présidente usera de son pouvoir discrétionnaire.

— Et je peux savoir ce qu'il va dire ?

— Que l'arme ne peut appartenir à la victime. Tu diras qu'au vu du rapport médical Mezziane n'a pas pu tirer. Tu demanderas à l'expert balistique si un homme handicapé comme Mezziane pouvait abattre les deux victimes.

— Et les empreintes ?

— L'expert, si tu as lu le rapport, dit seulement qu'elles sont compatibles avec celles de Mezziane. Il a écrit, en outre, que le relevé n'avait pas été bien fait. Tu comprends ?

— Ça nous mène où ?

— À la fin de ta phrase.

— Ma phrase ?

— C'est pourquoi mesdames et messieurs les jurés, notre société ne peut pas tolérer de maintenir plus longtemps un innocent en prison.

— Je...

— Tu vas appeler François. Dis-lui bien que je suis à l'audience. Pas la peine d'appeler Béresse, François s'en chargera. Sinon, je vais donner de ta part une copie de mon enquête à l'avocat de Mezziane, je vais devoir lui expliquer, puis je lui proposerai de témoigner. On est d'accord ?

Journiac n'aurait su dire dans quelles sous-parties du cerveau de Fleurote était venue se perdre l'énumération des motifs d'innocence de Mezziane, mais l'injonction, pour la seconde fois, de la nécessité de prendre ses ordres lui fit sans doute entrevoir que les circonstances avaient changé.

— Je vais appeler François.

57

Cartier-Brochard et Belkacem marchaient dehors sous le déambulatoire. Cartier-Brochard fumait un Chiquito qui empestait.

— Tu as vu le juge ? lui demanda Belkacem.

— Presque, lui répondit-il. Je crois que ça va aller. Venez, ça ne va pas tarder à commencer.

Ils remontèrent à l'étage où il n'y avait plus que Johns et Rumpert. Leurs complications d'élégance vestimentaire trahissaient avec évidence qu'ils étaient d'un peuple qui roulait à gauche. Journiac présenta ses amis suivant leurs anciens grades et l'atmosphère fut aussitôt d'une amabilité britannique qui ne s'épanouit jamais aussi bien que lorsque la caste de chacun est précisée.

Il demanda à Pradin, l'huissier, qui était ressorti, d'aller chercher l'avocat de Mezziane.

Celui-ci se présenta quelques instants après avec la mine d'un avocat qu'on a dérangé au seuil d'une audience qui s'annonce mal.

Contrairement à son associé, et bien que ne faisant que du droit commercial, il ne fut pas long à comprendre le changement qui allait s'opérer.

Maître Garnier examina le rapport médical de Mezziane aussi rapidement qu'il évaluait un compte d'entreprise.

« Parfait », commenta-t-il.

Journiac lui expliqua ensuite qui était Johns que le ministère public allait faire témoigner.

Garnier l'écouta et dit à la fin :

« Mon associé va m'en vouloir. Il part à Val-Thorens et je peux obtenir un acquittement. »

Journiac lui dit qu'il resterait dans la salle et qu'il n'hésite pas à venir le voir en cas de difficultés. L'avocat avait rejoint la cour quand Fleurote apparut. Il avait retrouvé sa figure de bienveillance mondaine.

— Pierre, s'exclama-t-il, il faut que tu me présentes M. Johns. C'est quand même incroyable que nous soyons sauvés d'une erreur judiciaire par un témoin venu d'Angleterre.

— Je ne vois pas, rétorqua Journiac.

— Mais si, l'Angleterre, l'*Habeas corpus* ! L'*Habeas corpus* ! Monsieur Johns ? demanda Fleurote, s'adressant au groupe qui était un peu plus loin.

— C'est moi.

Fleurote s'avança.

— Je suis le procureur Fleurote.

— Enchanté monsieur.

Ils se serrèrent la main.

— Quelle formidable initiative de votre part. Vous venez sauver un homme.

— Si je peux être utile...

Fleurote se retourna vers Journiac.

— Il va faire une forte impression sur le jury. Pierre, décidément, tu es exceptionnel. Monsieur Johns, je vous amène à la salle des témoins. Il faudra un peu attendre, mais la cour d'assises va vous entendre. Pierre, j'ai mis au courant la présidente. Elle est déjà convaincue.

Fleurote accompagna Johns.

— C'est l'avocat de la Couronne ? demanda Rumpert. Enfin, de la République plutôt. C'est vrai que vous avez guillotiné le roi.

— Oui, c'est l'avocat de l'accusation, répondit Journiac.

— Je ne lui confierais pas mon portefeuille, commenta Rumpert. C'est drôle comme c'est commun avec ces gens-là.

À dix heures du soir, Mezziane était acquitté.

La cour et le jury avaient mis une heure et demie pour délibérer. Le temps de pisser, de manger un sandwich et qu'on vote.

Le public sortit de la salle sans rien dire, mais quand même un peu déçu. Un type eut ce commentaire: «Il est peut-être innocent, mais c'est un Arabe quand même.»

Les quelques chroniqueurs judiciaires qui s'étaient déplacés semblaient dubitatifs. Il leur paraissait qu'on leur avait joué un tour dont ils n'auraient jamais la clé.

Belkacem, pour sa part, sévère, dit à Cartier-Brochard:

— Tu vois, mon capitaine, tu dis que la France c'est de la merde. Mais non, c'est un pays où il y a la justice.

Cartier-Brochard répondit par un sourire.

— Ne souris pas, mon capitaine. Il y a la justice ici. C'est pas au Maroc ou en Algérie qu'on aurait ça.

À l'extérieur du palais, un journaliste radio et l'équipe télé interrogeaient un homme tout en assurance. C'était François Erlinger. Un reste de public faisait cercle autour.

Journiac ralentit pour entendre.

— Je suis très heureux que la justice fonctionne dans notre chère ville de Laon. Juste avec les innocents, impitoyable avec les coupables. Les Français veulent vivre en sécurité. C'est pourquoi, je travaille à une loi...

Ils s'éloignèrent en longeant la cathédrale.

58

— Vous êtes sûr Pierre ? lui demanda Cartier-Brochard.

— Oui.

— Bon, on se voit à votre retour. Prenez des photos. Allez-y, le type au guichet s'impatiente.

Il prit Journiac dans ses bras.

— *Adios* mon ami.

Cartier-Brochard desserra son étreinte. Journiac prit sa valise et se présenta au contrôle.

Au consulat d'Algérie, deux fonctionnaires l'avaient longuement interrogé. Il avait attendu trois semaines chez Cartier-Brochard pensant qu'il n'aurait pas son visa. Mais le passeport était arrivé par la poste avec le tampon. Cartier-Brochard l'avait accompagné au ferry jusqu'à Marseille.

Le bateau partit avec retard. En février, il n'y avait pas de familles, mais des chauffeurs de camions et d'autres hommes seuls qui allaient faire un tour au pays, leurs voitures chargées d'électroménager.

Journiac avait pris une cabine. Il était le seul Européen à bord. On le traita avec égard, sans montrer de perplexité devant ce monsieur français qui ne devait pas avoir d'argent pour prendre l'avion. Au réfectoire du navire, on lui assigna une table isolée, dans ce qui devait être une sorte d'espace d'honneur.

À huit heures du matin, du deuxième pont à la proue, on distinguait à travers la grêle qui martelait l'acier du ferry une bande noire à l'horizon. Sur la gauche, un cargo convergeait dans cette direction.

En même temps que le ciel se dégageait, la côte se précisait. Alger révéla ses lignes, puis son dessin et soudain, toute sa beauté fulgura.

Le docteur Ben Jelloul lui avait dit qu'il l'attendrait après la douane.

— Vous pouvez venir sans crainte, monsieur Journiac. Et même, je vous remercie de ce que vous faites.

Journiac le conduirait à l'endroit où ils avaient enterré son frère. Il y aurait ensuite une cérémonie dans l'intimité à laquelle Journiac participerait. Puis ils iraient ensemble sur la tombe de Jacqueline.

— Il est temps que nos morts reposent en paix, lui avait dit le médecin.

59

Quittant la rue de Courcelles, la voiture tourna à droite pour prendre la contre-allée de l'avenue Hoche. Elle avait déjà ralenti pour engager le virage et finit par s'arrêter devant le 4.

Béresse descendait l'avenue pour rejoindre son domicile parisien rue Alfred-de-Vigny.

Derrière le pare-brise de la Volvo, deux femmes le fixaient. À côté de la conductrice, une femme d'un certain âge, les cheveux un peu en désordre mais qu'un fer avait ondulés, habillée d'une gabardine, Béresse reconnut la jeune journaliste du *Républicain picard*.

Il s'immobilisa à hauteur du volet fermé de la loge du gardien du 4. Il remarqua que la vitre de Claire Devois était baissée, alors qu'il faisait un froid glacial.

Béresse, qui n'aimait pas les surprises, fronça les sourcils, puis il vit le canon de l'arme et comprit. Il ne put réprimer l'étonnement que marqua son visage.

Il tomba au deuxième coup de feu, son bras gauche faisant un soubresaut vers l'arrière.

La voiture redémarra; laissant Béresse sur le trottoir, la tête face au ciel.

Ils déjeunaient au Cercle militaire. Cartier-Brochard n'avait pas revu le général Forbin, dit Nounours, depuis des années.

— Et Journiac ? lui demandait Forbin.

— Pas de nouvelles. J'ai retrouvé un routier qui m'a dit qu'on l'avait arrêté à la sortie du bateau à Alger.

— Les Affaires étrangères ?

— Ils font des démarches...

— Il est foutu.

Forbin se resservit en pommes vapeur et lui en proposa. Cartier-Brochard fit non de la tête. Il indiqua à l'appelé, qui attendait un peu à l'écart, de leur remplir leurs verres de vin.

— Zéro nostalgie.

— Vous dites ? demanda Forbin.

— Zéro nostalgie, voilà ce que j'aurais dû lui faire comprendre.

La vieille pouille semblait d'accord.

Cartier-Brochard leva son verre et Forbin fit de même.

— Vivement la guerre qu'on se tue.

CET OUVRAGE EST PUBLIE PAR SLATKINE & CIE
LE TEXTE EST COMPOSÉ EN CARACTÈRE SLATKINE,
DESSINÉ PAR MATTHIEU CORTAT À LYON.
IL A ÉTÉ ACHEVÉ D'IMPRIMER EN DÉCEMBRE 2021
SUR PAPIER 80 GRAMMES BOUFFANT
ISSU DE LA GESTION DURABLE DES FORÊTS
SUR LES PRESSES DE L'IMPRIMERIE FLOCH
IMPRIMÉ EN FRANCE
IMPRIMEUR NUMÉRO 99636
SLATKINE & CIE BÉNÉFICIE DU SOUTIEN
DE L'OFFICE FÉDÉRAL DE LA CULTURE
POUR LA PÉRIODE 2021-2024